림

젊은 작가 단편집 2

초 단위의 동물

차례

오프닝
나이트

김병운

전시장 안에 포진해 있는 카메라맨을 세어본다. 화환이 길게
늘어선 로비 끝에 하나, 차단봉으로 출입을 막아둔 계단 앞에
하나, 작품을 감상하거나 담소를 나누는 사람들 곁에 하나.
일단 파악하기로는 셋인데 다들 검은색 트레이닝복을 맞춰
입은 데다 자꾸 자리를 옮겨대는 탓에 구별이 쉽지는 않다.
특히나 사람들 사이를 흐르듯 오가는 카메라맨의 경우는
눈에 띌 때마다 이 사람이 아까 그 사람인가 싶은 흐릿한
인상이어서 어쩌면 내가 두 사람을 한 사람으로 착각한
것일지도 모르겠다. 그렇다면 셋이 아니라 넷이려나.

　대오에 따르면 이들은 배우 변진서의 촬영팀이다. 변진서가
수년째 준비 중이라는 커밍아웃 다큐멘터리의 제작진. 답보
상태에 접어든 변진서의 커리어를 무지갯빛으로 갱생하기
위해 고군분투 중인 스태프들.

　대오가 게이 아티스트 7인의 그룹전에 참여하게 됐으며
그 전시의 기획자가 다름 아닌 변진서라는 소식을 전해온 건
지난봄이다. 변진서는 몇 년 전부터 자신의 SNS에 국내외
퀴어 아티스트의 작품을 추천하며 동시대 미술에 대한
관심과 애정, 그리고 자신의 정체성을 에둘러 표현해왔는데,
작년부터 어느 유명 큐레이터와 함께 미술 팟캐스트를
진행하는가 싶더니 급기야 이렇게 크고 번듯한 전시장에서
기획자로도 데뷔하게 됐다.

　한 달쯤 전인가. 대오는 변진서가 미팅 내내 다큐 얘기만
하더니 결국 출연 동의서를 내밀더라며, 알고 보니 먼저

섭외된 작가들 가운데 다큐 출연은 원치 않아 중도 하차한 사람이 있었고 자신은 그 빈자리를 메우기 위해 급히 충원된 대타였다며 실망감을 전했는데—물론 이렇게라도 낄 수 있는 게 어디냐며 안도하기도 했지만—그런 내막을 모두 들어서일까. 지금 내게 이곳은 전시장이라기보다는 하나의 거대한 세트장처럼 느껴지기도 한다. 컬렉터에서 기획자로 발돋움하는 변진서의 성장 서사를 기록하기 위해 마련된 무대와 그것을 갈채하기 위해 모인 사람들.

나는 카메라가 닿을 수 없는 위치를 가늠해보다 이내 자포자기의 심정이 되어 돌아선다. 기둥 하나 없이 탁 트인 공간에서 사각을 찾는 건 거의 불가능해 보일 뿐만 아니라 생각해보니 카메라는 촬영팀만 들고 있는 게 아니다. 브이로그라도 찍는지 액션캠을 들고 다니는 사람도 있고, 마음에 드는 작품이든 그 작품을 관람하는 자신의 모습이든 뭐든 담아두려고 전화기를 꺼내드는 사람도 있다. 오늘은 이름하여 오프닝 파티이고 SNS를 통한 홍보가 적극 권장되는 자리이기도 하니까.

여길 왜 왔을까. 이럴 줄 몰랐던 것도 아니면서 어째서 제 발로 찾아왔을까. 나는 이런 환경 속에 나를 잘도 밀어넣은 내가 싫어지고 점점 신경이 팽팽하게 당겨지는 듯한 기분을 잊고자 손에 들린 와인을 단숨에 입속으로 털어 넣는다. 그러고는 잠시 후 내 곁으로 돌아온 대오를, 아는 컬렉터와 인사만 하고 금방 돌아오겠다더니 금방은 아니고 한참 뒤에야 돌아온 대오를 반긴다. 한숨도 못 잤다는 말이 과장이 아닌지

김병운

눈은 떼꾼하고 안색은 어둡다.

　이참에 하나 들여가시죠. 싸게 드릴게.

　나는 대오를 흘깃 보다가 그게 그림 얘기라는 것을 알아차리고는 피식 웃는다. 내 딴에는 카메라를 피한답시고 반쯤 돌아서 있었던 것인데, 대오는 내가 여전히 자기 그림을 보고 있었다고 생각한 모양이다. 줄곧 서 있던 자리가 대오의 작품 앞이므로 그렇게 생각하는 것도 무리는 아니다.

　대오에게 할당된 벽에는 손바닥보다 조금 더 큰 사이즈의 액자 열 개가 일정한 간격으로 걸려 있다. 〈아침〉이라는 제목이 달린 유화 연작이고 침대 옆자리에 돌아누운 남자의 뒷모습을 담고 있다. 동일한 구도와 배경 때문에 얼핏 보기엔 한 사람 같지만 자세히 보면 모두 다른 사람. 체형과 자세가 다르고 문신과 액세서리가 다르며 피부의 질감과 명암이 다르다. 대오는 몇 년 전부터 데이팅 앱으로 만난 남자들과 보낸 아침을 그림으로 옮겨왔고, 어떤 연유에서인지 등을 보인 채 누워 있는 남자들은 대오를 사무치게 한다.

　음, 그렇다면 저는 이게 좋은데요.

　나는 정면에 걸린 그림을 향해 손을 뻗는다. 그리고 대오는 내 손끝을 보자마자 그건 팔렸다며 안타까워한다.

　와, 벌써? 첫날에 완판 가나요?

　아니, 딱 하나 팔렸는데 하필 그걸 고르시네?

　팔렸다고 하니 그림이 괜히 더 근사해 보이는 것 같다는 생각을 하는 사이, 대오가 사실 나는 네가 그걸 고를 줄 알았다며 히죽댄다.

알았다고?

알았지, 뻔하지.

어째서?

저 남자만 옷을 입고 있잖아.

…….

나는 내가 고른 그림과 양옆의 다른 그림을 비교해보며 대오의 말이 사실임을 확인한다. 정말이지 이 그림 속 남자만 셔츠리스가 아니다. 남자는 어깨까지 덮인 이불 속에 있고 목덜미와 이불 사이로 옅은 파란색 셔츠가 보인다.

그때 대오가 몸을 살짝 기울이더니 그림에 대한 솔직한 감상을 구한다.

재작년부터 올 초까지 각종 지원 사업 공모에서 내리 탈락한 대오는 이제 게이인 것만으로는 안 될 것 같다며 의기소침한 나날을 보내던 중 섭외된 것이기도 했는데, 이번 전시가 이제껏 참여한 전시 가운데 가장 메이저이기도 하거니와 게이 정체성을 근간으로 하는 작업이 한자리에 모여 있는 만큼 비교 또한 불가피하기에 긴장이 큰 것 같다. 대오는 사람들이 자신의 그림만 유독 대충 보고 지나치는 것 같다며 걱정하고, 나는 무슨 말을 어떻게 해야 하나 생각하다 대오가 그 즉시 안도할 수 있는 말을 한다. 나는 대오에게 힘이 되어주기 위해 왔으므로 그것을 해내고 싶다.

그림이 아주…….

응, 아주.

난잡하네.

김병운

그래?

문란하기 짝이 없네.

야, 뭐가 문란해. 내가 제일 건전한 것 같은데.

나는 대오를 따라서 주변의 다른 작품들을 빠르게 일별한다. 대부분 과장된 남성성과 성적 실천을 소재로 한 그림인데, 사이즈와 색감, 장면 구성 등 여러 측면에서 대오의 그림보다 화려하기는 하나 흥미롭지는 않다. 거기엔 육체는 있지만 정서는 없고 섹스는 있지만 불편과 긴장, 위험은 없다. 다행히 그런 내 감상은 대오를 웃게 한다. 대오가 휴, 하고 연극적인 한숨을 내뱉게 하고 잠시나마 스스로를 믿게 한다.

얼굴도 비췄고 그림도 봤고 파이팅까지 했으니 이 정도면 할 만큼 한 게 아닐까, 이제 나는 슬슬 가봐도 되지 않을까 생각하는데, 대오가 이따 끝나고 같이 뭘 먹지 않겠느냐고 묻는다. 한두 시간 전부터 눈앞이 어질했는데 생각해보니 오늘 한 끼도 안 먹었단다. 치즈와 브루스케타, 과일꼬치 같은 핑거푸드가 각기 다른 세 종류의 와인과 함께 무제한 제공 중이지만, 나는 대오가 긴장하면 물도 마시지 못하는 걸 알기에 권하지 않는다.

언제 끝나는데?

아홉 시. 애프터는 없고.

시간을 확인해보니 대략 한 시간이 남았고, 대오는 자기 혼자만 이 전쟁터에 내버려두지 말라면서 내게 팔짱을 낀다.

여기 초입에 맥도날드 있거든. 어때, 콜?

땡치면 바로 탈출이야.

어, 제발.

하지만 말은 그렇게 해도 나는 대오가 쉬이 자리를 뜨지
못하리라는 것을 예감한다. 왜냐하면 변진서가 도착하지
않았으니까.

각자의 전화기에 알람을 설정하며 실없이 웃는 사이, 조금
전 저쪽에서 대오와 한참 얘기를 나눴던 컬렉터가 이쪽으로
다가온다. 본업은 치과 의사이나 웬만한 전시 오프닝에 가면
늘 만날 수 있다는 얘기를 대오로부터 몇 번 들은 적 있어
나도 얼굴은 알고 있는 남자.

남자는 갑자기 끼어들어 미안하다는 듯 내게 양해를
구하더니 대오에게 아까 말했던 그 형들이 왔다며 로비를
가리켜 보인다. 그러고는 멀찍이서 봐도 행색이 세련된
장년의 남자들 쪽으로, 아마도 미술 애호가이자 잠재적
구매자들로 보이는 그 어른들 쪽으로 대오를 데려간다. 순간
대오는 나만 볼 수 있는 각도로 죽겠다는 표정을 짓기도
하는데, 나는 대오가 싫은 척 아닌 척해도 이런 관심과 교류에
늘 목말라 있다는 것을, 그래서 지금도 약간은 기뻐하고
있다는 것을 안다. 대오는 남자를 따라가면서도 내게 기다려,
미안해, 입 모양으로 말하고, 나는 점차 멀어지는 대오에게
역시나 입 모양으로 알았어, 괜찮아, 한다.

나는 사람들 틈새에서 나타났다 사라졌다 하는 대오를
보다가, 대오가 내 자식이라도 되는 양 흐뭇해하는 내가
조금은 웃기다는 생각도 하다가 대오의 그림을 향해
돌아선다. 때로는 쨍하게 비쳐드는 햇살을, 때로는 희붐하게

김병운

스며든 여명을 이불처럼 덮은 남자들 사이에서 다시금 혼자가 된다. 그리고, 그러다, 문득 궁금해진다.

여기 이 남자들은 알고 있을까, 그날 아침이 그림이 됐다는 걸. 그날의 자신이, 그때의 뒷모습이 결국 이토록 진지하고 고상한 구경거리가 됐으며 절찬리에 판매 중이기까지 하다는 걸 짐작이나 할까.

업

테라스가 내다보이는 창가 쪽에는 그나마 오가는 사람이 적다. 나처럼 뼛속까지 좌식 생활자이거나 이런 서양식 스탠딩 파티는 무리인 사람들 몇몇만이 이쪽으로 모이는 것 같다. 나는 허리께에 닿는 창턱 위에 슬쩍 엉덩이를 걸친다. 이렇게라도 앉으니 좀 살 것 같고 그제야 여기서 감상할 수 있는 건 그림 말고도 많다는 사실에 생각이 닿는다. 그래, 어쩌면 그림이 가장 재미없는 축에 속할지도 모르겠다.

전시장 안에 있는 사람들은 대부분 이쪽인 것 같다. 아닌 사람들도 있을 테지만 내게는 별수 없이 확실한 사람들의 존재감이 크고, 개중에는 익숙한 얼굴도 있다. 언젠가 인스타그램이나 유튜브에서 본 적 있는 남자들. 자신을 드러내는 데 거침이 없으며 오히려 넘쳐나는 카메라가 반가울지도 모를 사람들. 나는 오직 상탈한 사진으로만 피드를 꾸미는 여행 인플루언서와 온리팬스로 한 달에 수천을 번다는 마케터를 즉시 알아보고, 그들이 화면 밖에서도 실재한다는 당연한 사실에, 내가 그들의 벗은 모습보다 입은 모습을 생경해한다는 사실에 살짝 동요한다. 그리고 그들이 누구인지 전혀 모르는 척 딴 곳으로 눈을 돌리다 불현듯 나를 향하는 시선을 느낀다. 아주 찰나였지만 방금 전 내가 누군가와 눈길이 얽혔다는 사실을 뒤늦게 깨닫는다.

열 시 방향. 열 시보다는 열한 시에 가까운 위치. 케이터링 테이블 너머의 구석진 자리에 서 있는 파란색 오버셔츠. 거뭇거뭇한 수염으로 뒤덮인 동그란 얼굴에 투명한 뿔테 안경. 남자는 어떤 이유에서인지 나를 뚫어져라 쳐다본다. 나처럼 혼자이고 와인 잔을 들고 있으며 하릴없이 사람 구경이나 하는 것 같다. 누구지. 아는 사람인가. 내가 자신의 시선을 인지했다는 걸 알아차린 남자가 눈인사를 한다. 그러고는 벽에 비스듬히 기대고 있던 한쪽 어깨를 떼고 바로 선다. 이쪽으로 다가오려는 것 같고 내게 무슨 말을 하려는 것 같다.

바로 그때 반색하는 얼굴 하나가 난데없이 끼어든다.

어, 안녕하세요. 여기서 뵙네요. 잘 지내시죠?

나는 얼결에 일어서며 어디서 튀어나왔는지 알 수 없는 남자에게 인사한다. 남자가 내미는 손을 맞잡기도 하고 남자가 보이는 반가운 미소를 그대로 돌려주기도 한다.

그사이 파란색 셔츠는 자리를 떠났다. 한눈을 판 건 고작 몇 초였던 것 같은데, 환영처럼 연기처럼 흩어져버렸다.

작가님은요? 혼자 오신 거예요?

손이 크고 축축한 남자는 너에 대해 묻는다. 너를

김병운

작가님이라 부르고 나를 보자마자 너부터 떠올리는 사람. 하지만 너와 내가 더는 우리가 아니라는 건 모르는 사람.

나는 얼버무리듯 고개를 끄덕이고는 나보다 족히 한 뼘은 더 큰 남자를 올려다본다. 짙은 눈썹과 불거진 광대 사이에서 가늘게 찢어진 눈꼬리. 이 또한 아는 얼굴인 듯한데 어디서 봤는지 곧장 떠오르지를 않는다. 그리고 그런 내 상태가 빤히 보이는지 남자가 성겁게 한 번 웃는다.

형, 저 누군지 모르시죠? 지금 모르면서 아는 척하는 거죠?

나는 남자가 나를 형이라고 부르는 것에 멈칫한다.

저 강호수요. 대오 형 학교 후배. 예전에 형 작업실 이사할 때 같이 도왔잖아요.

아, 호수 씨! 형제분 이름은…… 강바다였고?

맞아요, 저희 누나요. 별걸 다 기억하시네요. 근데 저는 기억 못 하시고.

미안해요.

나는 그제야 호수 씨를 알아본다. 너무 단박에 알아봐서 잠시 헤맸던 게 조금은 황당할 지경이고, 이쯤에서 술은 그만 마시는 게 좋을 것 같다는 생각이 든다. 호수 씨라면 잊으려야 잊을 수가 없는 사람인데, 호수 씨만 아니었다면, 이 친구만 아니었다면 나는 아무것도 모를 수 있었고 몰라도 되었을 텐데…….

대오가 너 혹시 그거 아니지, 설마 아니지 물어온 건 작년 여름이었다. 대오가 말하는 그거란 HIV였고, 대뜸 전화를 걸어와 이걸 묻고 있는 자신이 스스로 생각하기에도 어처구니가 없다는 듯 웃었다. 일순간 어색한 긴장감이 감돌기도 했으나 어디까지나 농담이라는 투였다. 나는 다짜고짜 그게 무슨 소리냐고 되물었고 이어지는 대오의 설명을 차근차근 한마디씩 곱씹는 식으로 상황을 파악했다.

그러니까 대오 너가 지금 호수 씨를 만나고 들어가는 길인데.

응, 방금 헤어졌어. 바로 너한테 전화하는 거야.

근데 그 친구가 나에 대해 물어봤다고? 내가 감염인이냐고?

그렇다니까. 너랑 윤범 씨가 계속 만나는지 궁금해하기에 아주 백년해로 각이라고 했더니 갑자기 그러더라고. 야, 근데 오해하지 마. 걔도 막 진지했던 건 아니야. 지나가는 말처럼 그 형 혹시 아니지, 아니겠지, 했던 거지.

왜?

응?

왜 그런 걸 물어보냐고.

대오에 따르면 호수 씨는 그로부터 한 달 전쯤 시민청에서 개최된 성소수자 인권 포럼에 참석했다가 너를 봤다. 'HIV/AIDS 감염인을 어떻게 재현할 것인가'라는 제목의 세션이었는데, 네 명의 토론자 중 한 사람이 너였다. 지난가을과 겨울 네가 어느 웹진과 문예지에 HIV 감염인과 비감염인의 사랑을 그린 소설을 연이어 발표했고, 그 소설이

김병운

성소수자 커뮤니티, 정확히는 HIV/AIDS 운동 진영에 소소하게 알려졌기 때문이었다.

그런데 문제는 행사의 말미에 진행된 질의응답이었다. 그날 다른 토론자들에게는 이런저런 질문이 이어졌으나 너에게는 아니었는데, 이를 인지한 사회자가 너를 배려한답시고 마지막으로 너에게만 한정된 질문을 받았고, 누구든 한 사람이라도 손을 들어야 끝날 것 같은 분위기 속에서 맨 앞줄에 앉아 있던 중년의 남자 하나가 손을 들었던 것이다.

그 사람은 자신이 PLPeople Living with HIV/AIDS이며 오늘 세션에서 다뤄진다기에 너의 소설을 일부러 찾아 읽었다는 말로 운을 뗐다. 그러고는 자신은 소설에는 문외한이어서 그런지 이 작품은 소설이라기보다는 일기처럼 느껴졌다고, 그래서일까 혹시 이게 작가님의 실제 이야기는 아닌지 궁금해졌다고 했다. 아무래도 '나'가 30대 중반의 남성 동성애자이며 소설가인 점이 실제 작가님과 겹치기도 하고, 작가님이 감염인의 상황이나 심리에 대해 잘 알고 있는 것 같기도 해서 그런 의문을 갖게 되었다고 했다.

그때 너는 한참을 망설이다 이렇게 대답했다. 그리고 그 대답은 하필 그 자리에 있었던 호수 씨의 얄팍한 호기심을 자극하는 바람에 결국 한 달여의 시간차를 두고 나에게까지 건너왔다.

죄송하지만 거기에 대해서는 노코멘트 하겠습니다. 그게 맞는 것 같습니다.

거기까지 들었을 때 나는 미쳤다, 지겹다 하면서 헛웃음을

터뜨렸다. 그 소설에 나오는 사람이 너 아니냐는 식의 억측이
처음은 아니었기에 지겹다는 소리가 절로 나왔고, 이번이
처음은 아니나 이런 식은 또 처음이었기에 미쳤다는 말밖에는
떠오르지 않았다. 나는 거기서 그런 질문을 했다는 사람이야
잘 모른다고 하니 그렇다손 쳐도 호수 씨는 대체 왜 그러는
거냐고 짜증을 내기도 했는데, 대오는 처음에는 호수 걔가
좀 피곤한 구석이 있다며 내 편을 드는가 싶더니, 나중에는
걔 입장도 아예 이해가 되지 않는 건 또 아니라며 슬그머니
딴소리를 했다. 호수 씨가 나중에 그 소설을 읽어봤는데
거기 나오는 연인 캐릭터가 나이도 그렇고 생김새도 그렇고
여러모로 나와 겹치더라는 것이었다. 그건 순전히 호수 씨가
나를 대입해 읽으려 했기에 그렇게 보인 것일 뿐 실제 나와는
하등 상관이 없다고 말해도 대오는 미련이 남은 것처럼 자꾸
한두 마디를 더했다.

아니, 너도 알다시피 윤범 씨 소설이 좀 그렇잖아.

뭐가.

꼭 진짜 같잖아. 묘하게 자기 정보 섞어서 사람을 낚잖아.
기억 안 나? 예전에 무슨 오픈 릴레이션십 시도하는 연인
얘기 썼을 때도 내가 너한테 물어봤던 거.

아니라고 했잖아. 대체 왜 속는 건데.

속이니까 속지.

…….

그리고 거기서 윤범 씨가 했다는 대답도 나는 좀 이상한 것
같아. 왜 노코멘트라고 하는데? 아니면 아니라고 잘라 말하면

김병운

되는 건데. 그렇게 말하면 어떤 사람들은 예스라고 생각할
수도 있는 거 아닌가.

나는 노코멘트는 말 그대로 노코멘트일 뿐 예스가 아니라며
동의하지 않았고, 여전히 마뜩잖아하는 대오에게 말했다.
아는 사람이 더한다더니 이 새끼들이 쌍으로 왜 이러나 싶은
생각도 잠시 하면서.

아, 기분이 나빴나보지. 그런 개인적인 질문을 하니까
대답할 가치도 없다고 생각했나보지.

그런가?

어, 그렇지.

하지만 대오와 통화를 마친 뒤에, 갑자기 방 안의 공기가
따갑고 서늘하게 느껴지면서 내게 어떤 일이 벌어졌다는
감각이 뒤늦게 온몸을 훑고 지나갔을 때 나는 문득
궁금해졌다. 이게 그냥 누군가의 무지를 탓하면 그만인
일일까. 어떤 소설이 사실적인 건 그게 사실이어서가 아니라
겹겹의 허구를 정교하게 쌓아 올렸기 때문이라는 걸 모르는
사람들을, 제아무리 현실을 그대로 옮겨놓은 것처럼 보여도
나라는 사람과 나 같은 인물은 결코 동일할 수 없다는 걸
간과하는 사람들을 그저 비웃으면 되는 일일까.

그렇다면 너는? 갈수록 진짜보다 더 진짜 같은 걸 쓰고
싶어 하는 너는, 어쩌면 이런 혼란을 성공의 척도로 여기며
내심 뿌듯해하고 있을지도 모를 너는 이대로 괜찮은 걸까?
일백 퍼센트의 허구를 써도 그게 실재이자 경험처럼 읽히길
원하는 건 일종의 너의 전략인데, 그건 언젠가부터, 아니,

정확히는 네가 퀴어 당사자라는 걸 증명하는 게 중요해진 다음부터, 네가 쓰는 것이 퀴어로서의 진정성과 구체성을 확보하고 있으며 그리하여 최근의 담론 안에서 충분히 주목 가치가 있음을 입증하는 게 절실해진 다음부터 네가 선택한 자구책인데, 이런 시도들이 너의 문학을 위험으로 내몰고 있는 건 아닐까. 그 곁의 우리를 위태롭게 만드는 건 아닐까.

센터

호수 씨가 내게 묻는 근황 속에는 아직도 우리가 함께라는 전제가 깔려 있다. 거의 한 해가 다 되어가는데도 대오로부터 별다른 얘기를 듣지 못했는지 호수 씨는 나의 요즘만큼이나 너의 요즘을 궁금해한다. 이제 나는 정확히 알지 못하는, 그저 지인을 통해 전해 듣거나 SNS의 게시물로 짐작만 할 뿐인 너의 요즘.

　나는 대답을 하는 것도 아니고 안 하는 것도 아닌 어중된 반응으로 일관한다. 처음에는 말할 타이밍을 놓쳤다고 생각했는데 얘기가 길어질수록 실은 그게 아니고 내가 호수 씨에게는 나에 대한 그 어떠한 것도 말하고 싶어 하지 않는다는 걸 깨닫는다.

　나는 그쯤에서 화제를 돌리기 위해 호수 씨에 대해 내가 기억하는 몇 안 되는 정보를 떠올려본다. 게이, 편집 디자이너, 일러스트레이터. 평일에는 출판사에서 편집 디자인 일을 하고 주말에는 틈틈이 그래픽 노블 작업을 한다고 했지.

그게 벌써 몇 년 전이더라. 3년, 4년?

그래, 그날 호수 씨는 대오의 작업실에 있던 너의 첫 책을 발견하고는 혹평을 쏟아냈지. 이건 전혀 퀴어하지 않은 퀴어 소설이라고. 이상하지도 위험하지도 않은 게이, 알아서 반성하고 자책하는 게이, 그런 온건하고 용납 가능한 게이들만 보여줌으로써 헤테로들의 승인에 호소하는 한심한 소설이라고. 내가 너의 연인이라는 것을 몰랐기에 전해 들을 수 있었던 솔직한 감상. 몇 초 뒤에 대오가 우리에 대해 말하자, 그 한심한 소설을 쓴 작자의 동거인이 바로 나라고 일러주자 곧바로 사색이 되어서는 죄송하다, 오버했다, 너에게는 절대로 말하지 말아달라 민망해하던 호수 씨.

설마 호수 씨는 지금껏 그날 일을 의식하는 걸까. 그래서 마치 너에게 호의를 가진 것처럼 구는 걸까. 그런 생각을 공글리며 다음 말을 고르는데 호수 씨가 갑자기 생각났다는 듯 아 참, 하면서 눈을 동그랗게 뜬다.

최근에 작가님 발표하신 소설이요. 너무 좋더라고요.

내가 의심스럽게 쳐다보자 호수 씨가 이건 정말이라는 듯이 웃는다.

제가 트위터에도 올리고 단체방에도 퍼 나르고 그랬거든요. 작가님께 잘 봤다고 전해주세요.

나는 그 소설이 궁금해진다. 호수 씨가 그냥 좋은 것도 아니고 너무 좋았다고 야단일 정도면 그건 얼마나 퀴어한 퀴어 소설일까. 거기에는 얼마나 비규범적이고 불완전하며 자유로운 사고방식으로 무장한 우리가 담겨 있을 것이며 그건 또 얼마나 교란이고 전복일까.

저 한 가지 부탁드리고 싶은 게 있는데.

그때 호수 씨가 이렇게 말하고는 힐끗 내 눈치를 살핀다.

혹시 작가님께 추천사를 부탁드려도 될까요? 다름 아니라 제가 곧 책이 나오거든요. 오래 준비했던 그래픽 노블이 드디어…….

아, 기억나요. 축하해요!

호수 씨는 거듭되는 내 축하 인사에 적잖이 겸연쩍어하다 사실은, 하고 덧붙인다.

출판사 통해 한번 연락드렸는데 요즘 많이 바쁘다며 고사하셨거든요. 근데 제가 이대로 포기하는 게 너무 아쉬워서. 말씀 좀 잘해주실 수 있을까요?

아…….

나는 여기서 더 말을 아꼈다가는 사기꾼이 되겠다 싶어 입을 뗀다. 말을 하지 않고는 이거 빠져나갈 수 있는 방법이 없을 것 같고, 어쩌면 순간의 정적이나 곤란한 표정만으로도 상황은 충분히 전달될 수 있을 것 같다.

하지만 안타깝게도 내 말은 거기서 끊기고 우리의 대화는 급작스럽게 종료된다. 왜냐하면 바로 그 대목에서 모두가 오매불망 기다리던 변진서가 모습을 드러냈기 때문에. 변진서를 향한 사람들의 환호와 박수가 폭죽처럼 한꺼번에 터져 나오기 때문에.

변진서는 괜히 연예인은 아닌지 광이 난다. 화면에서 보던 것보다 작고 말랐으나 그가 서 있는 자리만 다른 조명이 달린

김병운

것처럼 채도와 명도가 높다. 분홍빛이 도는 살결과 매끈한 콧대, 포마드로 고정한 슬릭 백 스타일.

좀 평범한 것 같지 않아요? 화면이 훨씬 나은 것 같은데?

나는 잠시 내려놓고 있던 넋을 되찾자마자 호수 씨에게 묻는다. 호수 씨라면 기꺼이 함께 비아냥거려줄 것 같아서 마음과는 다른 소리를 한다.

하지만 호수 씨는 말이 없다. 말이 없을 뿐만 아니라 곁에도 없다. 그새 어디로 간 건가 둘러보니 근처의 자기 일행들과 함께 변진서를 향해 홀린 듯 카메라를 꺼내들고 있다. 나는 변진서를 에워싸는 듯한 대형과 일순간 넘쳐나는 플래시에 가슴이 옥죄여오는 듯한 갑갑함을 느낀다.

이윽고 큼지막한 케이크가 변진서를 향해 다가가고 사람들의 합창이 이어진다. 전시 축하합니다, 전시 축하합니다, 사랑하는 진서의—여기서 사람마다 호칭이 달라서 약간의 웃음 발생—전시 축하합니다. 변진서는 촛불을 끄려다 말고 눈물을 보인다. 한번 터져버린 눈물이 주체가 되질 않는지 촛불 하나를 부는데도 여럿의 도움을 받아야 한다. 길게 감았다 뜨는 눈과 바닥을 향해 겨우 흘리는 호흡. 그간 전시를 준비하며 누적된 스트레스가 만만치 않았나. 아니면 이 또한 다큐를 위한 연출이고 연기인데 내가 깜빡 속는 건가.

변진서가 우는 건 그만 찍히고 싶은 듯 이마로 손을 가져가자, 누군가 기다렸다는 듯이 그 손에 마이크를 쥐여준다. 이제 당신의 이야기를 들려달라는 듯이,

이렇게까지 주목을 필요로 하면서 오늘 당신이 해야만 하는
그 뜨거운 말들로 우리를 감동시켜달라는 듯이 경청의
분위기를 만든다.

변진서의 소감이 이어지거나 이어지지 않는 동안, 나는
바닥까지 비웠음에도 언제 어떻게 다시 채워진 건지 알 수
없는 잔을 들고 지하로 향한다. 문지기처럼 계단을 지키던
카메라맨이 사라지자 길이 생겼고, 차단봉 옆으로 지나다니는
사람들이 하나둘 보인다. 그사이에 지하가 휴게실 같은 게
되었는지도 모르겠다. 나는 넘칠 듯 넘치지 않는 와인을
주시하며 계단을 내려가고, 한 걸음 한 걸음 내디딜 때마다
그간 참고 있는 줄도 몰랐던 숨을 조금씩 쪼개어 내쉰다.

그리고 온몸에 찌꺼기처럼 남아 있던 숨을 한꺼번에 후,
하고 내뱉었을 때 네가 떠오른다. 네가 한 말이 쿵쿵 맥박처럼
몸속을 돌아다녀서 호흡이 뜻대로 되질 않았던 어떤 밤이
떠오른다.

상수

그 밤에 나는 너에게 대오가 나더러 감염인이냐고 묻더라는
얘기를 전하며 웃었다. 전후 사정을 듣고는 돌았네, 돌았어
하며 혀를 차는 너를 따라서 웃었고, 소설 뭘까, 소설 뭐지
하고 뇌까리는 너를 따라서 그러게 뭘까, 뭐지 하며 또
웃었다. 왜 웃지, 하나도 안 웃긴데 왜 웃는 거지 하면서도
웃었는데, 그건 내가 두려워졌다는 사실을 인정하고 싶지

김병운

않아서였다는 걸, 고작 여기가 나의 한계일지도 모른다는 자각을 마주하고 싶지 않아서였다는 걸 그때는 알지 못했다.

아니, 알았나. 그래서 그렇게 웃었나.

그래, 나도 너만큼 멀리 갈 수 있고 무릅쓸 수 있다는 걸 보여주고 싶었으니까. 나는 그동안 네 소설에 다양한 모습으로 변주되어 등장했고 그게 당혹스러울지언정 싫지는 않았으니까. 네가 나의 영향 속에 있다는 증거 같아서 기뻤고, 내가 너의 도약, 용기, 프라이드에 동참하고 있다는 흔적 같아서 감격하기도 했으니까. 소설로 삶을 선취해보려는 너의 글쓰기를 누구보다 이해하는 사람. 유구히도 부정된 존재들을 어떻게든 소설로 긍정해보려는 너를 성원하는 사람. 그게 네가 원하는 나였고 내가 원하는 나였지.

하지만 그래도 궁금하기는 했다. 어째서 너는 그 포럼이라는 곳에서 그런 대응을 한 건지. 어째서 어떤 사람에게는 예스로 들릴 수도 있는 애매한 말을 해서 오해를 불사한 것인지. 그사이에 대오의 생각이 내게도 전염된 건지, 아니면 나도 내심 노코멘트를 그냥 노코멘트로 받아들이지 못했던 건지 그때쯤엔 내게도 해명이 필요했던 것 같다.

그때 너는 내가 미처 생각하지 못했던 이유를 꺼냈다. 네가 점점 더 소수자성에 천착하면서, 우리 안의 피해자, 피해자 중의 피해자에게 너를 결속하고자 애쓰면서 맞닥뜨리게 된 곤란에 대해 말했다. 네가 인정받고 싶은 사람들에게 너의 퀴어성을 각인시키기 위해 자처한 곤경. 정상성에서 멀어져야 한다는 강박과 당사자성을 획득해야 한다는 열망 속에서,

첩첩이 낙인이 들러붙은 자리를 너의 새로운 무대로 만들었기 때문에 감수해야 하는 난관.

생각해봐, 그게 내 경험이냐고 물은 사람이 다른 사람도 아니고 감염인 당사자였다고. 근데 거기서 내가 아니라고 해봐. 나는 감염인과는 만난 적도 없고 이건 다 허구일 뿐이라고 딱 선을 그어봐. 그럼 그 사람 기분이 어떻겠어?

뭐가 어때. 소설가가 소설을 썼구나 하겠지.

아니지, 실망하겠지.

무슨 실망?

아, 진짜가 아니구나. 이건 그냥 소설일 뿐 삶을 내걸고 쓴 게 아니었구나. 아니, 어쩌면 기만당했다고 생각할 수도 있지. 잘 알지도 못하면서 자기 삶을 훔쳤다고, 자격도 없으면서 이득을 취했다고 생각할 수도 있지. 아닐까? 그 사람이 왜 그런 걸 물었을 것 같아? 왜 하필 그 자리에서 나한테 그게 궁금했을 것 같아?

나는 이건 뭐 함부로 썼다는 자백이고 실토인 건가 생각하다가, 그러니까 도대체 왜 그런 걸 써서 감당하지도 못할 혐의에 스스로 갇힌 거냐고 책망하려다가 결국 네가 아닌 나에게 물었다. 그 순간 너는 다른 시공간으로 가버린 것처럼 멍한 눈빛이 되었으니까. 방금 전 우리의 대화에서 뭔가 소설이 될 만한 걸 발견했으며 그게 너를 섬뜩하게 하면서도 살아 있게 한다는 걸 나는 직감했으니까.

그렇다면 어째서 너는 '나'가 아닌 '나'의 연인을 감염인으로 만든 걸까. 네가 조물주인 그 허구의 세계 안에서

김병운

'나'는 무엇이든 될 수 있었을 텐데, 마음만 먹으면 '나'는 감염인의 연인이 아니라 감염인이 될 수도 있었을 텐데 어째서 감염인은 '나'가 아니라 '나'의 연인이었던 걸까. 그리고 어째서 너는 이 모든 걸 내가 전해 듣게 한 걸까. 어째서 그날 그 일에 대해서는 내게 일언반구도 하지 않았던 걸까.

그로부터 며칠 뒤 불을 끄고 자리에 누웠을 때, 너도 나도 쉬이 잠들지 못하고 푸른빛으로 일렁이는 각자의 전화기에만 골몰하고 있을 때 나는 너의 인스타그램에 공개된 내 사진을 모두 숨겨달라고 말했다. 자랑하고 싶고 인정받고 싶고 투쟁하고 싶어서 업로드했던 우리의 모습을 더는 사람들이 볼 수 없게 해달라고 말했다.

그리고 무거운 침묵이 살아 있는 생물처럼 우리 사이에 누웠을 때, 얼마나 더 이러고 있어야 하나 싶은 막막함이 단지 이 순간에 국한된 감정은 아니라는 걸 깨달았을 때 너는 자책인지 비난인지 알 수 없는 말을 했다. 적어도 네가 나를 네 멋대로 시험대에 올리지만 않았어도 내가 듣지 않을 수 있었고 듣지 않아도 되었을 그런 말을 했다.

지금 이러는 거…… 혐오인 거는 알지?

저기요, 괜찮아요? 저기요.

누군가 내 오른쪽 상완을 가볍게 흔드는 듯한 느낌에 눈이
떠진다. 일순간 쏟아져 들어오는 전구 색에 눈이 부시고,
잠시간의 명순응을 거친 뒤에야 앞이 또렷해진다. 노출
콘크리트로 마감된 천장과 새하얀 줄눈이 칠해진 타일 벽,
냉온수도 꼭지가 달린 개수대. 여기는 창고 겸 다용도실이고
나는 무릎을 반쯤 끌어안은 채 냉기가 올라오는 바닥에 앉아
있다.

그리고 남자. 내 옆에는 웬 중년의 남자가 있다. 방금 나를
깨운 사람인 것 같고 내가 정신이 든 걸 확인하고는 조금
떨어져 앉는다.

숨을 안 쉬는 줄 알았어요. 그대로 두면 안 될 것 같아서.

아, 네. 감사합니다.

나는 눈을 감기 전의 상황을 복기해본다. 지하로 내려왔고,
복도를 지나 화장실 옆의 작은 방을 발견했고, 드디어
혼자라는 생각에 주저앉았지. 지쳤나, 편했나, 그래서 깜빡
잠이 들었나. 근데 이 남자는 어떻게 들어온 거지. 내가 문을
안 잠갔던가.

나는 남자에게 파티가 끝난 거냐고 묻고, 그렇다면 자기가
왜 여기서 이러고 있겠냐며 지겨워하는 남자의 반응에 피식
웃음이 난다. 전화기를 꺼내어보니 대오와 약속한 시각은
아직이고, 고로 내가 잠들었던 건 고작 몇 분 남짓이었던 것
같다.

어? 그 순간 나는 이곳의 음습한 공기를 나누어 마시고 있는 남자를 알아본다.

위층에서 나를 주시하던 사람. 소매를 접어 올린 짙은 파란색 셔츠에 검은색 트라우저, 아마도 조금씩 탈모가 진행 중인 듯한 M자형 곱슬머리와 방치한 것처럼 보이나 실제로는 정성을 들여 기르고 있을 턱수염. 아까와 달리 뭔가 좀 심심해졌다 싶더라니 안경을 벗었다. 가까이에서 보니 나이가 좀 있는 것 같고 살집도 있는 것 같다.

혹시…….

나는 한참을 머뭇거리다 남자에게 묻는다.

저를 따라오신 거예요?

그게 무슨 소리냐며 미간을 좁히던 남자가 이내 환히 웃는다.

내가 따라왔으면 좋겠어요?

…….

아닌가요? 영 별론가요?

아니요, 그건 아니고.

그럼 따라온 걸로 해요.

네?

들었잖아요.

나는 남자의 중저음이 나를 일렁이게 하도록 놔둔다. 이런 플러팅이 대체 얼마 만인가 싶고, 누군가 내 심장을 한 번 움켜쥐었다 놓은 것처럼 갑자기 얼굴에 피가 도는 게 느껴진다.

와, 진짜였다니. 취해서 헛걸 본 줄 알았는데.

뭐가요. 나요?

네, 휙 사라지셔서.

나를 찾았군요?

남자는 대답을 하지 않는 내게 어깨를 으쓱하더니 술을 한 모금 삼킨다. 다정하고 능글맞은 태도. 느긋하고 여유로운 분위기. 나는 남자가 잘생겼다고 생각한다. 나이가 드니 취향도 변하는구나 싶고, 어쩌면 상대를 노골적으로 쳐다보는 건 남자가 아니라 내가 아닐까 싶은 생각까지 든다.

나는 보란 듯이 건배를 청하는 남자를 지켜보다 문득 내 잔이 사라졌다는 걸 알아차린다. 내려올 때 분명히 챙겼던 것 같은데 양옆은 물론 개수대 작업대나 선반 위에도 없다.

그 술이요. 제 거는 아니겠죠?

남자는 이건 또 무슨 소리냐는 듯이 나를 빤히 건너다보더니 머리를 느릿하게 젓는다. 남자가 지어 보이는 표정 그 어디에서도 장난기가 느껴지지 않는다. 하지만 잠시 후 남자가 내 옆으로 바싹 다가와 앉더니 잔을 내민다. 내가 선뜻 받아들지 않자 괜찮다며 턱짓으로 잔을 가리켜 보이는데, 그게 실은 내 술이 맞다는 뜻인지 아니면 같이 나누어 마시자는 뜻인지 모르겠고 몰라도 될 것 같다.

왜냐하면 이제 나는 남자가 쓰는 바디 제품 향을 맡을 수 있을 정도로 우리가 근접해 있다는 것 말고는 아무 생각도 할 수 없으니까. 온몸의 신경세포가 남자를 향해 곤두서는 것만 같고, 덕분에 남자의 숨소리와 배관을 타고 흐르는 물소리,

김병운

문밖을 오가는 사람들의 인기척까지 들린다.

이윽고 누군가 안으로 들어오려는지 문고리를 이리저리
돌려보는데, 덕분에 나는 한 가지 중요한 사실을 확인한다.
지금 여기, 문이 잠겨 있구나.

근데 왜 숨어 있어요?

문밖의 상황이 잠잠해지자 남자가 묻는다. 남자의 입
주변에 감도는 미소가 왠지 모르게 비밀스럽게 느껴지는데,
나는 맥락 없이 먼저 도착한 그 미소에 부응하고 싶어진다.
남자의 말마따나 내가 숨어 있었던 것이면 좋겠고 그런 나를
남자가 흥미로워했으면 좋겠다.

도망쳤어요.

도망?

네, 도망.

왜요? 마주치고 싶지 않은 사람이라도 봤어요?

아니요, 못 봤어요. 아예 못 봤어요.

……네?

차라리 좀 봤으면 좋겠는데 보이질 않는다고요. 그게 내
문제예요.

남자는 눈을 가느다랗게 뜨더니 무슨 말인지 모르겠다는 듯
코끝을 찡긋하고, 나는 괜히 말하기 어려운 척 뜸을 들인다.

시선이요. 나를 향하는 시선이 있는데, 그게 계속 나를
따라다니며 관찰하는데 시선의 주인은 보이질 않는 거예요.
처음에는 카메라인가보다 했어요. 오늘 무슨 촬영한다고
카메라가 많잖아요. 근데 카메라가 나를 향해 있지 않아도,

내가 그 뒤로 빠져 있어도 시선이 감지되는 거예요. 그래서
도망쳤어요. 혼자가 되면 좀 나아질까 해서…….

남자는 어째 좀 오싹하다며 말끝을 흐리면서도 여전히 내가
재밌다는 듯이 웃는다. 다시 보니 두 뺨이 발그레한 게 그만
마셔야 하는 사람은 나 혼자만이 아닌 것 같다.

그래서요? 여기 있으니까 좀 나아졌나요?

남자의 질문에 나는 반쯤 고개를 주억이다 실은 아니라고
대답한다. 시선은 여기에도 있으며 지금 이 순간에도
우리를 구경하는 것 같다고, 우리의 대화, 표정, 행동 일체를
감상하는 것 같다고 말한다. 남자의 눈이 나를 떠나 손바닥만
한 새시 창문과 먼지가 자욱한 환풍구로 옮겨가고, 나는
남자를 따라서 다용도실 안을 살핀다. 그리고 남자의 눈길과
내 눈길이 서로에게 닿았을 때 남자에게 말한다.

그쪽이요. 저는 그쪽도 의심스러워요.

내가 왜요?

가짜 같아요. 보면 볼수록 진짜가 아닌 것 같아요.

아하, 아직도 내가 헛것 같아요?

네, 꼭 누가 만든 캐릭터 같아요. 나를 잘 아는 사람이,
무슨 말을 어떻게 해야 내가 좋아하는지 알고 있는 사람이
이쯤에서 나타나면 되겠다 싶어서 심어둔 캐릭터.

그 말은…… 내가 좋다는 뜻인데?

나는 남자를 만지고 싶은 충동을 누르며 반응하지 않는다.
내가 너무 외롭고 취약하다는 걸 들키지 않기 위해 서서히
눈을 내리깐다. 그리고 불현듯 스치는 두려움에, 정말이지 이

김병운

모든 게 꿈이어서 남자가 아까처럼 단 1초 만에 증발해버리면 어쩌나 싶은 아쉬움에 남자에게 묻는다. 이 사람이라면 이따금 내 삶으로 불쑥 들어와 무언가를 들추어내려는 것만 같은 이 시선의 횡포를 잊게 해줄 거라는 희망을 품고서.

지금 우리가 픽션 같다는 느낌 안 들어요? 누군가 바라는 대로 움직이고 말하는 느낌. 어디선가 우리를 쓰고 읽는 사람이 있을 것만 같은 느낌. 그런 느낌 모르겠어요?

거기까지 말했을 때 갑작스러운 정적이 내려앉는다. 미세한 진동이 지나가는 것 같고, 남자는 무슨 생각을 하는지 골똘해진다. 미쳤다고 생각하는 걸까? 하나만 할걸, 작작 할걸 괜한 말을 했나? 하지만 다행히 침묵은 그리 오래가지 못하고 남자는 다시금 하얀 이를 온통 드러내며 웃을 수 있는 그 사람이 된다. 손을 잡아보고 싶고 입을 맞춰보고 싶고 이제는 알몸이 궁금해지는 그 사람으로 돌아온다.

그럴지도 모르죠.

남자가 내게 알랑거리는 눈빛을 보내며 말한다.

우리는 가짜일 수도 있죠. 하지만 이 순간은 진짜라는 거, 그거 하나만큼은 분명히 확인할 수 있는 방법이 있어요.

뭔데요?

그때 남자가 동의를 구하듯 눈썹을 두어 번 치켜올리더니 내 왼뺨을 조심스레 만진다. 그러고는 내가 쓰고 있는 가면 뒤의 열망을 모두 알아본 것처럼, 자꾸만 자신의 아랫입술로 미끄러지는 내 눈길이 뜻하는 바를 정확히 읽은 것처럼 다른 한 손으로 오른뺨도 만진다. 마치 서로의 체온을 견주려는

듯이, 그리하여 내가 얼마나 뜨거운 상태인지 일러주려는
듯이.

하지만 남자는 내 바람과는 조금 다른 방향으로 움직인다.
눈을 감거나 입술을 포개는 대신 뺨에 닿아 있던 두 손을
눈가로 옮긴다. 그러고는 눈가리개를 씌우듯 점점 내 시야를
좁힌다. 내 눈 속에 자신을 가두고 자신의 눈 속에 나를
가둔다.

어때요? 지금도 우리를 보고 있나요?

남자가 우리만의 작은 터널 속에서 묻고,

그럼요, 다 보고 있어요.

나는 손톱으로 꾹 누른 것 같은 남자의 인중을 보며
대답한다.

하지만 몇 초쯤 뒤에 나는 얼굴을 뒤로 뺀다. 이렇게 많은
말을 했는데도 남자에 대해 아는 게 하나도 없다는 사실이,
그래서 흥분되지만 그래서 두려워지는 이 감각이 내게 또
다른 불안을 낳기 때문이다. 나는 남자에게 딱 한 가지만
알아보기로 한다.

혹시 예술인 패스가 있나요?

네?

활동 인증하고 할인받는 건데…… 모르세요?

남자는 그게 뭐냐고 되묻는 듯한 어리둥절한 얼굴이더니
이내 의뭉스러운 미소와 함께 고개를 젓는다. 그러고는
자기도 뭐 하나만 물어봐도 되겠느냐며 나지막이 속삭인다.
그리고 이어지는 그 말은, 남자의 따뜻한 숨결과 함께

김병운

귓바퀴를 타고 흘러들어온 그 말은 그 즉시 내 허벅지와
발끝을 동시에 당기며 이것이 결코 환상일 수 없다는 확신을
갖게 한다.

맨 처음 봤을 때부터 궁금했는데요.

뭐가요.

바텀 맞죠?

오프

대오는 상기인지 피곤인지 분간할 수 없는 안색으로 햄버거를
먹는 둥 마는 둥 한다. 행사 내내 배가 고팠다며 울상일
때는 언제고 막상 주문한 베토디를 받아들자 한입 크게
베어 물고는 더는 손도 대지 않는다. 행사의 여파로 긴장이
채 가시질 않은 것 같고, 당장의 허기를 채우는 것보다는
오늘 전시장에서 만난 사람들로부터 전해 들은 이런저런
소감을 내게 옮기는 게 더 중요한 것 같다. 대오는 지금
상태로는 눈에 잘 띄지 않을 것 같다며 일부 그림 순서와 조명
위치를 바꾸고 싶어 하는데, 오프닝을 무사히 마쳤음에도
후련함보다는 아쉬움이 더 큰 것 같다.

오늘 나 정말 괜찮았던 거지?

대오가 자꾸 물어 미안하다는 듯이 묻고,

좋았다니까. 무지 좋았어.

나는 백번도 말해줄 수 있다는 듯이 대답한다.

얼마쯤 지났을까. 우리가 앉아 있는 창가석 바깥에서 누가

알은체를 한다. 창유리를 똑똑 두드리고는 손을 흔든다. 누군가 했더니 전시장에서 대오를 이리저리 끌고 다니며 사람들에게 소개해주던 그 컬렉터다.

그리고 그 너머로 보이는 남자. 컬렉터로부터 서너 걸음쯤 뒤에 서 있는, 지금은 살짝 경직되어 있으나 조금만 웃어도 얼마나 근사해지는지 나는 알고 있는 남자. 남자와 나는 눈길이 얽히지만 알은체를 하지는 않고, 나는 그게 어떤 신호 같아서 남자가 아닌 것에만 눈을 두는 방식으로 남자를 본다.

그때 대오가 창밖의 남자들에게 어서 안으로 들어오라며 손짓한다. 내게는 묻지도 않고 빈자리를 콕 집어 보이며 합석을 권한다. 하지만 남자와 무어라 얘기를 나누는가 싶던 컬렉터가 그냥 가야 할 것 같다며 손목시계를 가리켜 보인다. 아무래도 남자가 원치 않는 것 같고, 컬렉터는 조만간 통화를 하자는 제스처를 남긴 채 물러선다. 그러고는 남자와 함께, 내 쪽은 더는 쳐다보지 않기로 결심한 듯한 그 남자와 함께 가던 길을 간다. 창가에 비친 내 모습 밖으로 사라진다.

친구인가? 아님 연인? 어느 쪽이든 모르고 싶고 모르는 게 더 나을 것 같다는 예감에 테이블로 눈을 돌리는데, 대오가 무슨 영감이라도 받았는지 멀어지는 두 사람을 손가락 프레임 안에 담다 말고 말한다.

아, 저 형이야.

응?

오늘 내 구세주. 아까 그림 하나 팔았다고 했잖아. 너가 마음에 든다고 했던 거. 그걸 저 형이 샀거든.

김병운

치과 의사라는?

아니, 영진이 형 말고. 형 애인 분.

아…….

나는 갈라져 있는 줄도 몰랐던 마음의 틈새로 서운함이 밀려드는 것을 느낀다. 우리가 이렇게 다시 마주쳤을 뿐만 아니라 같은 그림을 선택하기까지 했다는 우연을, 이 순간을 우연이 아닌 필연으로 바라보고 싶어 하는 내 의지를, 남자에 대한 실망감과 배신감이 단번에 진압하려는 걸 느낀다.

저 두 사람 말이야. 15년이나 됐대. 15년이라니 상상이 돼?

대오는 상상도 못 할 일이라며 혀를 내두르지만 나는 너무도 쉽게 그 15년을 상상할 수 있다. 원해진다는 기분. 소속되었다는 느낌. 다 괜찮을 거라는 믿음. 남자의 눈빛과 웃음, 농담에서 새어 나오던 그 모든 것들을 하루하루 모으다보면 어느새 1년은 2년이 되고 2년은 3년이 됐을 테니까.

근데 너무 아깝지 않아?

뭐가?

영진이 형 말이야. 누가 봐도 아쉬울 게 하나 없는데 왜 저런 아저씨를 만날까. 아, 역시 그건가? 많이 남다른가?

나는 자신의 농담이 흡족한 듯 큭큭대는 대오를 보면서, 얘는 어떤 남자가 진짜인지 좆도 모르면서 그 많은 남자 그림을 그린 거구나, 안타까워하면서 대오가 함부로 얕잡는 남자의 외모와 나이, 직업 같은 정보를 애써 흘려듣는다. 그 어떤 말도 내가 실제로 느낀 것에 부합하지 못한다는 사실에 약간의 고통과 기쁨을 동시에 느끼면서 남은 햄버거를 마저 욱여넣는다.

하지만 다행히 얘기는 그리 오래 이어지지 않는다. 왜냐하면 잠시 후 테이블 위에 올려둔 내 전화기가 진동하기 때문에. 새 메시지가 왔다는 알림. 아직 이름을 붙여 저장해두지 못한 번호.

[내일 저녁에 뭐 해요? 지금 먹는 것보다 훨씬 더 맛있는 거 먹으러 갈래요?]

나는 누군데 그렇게 웃느냐는 대오의 말을 듣고 나서야 내가 웃고 있었다는 사실을 깨닫는다. 회사 사람이야, 팀원이야, 후배야, 누구야 하고 되는대로 둘러대며 웃음기를 완전히 지우고 나서야 내가 이 사람에 대해서는 그 누구에게도 말하지 않으리라는 것을 확신한다. 방금 전 나를 엄습했던 낭패감은 아무것도 허물지 못했고, 나는 옅은 한숨을 내쉬며 다시 창문 쪽을 바라본다. 마치 거기에 누가 있는 것처럼. 여태껏 모두 지켜봤을 테니 이제 내가 어떻게 할 것 같으냐고 묻는 것처럼.

오늘 밤 내가 답을 하지 않으면 남자는 기다릴까 아니면 단념할까. 내일 밤 말고 오늘 밤은 어떠냐고 물으면 남자는 달려올까 아니면 곤란해할까. 나는 그 누구도 알 수 없는 비밀이 되기를 원한다고, 내게는 자랑도 인정도 투쟁도 필요 없는 관계가 절실하다고 말한다면 남자는 어떤 표정을 지을까. 그건 나를 안타까워하던 너의 표정과는 얼마나 다를까.

김병운

나는 고무공처럼 이리 튀고 저리 튀는 생각들이 잦아들기를
기다리면서, 전부 다 먹고 남은 포장용지와 휴지를 하나로
똘똘 뭉쳐 아주 작디작은 공처럼 만들면서 대오에게 말한다.

이제 그만 집에 가자.

지난겨울과 봄, 나와 대치했던 건 감추려는 마음이었다.
쓰고자 하는 의지를 꺾는 마음. 이건 절대로 쓰지 말라고, 어디
한번 쓰기만 해보라고 일단 멈춰 세우는 마음. 그 마음이 나를
순순히 보내주지 않으리라는 걸 느꼈을 때, 그 마음은 내게
보여지고 싶은 욕망이 남아 있는 한 그와 정확히 같은 크기의
힘을 가진 그림자처럼 존재하리라는 걸 느꼈을 때, 어쩌면
나의 진실은 거기에 있을지도 모른다는 생각이 들었다.

김병운

초 단위의
동물

서이제

지금껏 나는 수많은 택시 기사님과 함께 성수대교를 건넜다. 결국 오늘도 다리를 건너게 되는구나. 성수대교 위에서 바라본 한강은 언제나 아름다웠다. 한강변을 따라 세워진 아파트 단지와 저 멀리 보이는 롯데타워까지. 놀랍군. 정말 놀라워. 한강의 기적은 놀라웠지만, 그보다 놀라운 건 내가 아직도 잘리지 않았다는 사실이었다. 회사가 미쳤나. 솔직히 이러다가 잘려도 할 말은 없었는데 그렇다고 잘리고 싶어서 이러는 건 아니었다. 어쩌다가 이 지경이 되었을까. 작년부터 이따금 지각을 하기 시작했고, 어느 순간부터는 일주일에 두세 번씩 꼭 늦게 되었다. 조금 늦을 때는 5분에서 10분, 많이 늦을 때는 30분 넘기도 했다. 늦잠을 자서 이러는 게 아니었다. 아침에 일찍 일어나나 늦게 일어나나 지각을 하게 되는 건 마찬가지였는데 이를 어떻게 설명할 수 있을까. 저주인가. 분명한 건, 언제부턴가 내 의지대로 몸을 움직이는 게 어려워졌다는 것이다. 지각을 해봤자 좋을 게 하나 없는 것도 알고 있었지만 그걸 알면서도 도통 이 굴레를 벗어날 수가 없었다. 아마 오늘도 지각을 하게 될 것이다. 이 시간에 성수대교 위를 달리고 있다면 그럴 것이다. 아무리 빠르게 달려가도 소용없을 것이다. 그러니 이제 시계 따위는 볼 필요가 없었다. 그저 한강을 바라보았다.

아, 그래도 내가 꼴찌는 아니구나. 빈자리를 보면 안도하게
되었다. 지각은 했지만 그래도 가능하다면 가장 늦은 사람은
되고 싶지 않았다. 나는 나보다 더 늦은 사람들에게 감사한
마음을 가지고 있었다. 특히, 조이에게. 항상 늦는 내 곁에
이따금 나보다 더 늦는 당신이 있어서 얼마나 다행인지
몰라요. 조이는 나처럼 자주 늦진 않았지만 그래도 한번 늦을
때 제대로 늦었다. 화끈하게, 과감하게. 점심시간이 다 되어
올 때도 있었다. 가끔 정말 놀랍다는 생각이 들 정도였는데,
그보다 더 놀라운 건 그의 태도였다. 그는 언제나 느긋하게
미소를 지으며 사무실로 들어왔다. 이미 아침 일찍 출근해
있었던 사람처럼, 다른 부서에서 업무를 보고 온 사람처럼,
잠시 화장실에 다녀왔거나 담배를 피우고 온 사람처럼
말이다. 어차피 사원증을 찍으면 출퇴근 시간이 기록에
남았으니, 딱히 늦은 걸 숨기려고 그러는 건 아닌 듯했다.
어떻게 그렇게 태연할 수 있어요? 저는 지각하면 오는 길에
심장 떨려 죽을 것 같던데. 언젠가 내가 물었을 때, 조이는
파티션 아래로 몸을 숙이며 나지막이 말했다. 뭐 어쩌겠어요.
어차피 지각인데 그냥 웃어야지. 나는 조이로부터 지각한
사람의 태도를 배울 수 있었다. 일찍 출근하는 걸 바랄 거면
일찍 퇴근시켜주든지. 이 욕심도 많은 회사 새끼가 나한테
바라는 것도 참 많네요. 나보고 뒈지라는 건지, 다 같이
죽자는 건지 모르겠어요. 금방이라도 허리가 아작날 것
같아요. 그렇게 말하는 조이의 눈에는 광기가 서려 있었다.

어쨌든 오늘은 또 얼마나 늦을 예정인지, 조이의 자리는 비어
있었다.

10:21

조이와 달리, 루나는 매일 딱 1분씩 늦었다. 조이와 루나 중에
누가 더 문제일까, 생각했지만 결국에는 내가 가장 문제일
것이다. 나처럼 애매하게 자주 늦으면 변명도 통하지 않았다.
어차피 늦었지만, 조금이라도 덜 늦기 위해 택시를 타는 내
마음을 회사가 알까. 아침마다 성수대교를 건너는 내 마음을
회사가 알까. 물론 알 리가 없었고, 알아도 달라지는 건 없었다.
한편 루나는 변명을 늘 달고 살았다. 주차할 때 55분이었어요.
엘리베이터 타고 올라오는 데 시간이 많이 걸린다니까요.
그 뻔뻔한 태도는 놀라울 정도였지만 내가 뭐라고 할
입장은 아니었다. 한번은 벤이 루나를 불러 나무란 적이
있었는데 그때도 루나는 눈 하나 꿈쩍하지 않았다. 늦으면
얼마나 늦었다고 그러냐고, 일하는 데는 아무런 문제가 없지
않냐고, 자기가 언제 일을 대충 하거나 미룬 적이 있냐고,
일을 제때 끝내지 못해서 회사에 피해를 준 적이 있냐고 했다.
빌어먹을, 루나 말이 맞긴 했다. 루나는 매일 늦었지만 일
처리는 늦은 적이 없었으니까. 그는 어떤 일이든 쉽고 빠르게
처리했다. 이따금 나는 그런 루나가 부럽기도 했다.

초 단위의 동물   43

한편 벤은 오전 내내 졸고 있었다. 고개를 젖힌 채 입을 절반쯤 벌리고서. 그는 최근 영국으로 출장을 다녀온 후 저 지경이 되었다. 마치 시차 적응에 영원히 실패한 사람처럼 보였다. 어떤 날에는 점심 식사도 포기한 채 잠을 잤고, 우리는 그런 벤을 보면서 영국에서 뭘 잘못 먹고 온 게 아니냐며 그를 걱정했다. 실제로 그는 출장 당시 인스타그램에 피시앤칩스 사진을 잔뜩 찍어 올리기도 했다. 내가 안쓰러운 눈으로 벤을 보고 있을 때, 에이든이 파티션 밖으로 목을 쭉 내밀었다. 그는 공대 출신 개발자로 입사할 때부터 거북목이었는데 날이 갈수록 증세가 심해지고 있었다. 피시앤칩스를 즐기더니 결국 저렇게 되었네요. 내가 고개를 저으며 안타까워하자, 에이든이 말했다. 피시앤칩스는 산업혁명의 산물이자 노동자의 음식이죠. 저는 벤이 영국에서 피시앤칩스만 먹은 건 일종의 메시지였다고 봐요. 이것들아, 나는 싸구려 고열량 피시앤칩스 기름에 절여지고 있는 미친 노동자야. 뭐 그런 메시지랄까요? 설마 벤이 그렇게까지 했을까 싶었지만, 그래도 나는 피시앤칩스가 노동자의 음식이라는 데는 동의했다. 나는 퇴근 후에 피시앤칩스에 맥주 한잔을 곁들여 마시면서 온갖 노고를 털어내는 상상을 했다. 역시나 피로와 권태에 찌든 노동자의 영혼을 달래는 데는 고열량 고지방 음식만 한 것이 없었다.

자고로 노동의 역사는 고열량 고지방 음식의 역사이기도
했다. 고된 노동에 지친 영국 노동자들이 피시앤칩스를
먹었듯, 이탈리아의 광부들은 까르보나라를 즐겨 먹었다.
나폴리 피자는 이름 그대로 나폴리 항구에 몰려든 빈민과
어부들의 음식이었다. 조선시대 선조들은 고된 농사일을 하며
고봉밥을 먹었고, 이제 한국인은 퇴근 후에 프라이드치킨을
먹게 되었다. 프라이드치킨은 언제 어디에서나 누구든 손쉽게
배달시켜 먹을 수 있는 음식이었고, 맛과 소스의 종류도
다양해 남녀노소 모두에게 사랑받았다. 나 또한 평생 치킨을
먹으며 살아왔으나, 진정으로 치킨 맛을 알게 된 건 입사
이후였다. 야근 후 집에서 혼자 종종 먹었던 치맥의 맛은 그
무엇과도 비교할 수 없을 것이다.

몇 년 전 유럽 여행을 갔다가, 기차 안에서 만난 외국인과
짧게 대화를 나눈 적이 있었다. 그는 한국에서 교환학생
생활을 한 적이 있다고 했다. 오, 한국은 초고속 성장과
프라이드치킨의 나라잖아. 어째서 많은 것들 중에 그 둘을
기억하고 있는지 알 수 없었으나, 어쨌든 그는 치킨을
시키자마자 치킨이 나왔던 일을 아직도 잊을 수 없다고 했다.
한국은 뭐든 빠르잖아. 빨리빨리, 빨리빨리. 그는 그 말의
어감이 재미있다고 했다. 그래, 맞아. 한국은 뭐든 빠르지.

초 단위의 동물

그런데 막상 그렇게 말하고 보니, 아닌 것 같다는 생각이
들었다. 정말로 한국이 빠른가. 그렇다면 어째서 코리안
타임이 있는 걸까. 모든 게 빠른데 제때를 맞추지 못하다니,
정말 이상한 일이었다. 아이러니하게도, 한국에 살며 가장
많이 들었던 말 중 하나는, 성공하고 싶으면 시간 약속을 잘
지켜야 한다는 말이었다.

11:53

서양인은 시간 약속을 잘 지킨다는 말도 지겹게 들었다. 특히
스위스인은 시간 약속에 아주 철저하다고 했다. 역시 파텍
필립과 롤렉스의 나라답다고 생각했다. 스위스 취리히역에
도착했을 때 제일 먼저 눈에 들어온 것도 커다랗고 둥그런
아날로그 시계였다. 붉은 초침이 인상적이었다. 붉은 초침은
0시를 지나면서 잠시 멈췄다가, 다시 움직였다. 고장인가
했는데 0시를 지날 때마다 그러는 걸 보니 원래 저런
시계인 듯했다. 잠깐씩 멈추는데도 시간이 정확하게 맞는 게
신기하다고 생각했다. 한국인 친구, 즐거운 여행 되기를 바라.
우리는 그곳에서 인사를 나누고 헤어졌다, 영원히.

12:00

시계는 정오를 가리켰다. 조이는 아직도 회사에 오지
않았고, 벤은 여전히 잠들어 있었다. 아직도 주무시는데

깨울까요? 에이든이 내게 물었다. 그냥 내버려두죠. 루나도
그러는 게 좋겠다고 거들었다. 아, 그럴까요? 우리는 자도록
벤을 내버려두는 데 동의하고 자리에서 일어났다. 한편 그
시각까지도 맥스는 구석에 처박혀 쥐 죽은 듯 일을 하고
있었다. 맥스, 밥 먹으러 안 가요? 맥스가 매일 도시락을 싸
오는 걸 알았지만 그냥 예의상 한번 물어보았다. 네, 저는
도시락. 오늘 보쌈 나오는데 정말 안 가요? 네, 괜찮아요.
맥스는 재차 거절했다. 오래가지는 못할 것이다. 너도 언젠가
회사 생활에 찌들어 만성피로에 시달리고 도시락 챙길
힘도 없이 허겁지겁 출근하는 날이 올 거야. 지금은 믿기
힘들겠지만, 언젠가 너도 네 몸이 네 몸 같지 않게 느껴지는
날이 올 거야. 이게 다 무슨 소용인가 회의감이 들고, 의욕도
없이 그저 하루하루 주어진 일을 처리하는 것도 버거운
날들이 올 거라고. 너도 머지않았어, 인마. 나는 생각했지만
구태여 입 밖으로 내뱉진 않았다. 그래요, 점심 맛있게 먹어요.

12:06

나도 신입 때는 새벽에 일어나 김밥을 말았다. 현미밥에
닭가슴살과 우엉을 넣어서, 아주 건강하고 맛있게. 퇴근
후에는 헬스장에서 유산소와 근력운동을 했고, 주말에는
학원에 다니며 외국어와 자격증 시험을 준비하기도 했다.
그러던 어느 날 출근길에 불현듯 깨달았다. 그러니까
어떻게든 늦지 않으려고 만원 지하철에 몸을 욱여넣을 때,

초 단위의 동물

그렇게 사람들 사이에 끼어 역을 통과할 때. 이게 다 무슨 소용인가 싶었다. 그 순간 도시락 주머니가 짐 덩어리처럼 느껴졌다. 잘 살아보고자 했던 것인데, 그러고 싶을 뿐이었는데. 일찍 일어나 김밥을 말아봤자 괜히 몸만 더 피곤해질 뿐이었다. 퇴근을 하고 운동을 하는 것도, 주말에 학원을 다니는 것도 마찬가지였다. 정말 이렇게까지 살아야 할까. 미라클 모닝이나 자기 계발의 판타지에 휩싸여, 무리했던 건 아닐까. 물론, 그 모든 일을 모두 해낼 수 있는 사람도 어딘가에는 존재하겠지만 적어도 나는 아니었다. 나는 그걸 인정해야 했다.

12:32

이게 뭐지? 보쌈을 먹는데 상추에 모래 알갱이 같은 것이 붙어 있었다. 자세히 살펴보니 달팽이였다. 그것은 촉수를 세우고 꾸물거리고 있었다. 살아 있네. 나는 달팽이가 붙어 있는 상추를 집어들어, 루나와 에이든에게 보여주었다. 그런데 이걸 이제 어떻게 해요? 아직 살아서 움직이는데. 내가 묻자, 에이든은 화단 같은 데 옮겨주는 게 좋을 것 같다고 의견을 주었다. 루나는 도심 속 화단에서 달팽이가 살면 얼마나 살겠냐고 하루 만에 매연에 질식해 죽을 거라고 했다. 얘는 어쩌다가 여기까지 온 걸까. 여느 때와 같이 그저 상추로 실컷 배를 채우고 있었을 텐데, 정신을 차려보니 식판 위에 있는 거잖아. 아무런 이유도 없이 먼 곳까지

서이제

끌려와 죽을 운명에 놓이다니, 너무하다는 생각이 들었다.
나는 이러나저러나 죽을 위기에 놓인 달팽이를 오래도록
바라보았다.

13:11

나는 그것을 사무실로 데려와 키우기로 했다. 첫날 달팽이는
어쩔 수 없이 페트병 속에서 하루를 보내야 했지만, 다행히
죽지 않고 살아주었다. 다음 날 나는 다이소에 들러 작은
어항 하나를 구매해, 달팽이에게 집을 만들어주었다.
집이라고 해봐야 어항 안에 축축한 흙을 깔아두는 게
전부였지만 그래도 페트병 속에서 지낼 때보다 훨씬 나아
보였다. 흙이 마르지 않게 주기적으로 물도 뿌려주었고, 실컷
배불리 먹을 수 있도록 신선한 과일과 채소도 넣어주었다.
달팽이는 가리는 것 없이 잘 먹어주었다. 상추, 애호박,
오이, 방울토마토, 사과, 딸기, 바나나 등. 저 작고 느린
생명체가 먹이를 계속해서 야금야금 먹어 치운다는 게 놀랍고
신기했다. 나는 달팽이에게 구식이라는 이름을 지어주었다.
구내식당의 줄임말이었다. 구내식당에서 데려오기도 했고
야금야금 뭐든 잘 먹으니까, 이만한 이름이 또 없다고
생각했다. 구식이, 구식이.

초 단위의 동물   49

17:38

구식이가 온 날부터 조이는 회사에 나오지 않았다. 얼핏 듣기로는 건강이 나빠졌다고 하는데, 얼마나 건강이 나빠졌기에 이토록 오랫동안 자리를 비우는 것인지. 병원에 입원이라도 한 건 아닌지. 그러고 보니 한 달 전부터 계속 허리가 아프다고 짜증을 내지 않았나. 혹시 허리 디스크라도? 조이에게 따로 문자를 남기기도 했지만 답장이 없었다. 하긴, 허리 디스크 수술을 받은 게 아니더라도 건강이 나빠질 만도 하지. 우리 중 궂은일을 도맡아 했던 게 조이 아니었던가. 귀찮은 일을 하기 싫어 조이에게 은근히 일을 미뤘던 게 생각나 미안했다. 그렇지만 시간을 되돌린다 해도 또 그럴 것 같았다. 어쨌든 나는 조이가 하루빨리 건강을 회복해, 회사로 돌아오기를 바랐다. 조이와 옥상에서 담배를 피우며 회사를 욕하는 시간도 그립고, 그 광기 어린 눈도 그리웠다. 조이에게 구식이도 소개시켜주고 싶었다.

12:09

맥스는 오늘도 우리와 함께 밥을 먹지 않았다. 그냥 그러려니 했는데, 사무실을 나오자마자 에이든이 나지막이 말했다. 개미같이 생겨가지고. 맥스를 두고 하는 말이었다. 이게 말로만 듣던 젊은 꼰대인가. 닉네임을 사용한다고 해서 수평적인 조직 문화가 만들어지는 건 아닌 것 같다고 생각하는 찰나, 루나가 에이든을 놀리듯 말했다. 오, 에이든

　　　　　　　　　　　　　　서이제

지금 화난 거예요? 원래 직속 상사가 제일 무섭다더니.
어우, 무서워. 그러자 에이든이 고개를 저으며 말했다. 아니,
그게 아니라 잘난 척하는 것 같아서요. 입사한 지 몇 달이나
지났는데 우리랑 아예 말도 섞지 않고요. 뭔가 저럴 때마다
우리를 무시하는 것 같다니까요. 저 꿍한 표정도 싫어요. 이에
루나가 껄껄 웃으며 말했다. 회사라고 어렵게 들어왔는데
누구는 맨날 지각, 누구는 오전 내내 잠만 자, 누구는 일하는
와중에 주식 시황이나 살피고 있고, 누구는 달팽이 상추 뜯어
먹는 거나 보고 있고 말이에요. 그것도 모자라서 꼰대처럼
구는 사람이라니, 맥스가 우리랑 말을 섞고 싶겠어요? 루나의
통찰력은 놀라울 정도였다. 루나, 회사 사람들한테 무관심한
줄 알았는데 다 보고 있었네요. 에이든이 말하자, 루나가 그의
어깨에 다정하게 손을 올렸다. 저도 맥스가 개미같이 생겼다고
생각하지만 그래도 미워하진 맙시다.

14:28
_____

루나가 그렇게 말한 후로, 맥스가 더 개미 같아 보이기
시작했다. 최근 머리를 짧게 밀고 와서, 하필이면 두상이
예뻐서, 더 그렇게 느껴졌는지도 모르겠다. 그러고 보니 직장
사람들은 저마다 닮은 동물이 하나씩 있는 듯했다. 벤은
미간이 넓고 눈 주위에 다크서클이 진하여 얼핏 나무늘보
같아 보였는데, 최근에 잠만 자서 그런지 더 그래 보였다.
루나는 턱이 갸름하고 눈매가 날카로워 마치 뱀 같았고,

초 단위의 동물   51

에이든은 거북이 같았다. 갈수록 심해지는 거북목 때문만이 아니라, 전체적인 인상이 그랬다고나 할까. 나는 거북이상을 검색해보았다. 거북이상을 가진 사람은 신중하고 결단력이 있다고 했다. 평생 부자로 살고 싶으면 거북이상을 만나라는 조언도 나와 있었다. 음, 그런가, 생각하고 나는 다시 업무를 하기 시작했다.

18:44

조이가 회사에 나오지 않자, 조이가 하던 일은 그대로 내 몫이 되었다. 그간 조이에게 일을 미뤄왔던 것에 대한 대가를 치르는 듯했다. 그러고 싶지 않았지만, 이따금 혼자서 감당할 수 없는 일이 생길 때는 맥스에게 도움을 청했다. 한편 나와 같은 처지에 놓인 건, 에이든도 마찬가지였다. 에이든은 벤이 자는 동안 제대로 끝내지 못한 일들을 수습하고 있었다. 밤늦게 퇴근하는 일이 잦아졌다. 사람 한 명 없는 게 이렇게 영향이 크다니, 일손이 하나가 부족한 게 이렇게 사람을 힘들게 하다니. 어째서 새로운 직원을 뽑지 않는 것인지 의문이었다. 조이의 빈자리를 느끼고 있어요. 내가 말하자 맥스가 조용히 고개를 끄덕였다. 저도 벤의 빈자리를 느끼고 있어요. 있으나 없으나 똑같아요. 에이든은 벤의 빈자리를 바라보며 긴 한숨을 내쉬었다. 무슨 일이든 쉽고 빠르게 끝내버리는 루나가 부러울 따름이었다.

서이제

일을 하다가도 몇 번이고 구식이를 보곤 했다. 구식이는
언제나 아주 느리게 꾸물거리고 있었는데, 그 모습을
보면 마음이 놓였다. 꾸물거림은 생명의 증거였으니까.
그 작은 공간에서 나름대로 잘 적응해나가는 모습을 보며
장하다는 생각까지 들었다. 나는 구식이가 언제까지나 계속
꾸물거려주기를 바랐다.

점심을 먹고 사무실로 돌아오니, 맥스가 책상 위에 엎드려
잠을 자고 있었다. 드디어 피로가 누적되기 시작했구나.
마치 신입 때 내 모습을 보는 것 같았다. 그런데 취준생 때도
저러고 있지 않았나. 아니, 수험생 때도 저러고 있지 않았나.
돌이켜보니 그 세월을 어떻게 지나왔는지 모르겠다. 수험생
때는 밤늦게까지 학교에 잡혀 있었고, 취준생 때는 막차가
끊어질 때까지 도서관에 처박혀 있었다. 마음 편히 잠들었던
적이 있나. 하고 싶은 일이나 해야 할 일이 생기면 잠부터
줄이지 않았나. 잠은 죽어서 자자고 생각한 적도 있었으나
이렇게 살다가는 졸도할 수도 있겠다고 느낀 적도 있었다.
지금 자면 꿈을 꾸지만 지금 공부하면 꿈을 이룬다는 문구를
마음속에 새기고 살았던 적도 있으나, 언제부턴가 그 문구만
떠올리면 화가 치밀어 올랐다. 어쨌든 그 세월을 지나오며
터득한 건, 쪽잠을 자는 스킬뿐이었다. 나는 엎드려 자는

맥스를, 그 초라한 등짝을 바라보았다. 한편 벤은 의자에 등을 기댄 채 자고 있었다.

15:32

잘 생각해보니 평생을 그러고 살았던 건 아니었다. 아주 어릴 때는 침대에서 푹 잘 수 있었다. 그때는 알람 없이도 잘 일어났다. 이따금 엄마가 깨워주기도 했으나 보통은 해가 밝으면 저절로 눈이 떠졌으니까. 일어나, 아침을 먹고 학습지를 풀고 간식을 먹으며 텔레비전에서 나오는 만화를 실컷 보아도 시간이 남아돌았다. 오후에는 놀이터에 나가 동네 친구들과 뛰어다녔고, 그것도 지겨워지면 자전거를 타고 방방을 타러 갔다. 온몸에 힘이 다 빠질 때까지 방방을 타다가, 문방구에서 슬러시를 한잔 사 먹고 집에 가도 해가 지지 않았다. 저녁을 먹은 후에는 욕조에 오랜 시간 머물렀다. 손끝이 쪼글쪼글해질 때까지. 이것저것 하면서 뭉그적거릴 때도 있었으나 그래도 자정을 넘기기 전에는 꼭 씻고 잠들었다. 그때는 하루가 길었다. 하루도 길고 1년도 길어서 도대체 나는 언제 어른이 될 수 있을까 싶었다. 그때는 나이를 먹을수록 시간이 짧게 느껴진다는 것을 알지 못했다.

서이제

월 화 수 목 금, 주말.

　월 화 수 목 금, 주말.

　월 화 수 목 금, 주말.

　월 화 수 목 금, 주말.

반복되었다. 반복되고 반복되면 어느덧 시간이 흘러 있었다.
시간과 날짜를 확인할 때마다 놀라곤 했다. 벌써 아홉 시라니,
벌써 9월이라니, 그러면 안 되는데. 벌써 그러면 안 되는데.
그럴 리 없겠지만, 시간이 잘못된 것 같았다. 시간이 미친
것 같았다. 이러다가 곧 추석이 되고 연말이 되고 새해가 될
것이다. 그렇게 한 살, 한 살. 언제부턴가 내 나이를 세지 않게
되었다. 가끔 나조차도, 내가 지금 몇 살인지 헷갈렸다.

구식이는 조금씩 아주 조금씩 자라고 있었지만 여전히
작았다. 다 자라도 작을 것이다. 나는 이렇게 작고 귀여운
녀석이 매일 자기 몸집보다 큰 채소를 먹어 치운다는 사실에
놀랐지만, 그렇게 먹고도 이만큼밖에 자라지 않는다는 사실에
한 번 더 놀랐다. 오늘도 구식이는 애호박을 조금씩 뜯어
먹고 있었다. 잘 먹고 쑥쑥 자라라. 건강하게 오래오래 살아야
해. 달팽이 수명은 고작 3년 정도였고 길어봤자 5년이었다.
이직을 생각하면 지겨운 시간이었지만, 구식이의 생을

생각하면 너무도 짧은 시간이었다.

08:57

일이 늘면서 지각을 하는 횟수도 늘기 시작했다. 이제
나는 거의 매일 택시 기사님과 함께 성수대교를 건너고
있었다. 이미 늦었지만, 만약 택시가 없었다면 더 늦었을
것이다. 택시는 출근 시간을 줄여주었다. 자동차의 발명은
이동 시간을 줄여주었고, 기차와 비행기의 발명은 이동
시간을 더 많이 줄여주었다. 세탁기는 손수 세탁하는
시간을, 전자레인지는 조리 시간을, 타자기는 작업 시간을
줄여주었다. 기술이 발전하면 노동 시간이 줄어든다고
했는데, 실제로 노동 시간은 과거에 비해 많이 줄어들었는데.
어째서 일은 해도 해도 줄어들지 않는 것인지. 문득, 시간이
줄어드는 것과 일이 줄어드는 것은 별개의 문제일지도
모른다는 생각이 들었다. 한편 라디오에서는 '이 시각 사건
사고' 소식이 흘러나오고 있었고, 나는 이에 귀를 기울였다.
택시는 어느덧 다리를 건너 강남에 진입하고 있었다.

18:13

[드디어 런던 입성. 세계에서 가장 유명한 시계탑 앞에서 한
컷. 얼마 전까지 보수 공사 중이었다는데, 하마터면 못 볼
뻔.] 출장 당시, 벤은 인스타그램에 빅벤 앞에서 찍은 사진을

올렸다. 인정하고 싶진 않았지만 벤은 인생샷을 건진 것
같았다. 구름 가득 낀 흐린 날씨였지만, 우아한 금빛 시계탑
앞에 선 벤의 표정은 밝았다. 행복해 보였다. 물론 으레
인스타그램 사진이 그렇듯, 실제로 현실은 그렇지 못했을
것이다. 어쨌든 일을 하러 간 거였으니까. 일을 하는 와중에도
어떻게 해서든 랜드마크에 들러 인생샷을 건지기 위해 애쓰는
모습이 대단하게 느껴지면서도 한편으로는 안쓰러웠다.
나는 오늘도 깊게 잠든 벤을 바라보았다. 저게 내 미래일까.
깨울까요? 에이든이 내게 물었고, 나는 고개를 저었다.

19:33

___

영국 런던의 빅벤은 산업혁명 당시 노동자들을 깨우기 위한
일종의 알람 시계였다. 소름 끼치게도 빅벤의 종소리는 우리가
익히 들어 알고 있는 수업 종소리, 그러니까 대한민국에서
수능을 준비한 사람이라면 누구나 한 번쯤 다 들어봤을 그
종소리였다. 이 우연을 어떻게 받아들여야 할까. 어쨌든 이
시계는 두 차례 세계전쟁을 겪으면서도 시간을 정확히 지켰다.
그랬던 빅벤은 세계 금융 위기의 시발점이 된 2000년대에
접어들면서 고장 문제를 겪었다. 세상이 미쳐 돌아가는 꼴을
보고 미친 것인지, 빅벤은 어느새 6초씩 빠르게 움직이고
있었다. 그러니까 빅벤은 늦지 않은 사람도 늦게 만들어버릴
수 있었다. 이후, 빅벤은 오랜 보수 공사에 들어갔다.

초 단위의 동물   57

조이의 자리는 비어 있었다. 조이는 어디서 무얼 하고 있는
걸까. 아무래도 조이는 이대로 회사를 영영 떠나버린 듯했다.
나 또한 조이 없는 회사를 영영 떠나버리고 싶었다. 특히, 오늘
밤은. 거의 두 시간 동안 한 문단도 제대로 쓰지 못하고 있었기
때문이었다. 하루에 쓸 수 있는 뇌의 에너지는 한정된 듯했다.
도저히 못 해먹겠는데 오늘은 그만 갈까요. 그렇게 말할 때,
나는 이미 컴퓨터 전원을 끈 상태였다. 네, 이만 가죠. 이거
계속 앉아 있어서 될 일이 아니에요. 에이든은 기다렸다는
듯이 답하곤 급히 짐을 챙기기 시작했다. 한편 맥스는 집에 갈
생각이 없어 보였다. 저는 조금 더 있다가 갈게요. 이따가 집
가서 편하게 자고 싶어서. 우리는 그런 맥스를 말리지 않았다.
나는 사무실을 나오며 뒤를 돌아보았다. 텅 빈 사무실에
맥스가 혼자 남아 키보드를 두드리고 있었다. 개미같이
생겨가지고. 나는 나지막이 읊조렸다.

퇴근 후, 에이든과 호프집에서 피시앤칩스에 맥주를
곁들여 마셨다. 에이든은 피시앤칩스 한 조각을 포크로
찍으며 말했다. 저주예요, 저주. 이번에도 나락이에요. 주식
이야기였다. 그는 어째서 자기가 사는 주식마다 주가가
폭락하는지 이해할 수 없다고 했다. 저런, 그랬군요. 딱히
그를 위로해줄 말이 없었다. 저는 아침마다 택시를 타는

저주에 걸렸어요. 늦게 일어나나 일찍 일어나나 택시를
타게 돼요. 에이든은 안타까운 표정을 지으며, 피시앤칩스
한 조각을 베어 물었다. 마치 거북이가 우물우물 먹이를
먹는 것 같았다. 귀여워, 하고 나는 생각했다. 그러고 보니
매일 같은 패턴에 색깔만 조금씩 달라지는, 그러니까 저
등껍질 같은 체크무늬 남방을 고수하는 것도 귀여웠다.
에이든, 그럼 돈 벌어서 어디에 써요? 주식 사는 거 말고.
에이든은 우물거리며 생각에 빠졌다. 글쎄요. 식비? 아니면
영화? 뜻밖의 대답이었다. 레고랑 피규어를 모으는데, 이건
뭐 일종의 재테크지만. 하여튼 어릴 때부터 영화 보는 거
좋아해서요. 지금 유튜브, 왓챠, 넷플릭스, 디즈니 플러스
다 하거든요. 미디어 중독자예요. 킬링타임이죠, 뭐. 나는
안타까운 표정을 지으며 말했다. 그것도 저주네요. 에이든은
고개를 끄덕였다. 저는 매달 결제는 하는데 안 봐요. 뭘 볼지
고민하다가 결국에는 아무것도 안 보게 되더라고요. 뭔가
집중해서 볼 마음의 여유도 없고요. 내가 말하자, 에이든이
안타까운 표정을 지으며 말했다. 그것도 저주네요. 우리는
저주에 대해 이런저런 이야기를 나누다가, 피시앤칩스를 먹고
잠이 드는 쪽이 가장 낫다는 결론에 이르러 피시앤칩스를
먹었다. 맥주도 들이켰다. 피곤한 탓인지, 얼마 마시지
않았는데도 취기가 올라왔다.

초 단위의 동물

택시를 타고 성수대교를 건넜다. 밤에 바라본 한강은 더
아름다웠다. 할증이 붙어서 요금이 무지막지하게 나오겠지만
그래도 그 정도 돈을 주고 볼만한 풍경이었다. 그래, 돈
벌어서 뭐 하나. 이럴 때 쓰는 거지. 택시를 타며, 기분이
좋았던 건 오랜만이었다. 나는 달리는 택시 안에서 에이든을
생각했다. 그러니까 거북이처럼 음식을 우물거리던 그
모습을, 등껍질 같은 체크무늬 셔츠를, 그의 굽은 등과
거북목을. 하, 하고 짧은 탄식이 터져 나왔다. 귀여워 보이면
끝이라던데, 나는 끝난 건가. 정말 그런가. 아무래도 근래 몇
주간 야근을 하며 줄곧 붙어 있어서 그런 듯했다. 벤이 근무에
태만해지지 않았더라면, 조이가 계속 회사에 나왔더라면,
이런 일은 벌어지지 않았을 것이다. 아, 망했다. 나는
절망했고, 내일이 기다려지기 시작했다. 이제야 겨우 회사에
갈 이유를 찾은 것 같았다.

08:18

그러나 여느 때와 같은 아침이었다. 사랑에 빠지면 몸과
마음이 가벼워져, 아침에도 벌떡 일어날 수 있을 것 같았는데.
알람 소리에 온갖 짜증을 내며 눈을 뜨게 되는 건 변함이
없었다. 더군다나, 오랜만에 술을 마셔서 그런지, 몸이 안
좋아진 건지, 오늘은 온몸이 두들겨 맞은 것처럼 아팠다.
이제는 일어나야 해, 일어나야 해, 일어나서 가야 해, 가야

해, 가야 하지만, 오늘 가면 어제 쓰다가 남은 제안서를 마저 써야 했다. 그런 생각을 하니 더더욱 몸이 움직여지지 않았다. 에이든을 생각해도 몸이 일으켜지지 않았다. 내 몸이 내 몸 같지 않았다. 얼마나 시간이 흘렀을까. 결국 나를 침대 밖으로 나오게 한 것은 시간이었다. 이러고 있다가는 자칫 또 지각을 하게 될 수도 있었으니까. 나는 잠에서 깬 지 한참이 지난 후에야 침대에서 내려와, 나갈 채비를 했다. 머리를 덜 말리고 자 머리카락이 삐죽삐죽 서 있었지만, 따로 드라이할 시간이 없었다. 간신히 밖으로 나가 택시를 잡았다. 나는 정시 출근과 지각의 기로에 서 있었다. 택시에 운을 맡겨야 했다.

00:00

그렇게 모든 게 잘못되었다. 얼른 내리라는 고함 소리에 놀라 눈을 떴을 때는 이미 모든 게 잘못된 후였다. 아니, 여기가 어디야. 택시는 회사 앞이 아니라 웬 촌구석에 도착해 있었는데. 이걸 어떻게 하지. 망했네, 시발. 얼른 다시 돌아가는 것 말고는 방법이 없는 듯했다. 저기요, 기사님. 여기, 여기 아닌데요. 신사동으로 가야 되는데요. 화를 꾹 참고 다시 돌아가달라고 말하려는 찰나, 기사님이 도리어 내게 역정을 냈다. 아, 내리라니까 말이 많네. 됐고요, 여기가 당신 목적지예요. 열 받게 하지 말고 내려요. 당장. 당장. 당장! 나는 겁에 질려, 도망치듯 택시에서 내렸다. 심장이 빠르게 뛰었다. 미친놈에게 잘못 걸렸다는 생각이 들었는데,

초 단위의 동물

이게 지각 사유가 될까. 회사에서 믿어줄지 모르겠다. 택시는
빠르게 이곳을 빠져나갔다. 택시에는 번호판이 없었다.

00:00

주변을 둘러보았다. 온통 산으로 둘러싸여 있었다. 잘 가꿔진
밭이 있었지만, 사람은 찾아볼 수 없었다. 휴대폰으로
위치를 검색해보려고 하는데, 빌어먹을, 전파가 터지지
않았다. 전파가 터지지 않아 회사에 전화를 걸 수도 없었다.
설상가상으로 휴대폰 배터리도 얼마 남아 있지 않았다. 어제
술을 마시고 들어와 충전을 하는 걸 깜박한 탓이었다. 무슨
이런 일이 다 있어. 이제 어떻게 하지. 나는 내게 닥친 일,
그러니까 이 당혹스러운 일을 받아들이기 위해 노력했다.
전파가 닿는 곳을 찾으러 다니면서, 혹시라도 사람이
있는지 둘러보면서, 곳곳을 돌아다녔다. 그때 내 발밑에서
꿈틀거리고 있는 지렁이 한 마리가 눈에 들어왔다. 조이?
동물적 감각이랄까, 촉이랄까. 나는 지렁이가 조이라는
사실을 단박에 알아차릴 수 있었다. 에바도 왔군요. 조이는
온몸을 꿈틀거리며 말했다. 조이, 이게 다 뭐예요. 아파서
쉬는 줄 알았더니 여기서 왜 이러고 있는 거예요. 나는
조이에게 물었다. 보면 몰라요? 일하는 중이에요. 조이는
내게 말했지만, 일을 하는 중이라고 하기에는 그저 꿈틀거릴
뿐이었다. 일이라니요. 도대체 무슨 일이요? 내가 묻자,
조이는 꿈틀거리며 말했다. 먹고 똥 싸는 일이요. 얼른

밭으로 가서 똥 싸야 돼요. 그래야 영양분 가득한 대지를 만들지요. 그게 제 일이거든요. 나는 조이가 이 모든 상황을 자세히 설명해주기를 바랐지만, 조이는 그러지 않았다. 다만 마지막으로 이렇게 덧붙여 말할 뿐이었다. 에바, 그동안 일하느라 힘들었을 텐데 일단 좀 쉬면서 기다리세요. 저도 허리가 하도 아파서 쉬다보니 저에게 딱 맞는 일을 찾게 되었어요. 조금 쉬다보면 이곳에서 할 수 있는 일을 찾게 될 거예요. 주변을 둘러보았지만 그런 일은 찾을 수 없을 것 같았다.

00:00

걸어서라도 이곳을 벗어나야겠다는 생각으로 무작정 걷기 시작했다. 벗어날 수 없다면 적어도 전파가 닿는 곳까지는 가야 했다. 그래도 한국은 통신망이 잘 뚫려 있으니까, 그리 오래 걸리지는 않을 거라고 생각했는데. 젠장, 가도 가도 산과 들이었다. 가도 가도 산과 들뿐이었다. 가도 가도 끝이 없었다. 해가 지기 시작할 때까지도 끝이 보이지 않자, 나는 뭔가 잘못되었음을 직감했다. 이제 어두워지면 오도 가도 못하게 될 것이다. 산에서 산짐승이 내려오면 어떻게 하지. 갑자기 또라이가 나타나 나를 위협한다면 어떻게 하지. 나는 죽나. 여기서 죽나. 갑자기 두려워지기 시작했다. 그러게, 지각 좀 작작 할걸. 택시 좀 작작 탈걸. 나 자신을 탓하고 싶진 않았지만, 그러지 않으면 이 어처구니없는 상황을 납득할

초 단위의 동물

길이 없었다. 그러게, 잘 좀 하지. 제때 벌떡 일어나기만
했어도, 택시만 안 탔어도. 나는 내가 벌을 받고 있다고
생각했다. 한편 하늘은 붉게 물들어가고 있었다. 눈물이 날
지경이었다.

00:00

아무리 걸어봤자, 그러니까 이곳을 벗어나려고 애를 써봤자,
허기지고 기운만 빠진다는 것을 깨달았다. 몇 번의 시도 끝에
드러누워버렸다. 포기했다기보다, 더 이상 움직일 힘이 없었기
때문이다. 이후로는 온종일 흙바닥에 누워만 있었다. 할 수
있는 거라고는 눈을 끔뻑거리며, 하늘을 바라보는 일뿐이었다.
구름이 흐르고 있었다. 느리게, 느리게. 느긋하게, 아주
느긋하게. 석양이 지고 밤이 되어도 구름은 멈추지 않았다.
쉬지도 않고 가는구나. 끝없이 가는구나. 온종일 구름만 보고
있으니 시간이 점점 느리게 흐르는 것처럼 느껴졌다.

00:00

그러다가 하루는 눈을 떴는데 하늘이 구름 한 점 없이 맑았다.
텅 빈 하늘에 하루살이 한 마리가 나타났다. 오, 너구나.
하루살이는 무슨 구경거리라도 생긴 듯, 내 주변을 맴돌며
나를 주시했다. 조이의 직장 동료? 얘기 많이 들었어, 반가워.
하루살이는 오지랖을 부렸다. 초면에 반말을 하는 것도

언짢았지만, 대답할 기운이 없어서 내버려두었다. 날씨가
정말 좋지 않아? 여기저기 돌아다니기 좋은 날이야. 아까 오는
길에 조이랑 얘기를 좀 나눴는데 말이야. 하루살이는 묻지도
않은 이야기를 구구절절 하기 시작했다. 얼마 전까지 물속을
기어 다니다가, 이제야 성충이 되어 돌아다니기 시작했다고,
성충이 되어 처음 만난 친구가 조이라고, 조이가 나를
소개시켜줬다고, 그래서 여기까지 온 거라고. 계속 반말을 하는
것이 언짢았지만, 여전히 대답할 기운이 없어서 내버려두었다.
그저 하루살이가 내 시야에서 꺼져주기를 바랐다.

00:00

휴대폰은 꺼진 지 오래였고, 이제는 날짜도 가늠할 수 없게
되었다. 2주 정도 지난 것 같은데 이대로 밥줄이 끊어지는
걸까. 무단퇴사 처리되었을까. 미처 끝내지 못한 제안서는
어떻게 되었을까. 프로젝트는 다른 사람 손에 넘어갔을까.
일을 그만두고 싶다고 생각하긴 했지만, 이런 식은 아니었다.
그런데 부모님한테는 또 뭐라고 말하지. 어느 날 출근길에
갑자기 어떤 또라이가 나를 오지로 끌고 왔다고, 그래서
오도 가도 못하는 신세가 되어 회사에 영영 출근할 수 없게
되었다고 말해야 하나. 아니, 사실은 맨날 지각하다가 벌을
받게 되었다고 말해야 하나. 어쨌든 부모님이 나를 걱정할까
걱정이었다.

초 단위의 동물

이대로 이곳에 처박혀 죽게 될 것이라고 생각하니, 후회되는 일들이 많았다. 부모님에게 짜증 냈던 것, 과외 안 시켜주냐고 징징거렸던 것, 가정 형편에 불만을 가졌던 것, 어차피 안 될 거라며 자조했던 것, 타인과 비교하며 나 자신을 채찍질한 것, 내 결점을 용서하지 않았던 것, 아프도록 자책한 것, 나 자신을 한심하게 여긴 것, 할 일이 생기면 잠부터 줄였던 것, 무리했던 것, 제대로 쉬는 법을 배우지 못한 것, 스트레스를 술과 음식으로 풀었던 것, 연애해봤자 돈만 든다며 사랑에 빠지는 일조차 조심했던 것, 나 자신을 조금 더 사랑해주지 못했던 것, 나 자신을 자꾸만 문제 삼았던 것.

그날 맥스를 그렇게 혼자 두고 오는 게 아니었다는 생각이 들었다. 사무실을 나오며 마지막으로 보았던 맥스의 모습이 잊히지 않았다. 그건 언젠가의 내 모습, 그러니까 갓 입사했을 때의 내 모습이기도 했으니까. 맥스와 함께 식사를 한 적도, 따로 사적인 이야기를 나눠본 적도 없었지만, 그가 어떤 마음으로 일하고 있을지 대충은 짐작할 수 있었다. 그런데 그걸 알면서도 도와주기는커녕, 오히려 일을 부탁하지 않았던가. 미루지 않았던가. 그리고는 마음속으로 언젠가 너도 우리처럼 될 거라고 단정 짓지 않았던가. 의지는 믿을 만한 게 못 된다고, 피로가 누적되고 몸이 망가지면 의지도 가질 수 없게 된다고, 그러니 언젠가 너도 네 몸이 네 몸 같지 않게 느껴지는 날이 올 거라고. 벤처럼 잠만 자게 되거나, 나처럼 택시비로 월급을 탕진하면서 매일 아침 버둥거리게 되거나. 그렇게 맥스가 계속 무리하도록 내버려두지 않았나.

00:00

끝내 나는 모든 의욕을 잃어버렸다. 그대로 누워 있는 것 말고는 할 수 있는 일이 없었다. 장마가 시작되어, 온종일 비가 내릴 때도 그대로 누워 있었다. 한동안 나는 빗물을 머금은 솜뭉치처럼 축 처져 있었다. 빗물에 살이 불어버린 것인지, 어느 순간부터는 온몸이 흐물흐물해지는 게 느껴졌다. 나는 서서히 사람의 형태를 잃어가고 있었는데, 이건 착시일까. 내가 미쳐가고 있는 걸까. 장마가 지나가자 폭염이 시작되었다. 푹푹 찌는 더위에도 그대로 누워 있었다. 강한 볕에 살갗이 타들어가도 내버려두었다. 수분이 다 빠져가도록 내버려두었다. 온몸이 쪼그라드는 걸 느끼며, 나는 서서히 의식을 잃어가고 있었다.

00:00

정신을 차렸을 때 하루살이가 내 주변을 맴돌고 있었다. 고생했어, 뭐라도 먹어. 나는 기어가 풀잎에 붙은 이슬을 빨아먹었다. 시원하고 달았다. 그나저나 세상이 아주 커진

초 단위의 동물

것 같았는데, 아니, 내 몸이 아주 작아진 것 같았는데. 내가
생각에 잠기자, 하루살이가 그새를 참지 못하고 말했다.
정신 차려, 너 이제 달팽이야. 나는 내 몸을, 꾸물거리는 내
몸의 움직임을 살펴보았다. 조이는 조금 쉬다보면 이곳에서
내가 할 수 있는 일을 찾게 될 거라고 했는데, 혹시 이게
내 일인가. 꾸물거리는 게 내 일인가. 나는 일단 정신을
차리기 위해 이슬을 더 먹었다. 실컷 먹었다. 하긴, 그럴
수도 있지. 구식이가 어느 날 갑자기 먼 곳까지 끌려와 죽을
위기에 놓였던 것처럼, 나 또한 어느 날 갑자기 먼 곳까지
끌려와 달팽이가 될 수 있는 거잖아. 나는 일단 조금 더
꾸물거려보기로 했다.

00:00

꾸물거리며, 온종일 이끼와 곰팡이를 찾아다녔다. 그러자
그것들을 찾아 먹어 치우는 일이 내 일이 되었다. 생물들이
건강하게 자랄 수 있도록, 영양분 가득한 대지를 만든다는
점에서 조이가 하는 일과 크게 다르지 않았다. 서로 각자 하는
일이 바빠 자주 만날 순 없었지만, 이따금 오가며 조이를 만날
때마다 동류의식을 느끼곤 했다. 사무실에서나 이곳에서나
조이는 내가 언제나 믿고 의지할 수 있는 동료였다. 그리고
이곳에서만큼은 조이에게 일을 미루지 말자고 결심했다.
그러기 위해서는 최선을 다해 꾸물거려야 했다. 한편
하루살이는 오늘만 사는 놈처럼 여기저기 쏘다녔다.

하루가 지나도 하루살이는 죽지 않았다. 저거 언제 죽지 진짜.
하루살이는 쉴 새 없이 떠들어댔는데, 그걸 듣다보면 하루가
다 갔다. 죽으면 어떻게 되는지 생각해봤어? 환생을 믿어?
귀찮았지만 그래도 답은 해주었다. 아니, 죽으면 그냥 끝
아닌가. 하루살이는 내 말은 귓등으로도 듣지 않고 하고 싶은
말을 이어갔다. 나는 죽으면 중앙아메리카에 사는 나무늘보가
될 거야. 하루살이가 나무늘보 이야기를 꺼내자, 불현듯 벤이
떠올랐다. 벤은 지금도 잠만 자고 있을까. 내가 벤을 생각하는
동안에도 하루살이는 계속 떠들어댔다. 나무늘보는 자기
몸에 붙은 이끼를 뜯어 먹고 살잖아. 얼마나 개꿀이야. 힘들게
사냥도 안 해도 되고 말이야. 최대한 덜 움직이는 게 좋아.
그래야 에너지를 덜 쓰고 맹수의 눈에 띄지 않을 수 있으니까.
가끔 똥 쌀 때만 나무에서 내려오고, 그 똥에서 나온 애벌레가
자라서 나방이 되고, 그 나방이 나무늘보 몸에 붙어 이끼를
만들어주고, 그 이끼를 나무늘보가 먹는 거야. 에바, 나는
그렇게 살고 싶어. 그 이야기를 들으며, 눈살을 찌푸리지 않을
수 없었다. 왜 그러고 살아.

어둠 속에 전조등 불빛이 보였다. 그때 그 택시였다. 나는
당장이라도 그에게 달려가 멱살을 잡으며 욕이라도 퍼붓고
싶었으나, 온몸이 느려진 탓으로 그럴 수 없었다. 내가 택시를

초 단위의 동물   69

향해 최선을 다해 가는 사이, 택시에서 누군가 내렸다.
루나였다. 루나, 루나. 나는 루나를 반갑게 불러보았지만
목소리가 닿기에는 역부족이었다. 루나는 두리번거리다가
여기저기 뛰어다니기 시작했다. 아마 도와줄 사람을 찾고
있는 듯했다. 그러다가 지친 루나는 조용히 흙바닥에 누워
잠이 들었다.

00:00

해가 뜰 때가 되어서야, 겨우 루나 곁에 닿을 수 있었다. 루나,
루나. 나는 흙바닥에 누워 잠든 루나를 깨웠다. 루나가 천천히
눈을 떴다. 나는 루나가 나를 알아볼 수 있도록 필사적으로
움직였다. 꾸물꾸물. 루나, 여기 좀 봐요. 꾸물꾸물. 저
에바예요. 꾸물꾸물. 처음에 루나는 화들짝 놀라더니, 이내
동물적인 감각으로 나를 알아보았다. 에바? 이게 어떻게 된
거예요? 루나는 나를 자신의 손등 위에 올려놓았고, 나는
그에게 그간 모든 일을 설명했다. 조이도 이곳에 머무르고
있으니 혹여나 말을 건네는 지렁이가 있다면 너무 당황하지
말라고 미리 말해주었다.

00:00

루나로부터 그간의 이야기를 들을 수 있었다. 내가 사라진
다음에는 에이든이 사라졌고, 이후 벤은 영원히 잠들어 더

이상 퇴근도 출근도 하지 않게 되었다고 했다. 그런데요. 그것보다 심각한 일은요…… 달팽이, 그러니까 구식이가 인간이 되었어요. 누가 시키지도 않았는데 언제부턴가 에바 자리에 앉아 일을 하더라고요. 우리 구식이가요? 나는 놀라 물었다. 네, 그놈의 구식이가요. 그런데 어찌나 느리던지, 있으나 없으나 똑같았어요. 일하는 데 도움이 하나도 안 되었다고요! 하도 느려서 결국에는 모든 일을 맥스와 제가 둘이서 감당할 수밖에 없었다고요! 그렇게 말하더니 루나는 갑자기 울기 시작했다. 나는 조금 놀랐는데, 루나가 그렇게 울 수 있는 사람이라고 생각해본 적 없었기 때문이다. 어제도 야근을 하고 택시를 탔는데, 그대로 여기에 끌려온 거라고요. 루나는 소매로 눈물을 닦았다. 에바, 저도 지쳤어요. 애초에 둘이서 할 수 없는 일을 무리해서 하니까, 저도 능력치에 한계가 오더라고요. 어느 순간부터는 일을 제때 끝낼 수 없었어요. 저 자신이 싫어지기 시작했어요. 무능한 사람처럼 느껴지더라고요. 그게 정말 끔찍하게 싫었어요. 루나는 다소 격양되어 있었다. 제가 매일 1분씩 늦긴 했지만 그래도 일은 늦게 끝낸 적이 없었어요. 일만큼은 빠르고 정확하게 했다고요. 그게 제가 할 수 있는 유일한 일이었는데, 그걸 할 수 없게 되어버렸다고요! 그게 얼마나 비참한 일이었는지, 아시겠어요? 루나는 내게 소리쳤지만, 그 마음을 내가 알 리가 없었다. 미안하지만, 루나. 저는 애초에 일을 빠르게 처리해본 적이 없어서 잘 모르겠어요. 그렇게 말하고 나니, 왠지 모르게 온몸이 편안하게 느껴졌다. 어쩌면 지금 이 몸이야말로, 그러니까 물렁하고도 부드러운, 이렇게 꾸물꾸물 느릿느릿 움직일 수 있는 이 작은 몸이야말로, 내게 딱 맞는 몸이라는 생각이 들면서.

00:00

루나는 내가 그랬던 것처럼, 온종일 흙바닥에 누워 있기만 했다. 때가 되면 루나도 루나에게 딱 맞는 몸을 가지게 될 것이다. 루나는 무엇이 될까. 웅크리고 잠든 모습이 마치 똬리를 튼 뱀 같아 보였는데, 루나는 뱀이 될까. 혹시나 루나가 뱀이 되면 나를 잡아먹을지도 모르니, 그렇게 되기 전에 몸을 피하는 게 좋을 것 같았다. 나는 최선을 다해 움직이기 시작했다. 꾸물꾸물. 이래서 될까 싶었지만. 꾸물꾸물. 그래도 아직 시간이 있으니 쉬지 않고 가면 괜찮을 것이다. 꾸물꾸물. 그런데 그럼 이제 사무실에는 구식이와 맥스만 남은 건가. 둘만 계속 일을 하고 있는 건가. 아니, 구식이는 느려서 있으나 없으나 똑같다고 했으니까······. 맥스가 아직도 혼자 일을 하고 있을까 걱정이 되었다.

00:00

그 무렵 조이의 친구 하루살이가 죽었고, 조이는 온몸을 꿈틀거렸다. 그 몸짓은 거의 절규에 가까웠다. 나는 조이를 위로했다. 제가 지렁이이기 때문에 어쩔 수 없어요. 이건

지렁이로서 마땅히 겪어야 하는 슬픔이에요. 나는 그게 무슨
말이냐고 물었다. 그러니까 지렁이는 하루살이보다 더 오래
사니까 어쩔 수 없이 하루살이가 죽는 걸 보게 되죠. 그래도
살 만큼 살았으니 호상이에요. 죽을 때도 자기는 이만하면
충분히 살았다고 말했어요. 그 말을 듣고 순간 말문이 막혔다.
이만하면 충분히 살았다니, 고작 일주일을 살고 충분히
살았다니. 하루살이는 이름과 다르게 일주일을 살았다.
하긴 하루살이는 인간이 붙인 이름이니까. 인간에게는 짧은
시간이지만, 아주 작은 생명체에게는 충분한 시간일 수도
있겠구나. 이후 조이는 하루살이를 떠나보내는 데 충분한
시간을 가졌다. 슬퍼하는 동안에는 일하지 않았고, 일하지
않아도 아무런 일도 벌어지지 않았다. 한 계절이 바뀌어 가고
있었다.

00:00

처음에 이곳에 왔을 때는 모든 게 환상처럼 느껴졌다. 그러나
이제는 오히려 도시에서의 삶이, 그러니까 매일 아침 알람을
듣고 허겁지겁 일어나 택시를 타고 성수대교를 건너는 삶이
환상처럼 느껴졌다. 시간에 맞춰 역에 도착하는 지하철에
몸을 욱여넣는 삶이 환상처럼 느껴졌다. 도대체 그 시간을
어떻게 살아온 걸까. 이곳에서는 그저 논과 밭의 풍경이
바뀌는 걸 지켜보면서, 농작물이 자라나는 것을 보면서,
날씨가 변하는 걸 느끼면서, 시간을 체험할 뿐이었다. 오늘이

초 단위의 동물

며칠인지, 지금이 몇 시 몇 분 몇 초인지, 그런 건 정확히 알수 없지만 정확히 알 필요도 없었다. 세상 모든 것이 때가 되면 때를 맞췄으니까. 때가 되면 곡식이 자라고 열매가 자랐다. 때가 되면 동물과 벌레들이 몰려들어 그것들을 먹어 치웠다. 나 또한 때가 되면 잠을 자고 때가 되면 일어났으며 때가 되면 꾸물거렸다. 이곳에서는 나를 문제 삼지 않아도 되었다. 문제 될 게 없었다. 그러니 부모님이 나를 걱정하지 않았으면 좋겠다고 생각했다. 나는 이곳에서 그럭저럭 잘 지내고 있다고, 비로소 내 몸에 딱 맞는 시간을 가지게 되었다고 전하고 싶었다. 그리고 맥스에게도 전하고 싶은 말이 있었다.

00:00

맥스, 아직도 혼자 사무실에 남아서 일을 하고 있을까 걱정이 됩니다. 몸은 괜찮은가요. 그동안 맥스가 얼마나 고생이 많았는지 루나를 통해 들었습니다. 끔찍하더군요. 아시겠지만, 그렇게 살다가는 골로 갑니다. 몸을 혹사한다고 되는 게 아니랍니다. 영혼을 갈아 넣는다고 되는 게 아니랍니다. 열심히만 산다고 다 되는 게 아니랍니다. 그렇게 살다가는 내 몸이 내 몸같이 느껴지지 않는 순간이 올 거예요. 어떤 동물은 덜 움직였기 때문에 살아남을 수 있었대요. 또 어떤 동물은 느렸기 때문에 살아남을 수 있었고요. 혹시 환생을 믿으시나요? 개미가 될까봐 걱정이 되어 덧붙여요.

개미같이 생겼다는 말은 아닙니다. 우리가 다시 만날 수
있을지 모르겠습니다만, 다시 만난다면 더 나은 세상에서
만났으면 해요. 말이 길어졌죠. 꼰대 같았다면 미안합니다.
어쨌든 제가 진짜 하고 싶은 말은요. 그날 혼자 남겨두고 와서
미안합니다. 정말 미안합니다.

00:00

오늘도 온종일 꾸물거렸다. 힘들면 쉬기도 하면서, 목이
마르면 풀잎에 붙은 이슬을 마시기도 하면서. 이슬은 평소
즐겨 마셨던 맥주보다 훨씬 나았다. 어느새 나는 마지막으로
마셨던 시원한 맥주의 맛조차, 그러니까 그날 에이든과
피시앤칩스에 곁들여 마셨던 맥주의 맛조차 잊어가고
있었다. 그날 이후 에이든을 만나지 못했는데. 에이든은
지금쯤 어떻게 지내고 있을까. 그의 사랑스러운 거북목이
떠올랐다. 거북이 등껍질 같은 체크무늬 셔츠도, 거북이처럼
우물거리던 입도. 그리고 지금쯤 그가 거북이가 되었다
해도 이상할 게 하나 없다고 생각했다. 만약 그가 거북이가
되었다면, 그저 푸른 바다를 자유롭게 유영하며 아주 느리고
긴 생을 살아가겠구나. 나는 이곳에서 이 작은 몸으로 아주
느린 삶을 살게 될 것이다. 거북이보다는 짧은 생을 살겠지만
그럼에도 충분할 것이다. 꾸물거리기에는 부족함이 없는
시간이었으니까. 때마침 해가 지고 있었고, 나는 아주 천천히
다가올 내 미래가 기대되었다.

초 단위의 동물

작가 노트

나의 동물성으로 무엇을 할 수 있을까.
　동물의 한 종으로서 무엇을 쓸 수 있을까.

나무늘보를 촬영한 실험영화를 본 적이 있다. 느리게 움직이는
나무늘보를 보다가, 극장을 나오니 갑자기 온 세상이 빠르게
움직이는 것처럼 보였다. 그 순간 나는 깨달았다. 내가
나무늘보에게 인간의 시간을 기대했다는 것을, 나무늘보가 내
마음대로 움직여주기를 기대했다는 것을. 나무늘보의 시간은
나무늘보의 시간이며, 나무늘보의 속도는 나무늘보만의
속도다. 어떤 동물은 맹수를 피하기 위해 빠르게 움직여야
했지만, 또 어떤 동물은 살아남기 위해 느리게 움직여야만
했다. 나는 그 사실을 떠올릴 필요가 있었다.
　한편 인간은 초 단위의 시간에 살고 있다. 그것은 기계적
시간이자, 노동을 위해 발명된 시간이다. 그러나 그것이
인간의 유일한 시간은 아닐 것이다.

동물로서의 인간을 생각하기.
　그런 인간의 시간을 다뤄보고 싶었다.

끝말잇기

성수나

1

"지금 아니면 못 들을 거야."

선생이 지경에게 청진기를 건네며 말했다. 기자가 지경에게 카메라를 들이밀었다. 주변에 모여 있던 아이들이 지경의 등을 슬금슬금 밀었다. 지경은 청진기를 손에 쥔 채 떠밀려 한 걸음 나아갔다. 정말로 해요? 지경이 그런 얼굴로 선생을 돌아보았으나 선생은 다른 아이들에게 돋보기를 건네느라 정신이 없었다. 지경은 청진기를 귀에 꽂고 제일 가까이 있는 나무둥치 곁에 쪼그려 앉았다. 기자가 카메라를 들이댄 채 지경과 함께 쪼그려 앉았다. 아이들이 뭐가 웃긴지 큰 소리로 웃어댔다. 지경은 왜 하필 자기가 이걸 해야 하는지 알 수 없었다. 지경은 나무에 청진기를 갖다 댄 채 바보처럼 실실 웃는 얼굴로 지역 어린이신문에 실리고 싶지 않았다. 다음 주에 학교에 가면 다들 어린이신문을 볼 테고 지경을 놀려댈 게 뻔했다. 지경은 청진판을 손에 쥔 채 입술을 깨물었다.

"아저씨 팔 떨어져요. 빨리 하자, 응?"

기다리다 못한 기자가 한숨을 쉬며 말했다. 지경은 다시금 선생을 올려다봤지만 선생은 어디 갔는지 보이지도 않았다. 지경은 눈을 꾹 감고 청진판을 나무둥치에 갖다 댔다. 기자가 지경을 향해 카메라를 겨누었다. 세상이 한 번 꺼졌다 켜진 것처럼 강한 플래시가 지경을 훑고 지나갔다.

"나무에서 무슨 소리가 들려요?"

기자가 잔뜩 지친 목소리로 물었다. 지경은 입술을 깨물었다. 아무 소리도 들리지 않았다. 애초에 이 나무는 오래전에 베어져 둥치밖에 없었고 꼭 죽은 것 같았다. 왜 하필이 나무로 골랐을까, 지경은 스스로를 탓하면서 청진판을 다른 위치에 대보았다. 플래시가 한 번 더 터졌다. 아이들이 눈부시다며 깔깔거리는 소리가 들렸다. 지경은 소리에 집중했다. 무슨 소리라도 들어야 했다.

"어린이, 무슨 소리가 들리냐고요."

기자가 카메라를 살짝 내린 채 지경을 노려보며 물었다. 지경은 기자를 향해 자기도 모르게 손을 뻗었다. 조용히 하라는 뜻이었다. 기자가 코웃음 쳤다. 도리어 아이들이 조용해졌다. 지경은 눈을 꼭 감고 소리에 집중했다. 드으윽. 청진판이 나이테를 훑는 소리만이 들려왔다. 지경은 본능적으로 자신이 들어야 하는 소리는 이게 아니라는 걸 알았다. 지경이 다시금 청진판을 움직였다. 기자가 카메라에서 얼굴을 떼고 주변을 두리번거렸다. 다음 활동을 준비하고 있는 선생에게 기사가 손짓했다. 다른 애로 바꿔야 할 것 같아요. 기자가 선생에게 중얼거렸다. 선생은 아이들에게 둘러싸인 채 나무둥치에 청진판을 대고 귀 기울이고 있는 지경을 보았다. 아이들도 지경에게 동화되어 조용히 지경을 지켜보았다. 선생은 기자에게 양해를 구하고 지경에게 한 걸음 다가갔다.

"지경아."

지경은 대답하지 않았다. 지경의 귀는 청진판을 타고 올라오는 나무둥치로 가득했다. 선생은 자기도 모르게 최대한 소리를 내지 않게 조심하며 지경 옆에 쪼그려 앉아 물었다.

성수나

"지경아, 무슨 소리가 들려?"

청진판을 쥔 지경의 손이 한곳에 멎었다. 둥치의 한가운데, 나이테의 중심이었다. 아이들이 숨죽인 채 지경의 목소리를 기다렸다. 기자가 다시 카메라를 들었다. 선생이 손을 뻗어 기자에게 잠시 기다리라고 말했다. 주변이 마법처럼 조용해졌다.

지경이 눈을 떴다.

"고지."

세상이 번쩍 켜지듯 플래시가 터졌다.

2

고지는 고개를 들었다. 고지의 입이 막을 새도 없이 벌어졌다.

마침 고지 곁을 지나던 간호사가 고지에게 다가왔다. 고지는 뒤늦게 손으로 입을 막았지만 이미 늦었다는 걸 알았다. 고지는 빨라지는 심장 박동을 진정시키려 애쓰며 고개를 숙였다. 얼마 안 있어 고지의 시야에 때가 탄 하얀색 슬립온이 들어왔다. 고지는 목소리가 찾아올 때마다 그랬듯, 하나에 집중하려 애썼다. 하나. 하나. 하나. 이미 늦었다고 생각하면서도 고지는 하나를 속으로 되뇌면서 슬립온에 집중했다. 슬립온은 노란색 물방울 무늬로 덮여 있었다. 고지의 이불에도 이런 무늬가 있었다. 고지는 고개를 더 숙여 슬립온을 들여다보았다. 하나. 하나. 하나. 노란 물방울 사이로 아주 작고 까만 물방울 하나가 보였다.

"너 805호 손녀 맞지?"

간호사가 물었다. 고지는 여전히 까만 물방울을 들여다보았다. 물방울이 아니었다. 까맣고 작은 구멍이었다. 구멍 너머로는 아무것도 보이지 않았다. 고지가 신발 쪽으로 고개를 더 숙이자, 간호사가 발을 슬쩍 뒤로 뺐다.

"얘."

고지는 고개를 들었다. 간호사가 고지의 얼굴을 가만히 들여다보더니 말했다.

"할머니가 찾고 계셔. 얼른 들어가."

간호사는 고지에게서 눈을 떼고 복도 끝을 잠시 쳐다보더니 다시 갈 길을 갔다. 간호사가 복도 끝으로 완전히 사라지자 고지는 자리에서 일어나 걷기 시작했다. 왼발. 오른발. 아직도 심장이 빠르게 뛰었다. 방금 전 그 목소리는 지금껏 고지를 찾아왔던 것 중 가장 크고 강했다. 목소리는 번개처럼 고지의 정수리에 내리꽂혔고, 고지의 존재 자체가 목소리에 꿰이는 것 같았다. 목소리는 여러 갈래가 아니라 한 갈래였다. 그리고 무엇보다……

고지는 그 목소리가 나쁘지 않았다.

오히려 듣기 좋았다.

고지가 목소리를 듣기 시작한 건 지금으로부터 10년 전, 고지가 세 살 때였다. 처음에 목소리는 고지에게 언어로 말을 걸지 않았다. 그보다는 숨결로 고지를 간지럽혔다. 꼭 몸속에서 불어오는 바람 같았다. 고지는 자주 웃었고 덩달아 고지의 부모도 자주 웃었다. 그러다 고지가 조금씩

성수나

말을 깨우쳐가자 목소리도 언어의 형태로 고지에게 말을
걸기 시작했다. 목소리는 한 사람이 아니라 여러 사람이
동시에 말하는 듯했다. 겹겹이 쌓인 페이스트리 같았다.
고지가 목소리와 대화를 하고 나면 꼭 부스러기가 흩어지듯,
목소리가 고지에게 들려준 이야기들이 오래 남았다. 고지는
그 부스러기를 하나씩 곱씹으며 하루를 보냈다. 고지는 다른
사람들과는 대화하지 않았고 오로지 목소리하고만 대화했다.
고지의 부모의 얼굴에서 조금씩 웃음이 사라졌다. 고지는 그
이후로 목소리를 조금씩 무시하기 시작했다. 목소리도 고지의
변화를 느꼈는지 간간이 고지를 찾아왔다. 주로 고지가
혼자가 됐을 때 찾아와 불쑥 말을 걸었다. 고지가 책을 읽고
있으면 **전부 거짓말인 거 알지?** 하고 물어왔다. 고지가 혼자
계단을 오르면 **지금 몇 층이야?** 물어왔다. 고지가 잠들기
전에 꿈과 현실의 경계를 아슬아슬 걷고 있으면 **달려볼래?**
물어왔다. 그럴 때마다 고지는 대답하려고 자기도 모르게
입을 열었다가 다물었다. 고지는 목소리를 잊을 수 있는
하나를 생각하기 시작했다. 하나. 하나. 하나. 때로는 책 속
단어이기도 했고 계단에 내리쬐는 햇빛이기도 했고 이불에
있는 무늬이기도 했다. 그렇게 하나를 생각하다보면 목소리는
사라지고 고지는 다시 혼자가 됐다.

  고지는 점차 많은 것들을 혼자서 할 수 있어야 했다.

  고지가 계속해서 목소리를 무시하기 시작하자, 목소리가
고지를 찾아오는 빈도수가 줄어들더니 작년 가을 이후로
고지를 찾아오지 않았다. 마지막으로 목소리가 찾아왔던

끝말잇기

가을, 고지는 횡단보도 앞에 서서 신호를 기다리고 있었다.

끝말잇기 할래?

횡단보도 건너편에서 할머니가 고지를 향해 손을 흔들었다. 신호등이 초록불로 바뀌었다. 고지는 제자리에 가만히 서서 입술을 깨물었다. 할머니가 고지의 이름을 불렀다. 고지는 자신을 향해 걸어오는 할머니를 눈도 깜박이지 않은 채 쳐다보았다. 하나. 다른 사람들이 할머니를 앞지르자 할머니가 사람들 사이로 사라졌다. 하나. 고지는 다시 집중했다. 할머니가 나타났다가 다시 사라졌다. 하나. 고지의 입이 금방이라도 벌어질 것처럼 달싹거렸다. 고지는 두 손으로 입을 막은 채 할머니를 향해 달리기 시작했다. 고지가 횡단보도 가운데에서 할머니와 만났을 때, 목소리는 사라졌다. 고지는 할머니를 세게 끌어안았다.

그때 이후로 고지는 반년 동안 완벽한 혼자였다. 방금 목소리가 들리기 전까지는.

고지는 자기도 모르게 참았던 숨을 천천히 몰아쉬었다. 심장 박동도 조금씩 원래 속도로 돌아왔다. 괜찮아. 고지는 고개를 끄덕였다. 혼자서도 괜찮아져야 해. 고지는 다시금 고개를 끄덕였다. 고지가 805호 병실 앞에 다다랐을 땐 모든 게 원래대로 돌아와 있었다. 비록 목소리에 대답해버리긴 했지만, 고지는 혼자서도 빠르게 평정을 되찾았다. 이 정도면 나쁘지 않았다. 고지는 할머니에게 이걸 이야기해야 할지 망설였다. 어제부터 할머니는 고지를 자기가 오랫동안 키웠던 개라고 생각했다. 개의 이름을 외치며 고지를 쳐다보는 할머니에게 고지는 한마디도 하지 않았다. 할머니는 애가 개라서 말을 못 하는가, 중얼거렸다. 고지는 지금도 할머니에게 여전히 개였다. 고지는 병실 문을 천천히 열었다. 할머니의 병실엔 커튼 사이로 햇빛이 들어와 은은한 은빛이 감돌았다. 고지의 엄마는 의사와 이야기를 나누느라 자리를 비운 채였다. 고지는 조심스레 병실 안으로 발을 들였다. 할머니가 침대 헤드보드에 등을 대고 앉아 고지를 보고 있었다. 고지는 천천히 할머니에게 다가갔다. 할머니에게 지금 고지가 누구일지, 고지는 알 수 없었다. 개일 수도 있었다. 고지의 엄마일 수도 있었다. 난생처음 보는 여자애일 수도 있었다. 어쩌면, 아주 어쩌면, 아주 오랜만에 고지는 고지일 수도 있었다. 고지는 할머니 앞에 멈춰 섰다. 할머니의 눈을 들여다보았다. 나무옹이를 닮았던 할머니의 눈은 나뭇가지로 만든 둥지처럼 보였다. 둥지는 비어 있었다. 할머니와 고지는 말없이 서로를 쳐다보기만 했다.

"이리 온."

할머니가 고지에게 손을 뻗었다. 고지는 할머니가 개를 부르는 건지, 여자애를 부르는 건지, 그것도 아니면 고지를 부르는 건지 알 수 없었다. 하지만 고지에게 할머니는 할머니였다. 고지는 할머니의 목소리를 모른 체할 수 없었다. 고지는 할머니의 손에 머리를 갖다 댔다. 할머니가 개를 쓰다듬듯 고지를 쓰다듬었다. 고지는 눈을 감았다. 손이 고지의 정수리와 뒤통수와 귓바퀴를 쓰다듬었다. 톡. 고지의 이마 위로 따뜻한 물방울 하나가 떨어졌다. 고지가 할머니를

끝말잇기

올려다보자 할머니가 고지의 턱 아래를 부드럽게 문지르며
말했다.

"끝까지 키웠어야 했는데."

고지는 할머니의 손 위에 자신의 손을 올려놓았다.

"멍."

괜찮아요. 고지가 작게 짖었다. 할머니가 웃었다. 뒤쪽에서
병실 문이 열렸다.

3

지경이 교실로 들어오자, 삼삼오오 모여 있던 아이들이
웃으며 지경에게 다가왔다. 지경은 한 마디씩 말을
걸어오는 아이들을 지나쳐 지경의 자리로 갔다. 책상 위에
어린이신문이 놓여 있었다. 눈을 감은 채 나무둥치에
청진판을 대고 있는 지경의 얼굴로 신문 1면이 가득했다.

나무에서 무슨 소리가 들려요?

사진 속 지경의 머리 위에 굵은 글씨가 쓰여 있었다. 짝꿍이
키득거리며 지경에게 물었다.

"진짜로 들렸냐?"

지경은 눈으로 기사를 훑었다. 식목일 기념 행사: 청진기로
나무의 목소리를 듣고 있는 **초등학교 3학년 안지경 어린이. 무슨
소리가 들리나요? 물어보니 지경 어린이는 진지한 과학자의 얼굴로
이렇게 답했다. 나무의 목소리가 들려요! 안녕, 이라고 인사하고
있어요. 지경은 신문을 구겨버렸다. 지경은 이렇게 말한 적

성수나

없었다. 분명히 나무는 '고지'라고 말했다. 지경은 기자와 선생과 아이들에게 '고지'라는 말을 몇 번이고 소리쳤고, '응'이라고 대답하는 소리도 들었다고 말했다. 아이들이 소리를 지르며 달아났다. 기자는 고개를 갸웃하더니 선생에게 무슨 말을 낮게 속삭였다. 그때였을까? '고지'라는 말이 '안녕'으로 바뀐 건. 지경은 드르륵 의자를 밀고 일어나 신문을 쓰레기통에 버렸다. 아이들이 지경에게 안녕, 하며 인사를 건넸다. 지경은 자리로 돌아와 책상에 엎드렸다. 다시는 신문을 읽지 않을 거야. 지경은 이를 꽉 깨물고 다짐했다.

지경이 고개를 든 건 5교시가 시작된 지 얼마 안 됐을 때였다. 체육 시간이라 아이들은 모두 운동장으로 나가고 교실은 비어 있었다. 이어진 수업 중간중간에 아이들과 선생이 지경의 이름을 부르거나 등을 두드렸으나 지경은 꼼짝도 하지 않았다. 점심도 먹지 않아 살짝 배가 고팠다. 지경은 가방에서 물통을 꺼내 물을 벌컥 마셨다. 짝꿍의 책상에는 여전히 어린이신문이 놓여 있었다. 지경은 곁눈질로 신문에 대문짝만하게 실린 지경의 얼굴을 훔쳐보았다. 지경의 얼굴 바로 위에 쓰인 나무에서 무슨 소리가 들려요? 라는 문구 밑에 연필로 작은 글씨가 쓰여 있었다. 짝꿍의 글씨체는 악필인데다 너무 작아서 알아보기가 힘들었다. 지경은 물병을 내려놓고 괜히 주변을 두리번거리고는 글씨를 들여다봤다. 일렁이던 글씨가 점차 뚜렷해졌다. 고지. 지경은 코웃음 쳤다. 코웃음이 멈추지 않아 조금 소리 내어 웃었다. 지경은 필통에서 가위를 꺼내 문구와 글씨를 통으로 오려냈다. 그리고 주머니에 고이 접어 넣었다. 지경에겐 증거가 필요했다.

창밖으로 아이들의 환호성이 들려왔다. 지경은 주머니에 손을 넣은 채 창문 앞에 가 섰다. 운동장에서 피구를 하는 아이들이 내려다보였다. 지경은 눈으로 짝꿍을 찾았다. 이미 공에 맞아 죽었는지 라인 바깥에 서서 다른 아이와 떠들고 있었다. 그때 공이 높이 떴다. 아이들이 고개를 들어 공을 눈으로 좇았다. 지경이 인터넷에서 찾은 '고지'의 뜻은 크게 두 가지였다. 1. 글을 통하여 알림. 2. 아주 높은 땅. 지경은 설명할 수는 없지만 둥치가 말한 '고지'는 둘 다 아닐 거라고 확신했다. 지경은 고지가 누군가의 이름일 거라고 확신했다. '응'이라고 대답하는 목소리를 들었으므로. 목소리는 기다렸다는 듯 대답했다. 자기 순서가 지나갈까 걱정하는 것 같기도 했다. 지경은 운동장에서 눈을 뗄 때 학교를 빙 둘러싸고 있는 아기산을 쳐다보았다. 저기에 있다. 지경은 주머니에 든 종이를 만지작거렸다. 지경은 선생의 책상 아래로 기어들어 갔다. 빨간색 바구니 안에서 청진기를 꺼냈다. 지경은 교실을 나서기 전에 짝꿍의 책상 앞에 멈춰 섰다. 지경이 오려낸 모양대로 신문 위에 길쭉한 타원형의 구멍이 뚫려 있었다. 구멍 너머로 다음 장에 실린 개 사진이 보였다. 얼굴 왼쪽에 갈색 얼룩이 있는 하얀 개였다. 꼭 신문 속 지경이 개를 생각하고 있는 것처럼 보였다. 지경은 개 위에 글씨를 휘갈겨 썼다. 그리고 조용히 교실 문을 닫고 나왔다.

성수나

아기산으로 가는 길은 그리 험하지 않았다. 애초에 동네 주민들이 자주 오르는 동네 뒷산이었다. 지경도 엄마와 함께 몇 번 왔었다. 엄마는 정상으로 향하는 둘레길을 오르다가 아카시아 나무가 보이면 멈춰 서서 나무 기둥에 손을 얹었다. 뭐 해? 지경이 물으면 엄마는 지경의 귓가에 속삭였다. 엄마가 옛날에 키우던 개를 여기에 묻었어. 지경이 놀란 얼굴로 엄마를 보자, 엄마가 검지를 지경의 입술에 갖다 댔다. 아무한테도 말하면 안 돼. 그때부터 지경의 비밀에서는 아카시아 향기가 났다. 지경은 아카시아 나무 앞에 멈춰 서서 손을 얹었다. 지경은 주변을 한 번 둘러보고는 청진기를 귀에 꽂고 청진판을 나무 기둥에 갖다 댔다. 혹시 고지에 대해 아니? 지경은 물었다. 나무에서는 아무런 소리도 들리지 않았다. 지경은 다시 둘레길을 올랐다. 나무둥치가 있는 곳은 야트막한 언덕이었는데, 엄마가 전에 말하길 그 주변에 아주 아주 오래된 무덤이 있다고 했다. 지경이 무서워하자 엄마는 무서워할 것 없다고, 그곳에 묻힌 건 지경보다도 어린 아기들이라고 했다. 지경의 친구들은 산을 '민둥산'이라고 불렀지만, 동네 할머니 할아버지들은 산을 '아기산'이라고 불렀다. 엄마도 산을 '아기산'이라고 불렀다. 아기들은 귀신이 되면 뭐 해? 지경이 물었을 때, 엄마는 잠시 고민하더니 모르겠다면서 지경에게 되물었다. 지경은 잠시 고민하다가 대답했다. 끝도 없이 놀아. 지경의 말에 엄마가 웃었다. 그때부터 지경도 이 산을 아기산이라고 부르기 시작했다.

지경은 언덕으로 통하는 나무 계단을 조심조심 올랐다.

지경은 저 위에서 계단을 내려오는 할머니나 할아버지들의 목소리가 들릴 때마다 계단 난간 구멍으로 쑥 빠져나가 나무들 사이에 숨었다. 그들이 지경을 지나쳐 내려가면 다시 구멍으로 쑥 들어와 계단을 올랐다. 꼭 귀신이 된 기분이었다. 지경은 소리 내어 웃었다.

마지막 계단을 올라와 지경은 숨을 몰아쉬었다. 계단은 정상까지 이어져 있었으나 지경의 목적지는 정상이 아니었다. 지경은 땀을 닦으며 흙길에 발을 들였다. 나무가 조금씩 우거지기 시작했다. 지금쯤 5교시가 끝났겠지. 지경은 뒤돌아보지 않기 위해 목에 힘을 주었다. 선생도 아이들도 지경이 없어졌다는 걸 알았겠지. 짝꿍은 지경이 남긴 메모를 보았을까? 그걸 선생이나 아이들에게 말할까? 지경은 울창해지는 생각들을 하나하나 털어내며 발걸음을 옮겼다. 마침내 나무둥치가 지경의 눈에 들어왔다. 지경은 나무둥치 앞에 쪼그려 앉았다. 개미 하나가 나무둥지를 오르고 있었디. 지경은 청진기를 귀에 꽂고 청진판을 손에 쥐었다. 지경은 저번 주에 들었던 그 목소리를 떠올리면서 청진판을 둥치 한가운데 올려두었다. 귀를 기울였으나 아무런 소리도 들리지 않았다. 지경은 다리가 저려 양반다리를 하고 앉아 청진판을 조금씩 움직였다. 드으윽. 나이테가 긁히는 소리만 들릴 뿐 목소리는 들리지 않았다.

저번 주와 뭔가 달라진 걸까? 지경은 일어서서 나무둥치를 내려다보았다. 나이테가 회오리 모양으로 휘몰아치며 한곳으로 모였다. 꼭 변기 물을 내리면 보이는 소용돌이

성수나

같기도 했다. 모든 걸 빨아들인다는 블랙홀 같기도 했다.
지경은 나이테의 중심을 향해 얼굴을 바짝 들이밀었다. 코가
둥치에 닿으면서 바싹 마른 햇빛 냄새가 났다. 나이테의
중심에는 짝꿍의 글씨처럼 흐릿하고 제멋대로인 작은
점이 있었다. 지경은 왼쪽 눈을 감고 오른쪽 눈으로 점을
들여다보았다. 작은 점이 조금씩 또렷해지더니 구멍이
되었다.

"고지? 거기 있어?"

지경이 물었다. 대답은 돌아오지 않았다. 둥치 위를
기어다니던 개미가 조금씩 구멍을 향해 다가갔다. 개미가
구멍에 발을 들여놓은 순간, 구멍이 오물거리듯 일그러지더니
개미가 그 속으로 빨려 들어갔다. 그냥 구멍이 아니었다.
새카만 입이었다. 지경은 주머니에 손을 넣었다. 신문지
조각이 손에 닿았다. 지경은 숨을 들이마시고 다시 청진판을
꽉 쥐었다. 구멍 위로 청진판을 조심스레 갖다 댔다. 구멍이
조금씩 커지더니 청진판이 그 안으로 쑥 빨려 들어갔다.
지경의 손도 빨려 들어가기 시작했다. 목소리가 들려왔다.

메아리는 재미있어? 테이프를 본 적 있어? 두 개의 구멍 속에
눈을 넣어볼래? 파프리카를 거꾸로 말하면? 전부 거짓말인
거 알지? 햇빛을 밟으면 아파? 코로 물 마시면 어때? 걔들의
유행어가 뭐게? 어디까지 가볼래? 저 사람은 왜 울어?

거대한 얼음이 녹고 있어? 개미가 죽기 전에 알려줄래? 자고
일어나면 왜 날짜가 바뀌어? 달려볼래? 웃음소리는 모두
달라? 피부밑에는 빨간색 강이 흐르는데 꼭 초록색 산처럼
보이지? 배고파? 이 사람은 왜 웃어? 지우개 먹으면 안 돼?
지금 몇 층이야? 저 구름 네 거야? 산에 이름을 붙이는 건
누구야? 살짝만 아파볼래? 혼자가 장래 희망이야? 빨리 감기
해? 이는 몇 개가 나? 무슨 소리가 들려? 나무들이 모여
있으면 숲이야? 깜깜한데도 볼 수 있는 건 왜 그래? 둘이
닮았어? 뛰어내리는 방법 알아? 소중해? 집에서 병원까지
얼마나 걸려? 화나면 소리 지를까? 가위는 주먹을 못 이겨?
잘린 나무들이 모여 있으면 무덤이야?

고지

거기 있어?

4

"아니."

엄마가 운전대를 휙 틀었다. 고지의 몸이 오른쪽으로
쏠리면서 차창에 머리가 닿았다. 고지는 엄마의 목소리에서
엄마가 여전히 화가 나 있다는 걸 눈치챘다. 아까 병실에서
고지가 할머니 곁에 있는 걸 발견한 엄마는 고지를 거칠게
끌어냈다. 할머니가 개를 뺏어가지 말라며 울었고 엄마가
간호사를 호출해 진정제를 투여하자 다시 잠들었다. 그 뒤로
엄마는 고지에게 한마디도 하지 않았다. 자동차를 타자마자

성수나

고지는 할머니를 위한 일이었다고 말했다. 엄마는 기다렸다는 듯 고지의 말을 부정했다.

"그건 할머니를 위한 일이 아냐. 다시는 그러면 안 돼."

"왜?"

고지가 물었다. 엄마가 다시금 운전대를 반대쪽으로 틀며 말했다.

"아주 잘못된 거니까."

"뭐가?"

그때 승용차 하나가 갑자기 끼어들었고 엄마가 브레이크를 밟았다. 경적이 길게 울렸다. 끼어든 차의 뒤꽁무니를 노려보던 눈길로 엄마가 고지를 돌아보았다. 앞차의 브레이크 등이 엄마의 얼굴을 붉게 물들였다가 점차 멀어졌다.

"넌 할머니가 더 나빠졌으면 좋겠어?"

고지가 고개를 저었다. 엄마가 답답하다는 듯 되물었다.

"그런데 왜 그렇게 굴어? 왜 할머니를 더 헷갈리게 만들어?"

"할머니가 개를 만나고 싶어 해서 개를 만나게 해준 거야."

"고지야."

엄마가 이를 악물었다. 고지는 준비를 했다.

"네가 개야?"

엄마가 소리를 지르자 목소리가 차 안을 웅웅 울렸다. 고지는 엄마의 목소리가 자기 안으로 들어오지 않게 두 눈을 꼭 감고 견뎌냈다. 얼마 있지 않아 차가 다시 앞으로 나아갔다. 목소리는 얇은 가시가 되어 차창 틈으로 빠져나갔다. 그중 몇 개는 고지에게 박혔다. 엄마는 할머니가 눈앞에 있는 것과 머릿속에 있는 것을 헷갈리는 모습을 점점 더 견디지 못했다.

"진짜로 할머니를 돕고 싶으면 할머니가 잘못된 말을 할 때마다 바로잡아줘야지. 넌 개가 아니고, 할머니의 손녀고, 여긴 병원이라고 차근차근 설명해줘, 할머니가 다시 돌아올 때까지."

"할머니는 어디 간 적 없어. 계속 거기 있었어."

고지의 말에 엄마는 대꾸하지 않았다. 고지는 차창 밖으로 빠르게 사라지는 풍경을 눈으로 좇았다. 자동차, 나무, 가로등, 사람, 산, 모든 것이 뒤로 빠르게 사라졌다. 꼭 자동차 뒤꽁무니에 블랙홀이 따라붙어 모든 걸 빨아들이는 것 같았다. 고지는 가시처럼 박혀 있던 엄마의 목소리를 뽑아 블랙홀 속으로 던져넣는 상상을 했다. 그것만으로도 고지는 조금 나아졌다. 그때 자동차가 갑자기 왼쪽으로 방향을 틀더니 갓길에 멈추었다. 고지가 놀라서 엄마를 쳐다보았다. 엄마는 핸들에 얼굴을 묻은 채 아무 말도 하지 않았다. 방향 지시등이 깜박이는 소리가 차에 울려 퍼졌다. 고지는 그 소리에 맞춰 검지로 무릎을 두드렸다.

"고지야."

"응."

엄마의 목소리에 고지는 기다렸다는 듯 대답했다.

"네가 엄마한테 자꾸 알려줘야 돼."

엄마가 고개를 들어 고지를 쳐다보았다. 왼쪽 얼굴이 눈물

성수나

때문에 얼룩덜룩했다. 엄마는 울 때마다 꼭 왼쪽 눈에서만 눈물이 흘렀다. 한참 왼쪽 눈으로만 울다가 울음이 그쳐갈 때가 되면 오른쪽 눈에서 눈물이 몇 방울 떨어지곤 했다. 고지는 늘 그게 좋았다. 엄마가 꼭 얼룩 강아지처럼 보였기 때문이다. 고지가 그렇게 말하면 엄마는 울다가도 웃었다. 하지만 이번엔 고지는 조용히 기다렸다. 엄마가 눈물을 닦으며 말을 이었다.

"할머니가 거기 있다는 거. 엄마가 까먹을 때마다 고지가 알려줘야 돼. 알았지?"

고지는 세차게 고개를 끄덕였다. 엄마의 왼쪽 눈에서 또 눈물이 흘렀다. 엄마는 두 손에 얼굴을 묻은 채 의자에 머리를 기댔다.

"너무 화가 나."

엄마가 중얼거렸다. 문득 고지의 머릿속에 언젠가 목소리가 했던 말이 하나 떠올랐다. 아주 오래전이었는데도 자기 안에 아직 그 말이 남아 있었다는 사실에 고지는 조금 놀랐다. 그때 고지가 뭐라고 대답했었는지는 기억나지 않았다. 고지는 잠시 망설이다가 엄마에게 물었다.

"화나면 소리 지를까?"

엄마가 얼룩진 얼굴로 고지를 쳐다보았다. 이젠 오른쪽 눈에서도 눈물이 흐르고 있었다. 엄마가 대답하지 않자, 고지가 먼저 소리를 지르기 시작했다. 처음엔 작은 목소리로, 흐릿한 글씨를 쓰듯이 '아' 하고 소리치다가 조금씩 목소리를 키우자 글씨가 또렷해졌다. 고지는 얼굴이 빨개지도록 소리

질렀다. 숨이 찬 고지가 잠시 멈췄을 때, 엄마가 배턴을
이어받듯 소리 지르기 시작했다. 엄마의 목소리는 고지의
목소리보다 몇 배로 커서 차창 밖으로 순식간에 목소리가
새어나갔다. 고지도 질세라 가슴 가득 숨을 들이마시고 소리
질렀다. 지르면서 고지는 생각했다. 고지는 가끔 개가 될
수 있었다. 가끔은 나무가 될 수도 있었고 개미가 될 수도
있었고 산꼭대기가 될 수도 있었고 흐르는 강물이 될 수도
있었고 돌멩이가 될 수도 있었고 바닥이 될 수도 있었고
할머니가 될 수도 있었고 가위가 될 수도 있었고 반창고가 될
수도 있었고 계단이 될 수도 있었고 아기가 될 수도 있었고
자동차가 될 수도 있었고 계란이 될 수도 있었고 귀신이 될
수도 있었고 라이터가 될 수도 있었고 공이 될 수도 있었다.
고지는 목소리가 곁에 있으면 무엇이든 될 수 있었다. 하지만
그럴수록 고지는 고지에서 멀어졌다.

　고지는 소리 지르기를 멈췄다. 뒤늦게 엄마가 고지를
돌아보았다.

　"고지야, 왜 그래?"

　고지는 엄마와 눈을 맞췄다. 엄마의 눈에서는 더 이상
눈물이 흐르지 않았다. 고지는 고개를 저었다. 엄마는 고지의
이마를 한 번 쓸어주고는 다시 핸들을 잡았다. 자동차가 다시
앞으로 나아가기 시작했다. 차창 밖으로 풍경이 다시 빠르게
사라지기 시작했다. 고지는 눈으로 풍경의 뒤꽁무니를 좇다가
눈을 감았다. 뜨거워. 고지는 두 손으로 눈을 누르면서 잠시
기다렸다. 낮에 고지의 이름을 불렀던 그 목소리가 고지

성수나

안에서 되풀이되었다. 고지는 하나를 생각하려 했지만 좀처럼
되지 않았다. 반대편 차선에 자동차가 지나갈 때마다 고지의
눈꺼풀 안이 불그스름하게 밝아졌다가 다시 어두워졌다.
고지는 꼭 어두컴컴한 동굴을 지나는 것 같다고 생각했다.
아래로, 아래로. 고지는 더 깊고 어두운 곳으로 들어가기
시작했다. 모든 것들이 고지에게서 조금씩 멀어졌다. 동굴이
두 갈래로 갈라졌다. 고지는 왼쪽과 오른쪽 중 하나를 골라야
했다. 어둠 속에서 고지는 표지판을 발견했다. 왼쪽 길 앞에는
'**여기까지**'라고 쓰여 있었고, 오른쪽 길에는 '**거기까지**'라고
쓰여 있었다. 고지는 잠시 그 자리에 쪼그려 앉아 왼쪽과
오른쪽을 번갈아 보았다. 그때 고지의 발치에 무언가가
꼬물꼬물 기어갔다. 자세히 들여다보니 개미였다. 개미는
고지를 앞질러 오른쪽 길로 기어갔다. 고지는 엉덩이를 털고
일어나 발걸음을 옮겼다.

5

지경은 멈춰 섰다. 목소리도 멈추었다. 아까부터 고지의
대답을 기다렸으나 아무것도 돌아오지 않았다. 고지는 거기
없었다. 지경은 목소리에게 물었다.

　네가 고지 아니야?

　목소리는 대답하지 않았다. 지경은 다시 물었다.

　그럼 고지가 누구야?

　짝꿍.

이번엔 목소리로부터 바로 답이 돌아왔다. 여러 색을 겹쳐놓은 고무찰흙 같은 목소리였다. 지경은 문득 짝꿍이 떠올라 뒤를 돌아보았다. 하지만 뒤에는 아무것도 없었다. 구멍 속에 들어온 후로 지경은 앞과 뒤를 구별할 수가 없었다. 그저 새카만 어둠뿐이었다. 당연히 목소리도 보이지 않았다. 바람처럼 들려올 뿐이었다. 지경은 다시 물었다.

그럼 넌 누구야?

목소리는 대답하지 않았다. 지경은 쪼그려 앉아 기다렸다. 청진판을 깜깜한 바닥에 대보았으나 아무 소리도 들리지 않았다. 지경은 청진판을 이리저리 움직이며 스스로에게 물었다. 왜 무섭지 않지? 구멍 속으로 갑자기 빨려 들어와 어둠 속에 갇혔음에도 지경은 전혀 무섭지 않았다. 교실도 아이들도 선생도 더 이상 신경 쓰이지 않았다. 지경은 모든 게 멀어진 기분이었다. 그럼에도 짝꿍만큼은 계속 생각이 났는데, 시경이 짝꿍에게 남긴 메모 때문이었다. 지경은 청진판으로 바닥을 긁으며 글씨를 썼다. 갔다 올게. 지경은 같은 자리에 세 번이나 글씨를 썼지만 여전히 아무것도 보이지 않았다. 그러자 짝꿍마저 지경에게서 조금씩 멀어지기 시작했다.

끝말잇기 할래?

목소리가 들려왔다. 지경은 고개를 들었다. 온통 깜깜한 것이, 바닥을 보고 있을 때와 크게 다르지 않았다. 지경은 주변을 둘러보았다. 어딜 보나 똑같았다. 지경은 어둠에 주름이 잡힐 때까지 눈을 꼭 감았다가 떴다. 여전히 방향을 알

성수나

수 없는 어둠 속이었다. 여기에 끝이 있을까? 지경은 궁금했다. 지경은 두리번거리다가 목소리에게 물었다.

넌 몇 살이야?

왜?

나보다 나이가 많으면 나보다 아는 단어도 많을 거잖아. 불리해.

넌 몇 살인데?

열 살.

대답이 바로 돌아오지 않았다. 지경은 목소리를 기다렸다.

나이는 몰라. 하지만 세 번 봐줄게.

목소리가 말했다. 지경은 만족스럽다는 듯 고개를 끄덕이고는 물었다.

내가 이기면?

뭘 원해?

목소리가 묻자 지경은 잠시 생각하다가 대답했다.

네가 누구인지 알려줘.

이번엔 목소리가 잠시 생각하는 듯하더니 물었다.

네가 지면?

뭘 원해?

지경이 얼른 되물었다. 불쑥 지경을 향해 바람이 불었다. 지경은 목소리가 웃고 있음을 깨달았다. 목소리가 말했다.

끝없음.

6

저 앞에 어슴푸레하게 끝이 보였다. 무언가가 고지의 등을 떠밀었다. 고지는 떠밀리듯 한 걸음 한 걸음 나아갔다. 길은 조금씩 좁아지더니 끝에 다다르자 고지의 몸에 딱 맞는 옷처럼 꽉 끼었다. 고지는 손으로 어둠을 짚으며 발걸음을 내디뎠다.

고지는 거기까지 왔다.

거기엔 어둠이 가득했고, 여자아이 하나가 앉아 있었다. 고지가 여자아이에게 다가가려 하자, 새카만 어둠이 줄기처럼 고지의 발을 타고 올라왔다. 고지는 뿌리박힌 듯 움직일 수 없었다. 고지는 여자아이를 부르려고 했다. 그때 여자아이가 입을 열었다.

좋아.

아카시아. 아기. 기념일. 일개미. 미소. 소풍. 풍경. 경주. 주사위. 위장. 장래희망. 망원경. 경사. 사진. 진정제. 제목. 목수. 수업. 업무. 무덤. 덤불. 불장난. 난장판. 판사. 사이. 이슬비. 비밀. 밀물. 물방울. 울창. 창문. 문지방. 방음. 음악. 악수. 수영복. 복도. 도시락. 악필. 필통. 통나무. 무조건. 건너편. 편의점. 점점. 점……자. 자동차. 차도. 도착. 착…… 착한…….

모르겠어.

성수나

어린이. 이불. **불사신.** 신호등. **등나무.** 무화과. **과학자.**
자리. **이야기.** 기자. **자주.** 주머니. **니글니글.** 글씨. **씨앗.** 앗.
나 한 거야. 앗. 너 차례야.

앗아가다.

다리미. **미래.** 내일. **일주일.** 일기장. **장례식.** 식목일. **일년.**
연필. **필연.** 연……결. **결국.** 국어. **어영부영.** 영……혼. **혼자.**
자기소개. 개. 개구리. **이름.**

몰라.

라이터. 터……널. **널뛰기.** 기차역. **역할.** 할……머니. **니트.**
트로피. **피구.** 구멍. **멍.**

……몰라.

마지막 기회야.

내가 시작할래.

둥치. **치매.** 매미. **미아.** 아래. **내리막.** 막장. **장난감.** 감기.
기분. 분수. **수수께끼.** 끼……리끼리. **이유.** 유행어. **어른.**
른…….

네가 졌어.

넌 백 살, 천 살이야. 이거 너무 불리해.

네가 졌어.

이 세상에 '른'으로 시작하는 단어는 없어!

네가 졌어.

……끝없음이 뭔데?

계속 끝말잇기 하는 거.

싫어.

어제.

안 해.

해골.

안 한다고.

고지.

…….

지경.

내 이름을 알아?

아주.

넌 누구야?

야호.

메아리?

이따금. 금방. **방향.** 향초. **초하루.** 누구. **구름.**

또 네가…….

늠름.

내가 이겼어.

넌 누구야?

7
***

지경은 목소리를 기다렸다. 지경이 무릎을 끌어안는데,
주머니에서 바스락 소리가 났다. 손을 넣자 얇은 종이가
손가락 끝에 닿았다. 지경은 그것을 꺼내 펼쳤다. 나무에서
무슨 소리가 들려요? 그 밑에는 아주 작은 개미 같은 글씨가

성수나

쓰여 있었다.

고지.

지경은 고개를 들었다. 고지가 저 앞에 있었다. 지경은
자리에서 천천히 일어났다. 고지는 지경보다 키가 조금 더
컸다. 지경은 고지를 향해 손을 흔들며 말했다.

안녕.

문득 지경은 기사가 떠올랐다. 나무의 목소리가 들려요! 안녕,
이라고 인사하고 있어요. 결국 돌고 돌아 정말로 안녕이 되었다.
지경은 코웃음 쳤다. 코웃음이 멈추지 않아 조금 소리 내어
웃었다. 하지만 고지는 붙박이처럼 서서 지경을 보기만 했다.
고지는 목소리를 떠나 있던 반년 동안, 준비를 하던 게 고지
혼자만은 아니었다는 걸 깨달았다. 목소리도 고지를 떠날
준비를 하고 있었다. 고지의 다리를 붙잡고 있던 어둠이
스르륵 아래로 사라졌다. 고지는 천천히 지경에게로 발걸음을
옮겼다. 고지는 지경의 목소리를 듣자마자 낮에 들었던 그
목소리가 지경이라는 걸 알았다.

너도 목소리가 들려?

지경이 고지에게 물었다. 고지는 고개를 끄덕였다. 지경이
다시 물었다.

그럼 너도 끝말잇기 했어?

그때 목소리가 한여름의 바람처럼 무겁게, 천천히 지경과
고지에게로 불어왔다. 고지는 목소리가 주저하고 있다는 걸
느꼈다. 고지와 지경은 함께 목소리를 기다렸다. 목소리가
고지의 곁을 맴돌다가 물었다.

끝말잇기

끝말잇기 할래?

고지는 발치를 내려다보았다. 고지는 하나를 생각했다. 다른 누구도 아닌 고지 하나만을 생각했다. 고지는 고개를 들었다.

아니.

고지는 천천히 말을 이었다.

너랑 있으면 뭐든 될 수 있다는 걸 알아. 그런데 나는…… 이제 내가 되고 싶어.

목소리는 아무런 대답도 하지 않았다. 고지는 목소리가 아주 가까이 있음을 느낄 수 있었다. 고지는 눈을 감았다. 그러자 목소리가 보였다. 목소리는 작은 나무둥치의 모습을 하고 있었다. 고지는 목소리의 나이테를 내려다보았다. 작은 회오리가 한곳으로 모이며 작은 점을 만들었다. 고지는 목소리가 정확히 언제 베어졌는지 알 수 없었지만, 그저 너무 빠르다고 생각했다. 너무 빨리 베어졌다고. 고지는 둥치를 가만히 끌어안았다. 오래도록 그러고 있었다. 안녕. 고지가 말했다. 목소리는 대답하지 않았다.

눈을 꼭 감고 있는 고지를 뚫어져라 쳐다보던 지경이 참다못해 소리쳤다.

그래서 목소리가 누구야?

다음에 진짜로 이기면 알려줄게.

목소리가 답했다.

성수나

8

고지는 눈을 떴다. 엄마가 고지의 어깨를 흔들고 있었다.
고지는 눈을 비비며 상체를 일으켜 앉았다. 고지의 방이었다.
고지는 벽에 걸린 시계를 확인했다. 새벽 세 시가 넘은
시간이었다. 엄마가 고지에게 핸드폰을 내밀었다.

"할머니야. 지금 너랑 얘기하고 싶대."

고지는 핸드폰과 엄마를 번갈아 보았다. 할머니에게
지금 고지가 누구일지, 고지는 이번만큼은 알 것 같았다.
고지는 핸드폰을 귀에 갖다 댔다. 핸드폰 너머에서 목소리가
들려왔다.

"고지야."

고지의 입이 기다렸다는 듯 벌어졌다.

9

"다음."

지경이 둘레길 계단을 내려가며 말했다. **음영**. 목소리가
답했다. 지경이 계단을 하나 더 내려갔다. 영원. **원래**. 내기.
기지개. 개나리. **이파리**. 이제. **제자리**. 이⋯⋯웃. **웃음**. 음료수.
수조. 조각. **각오**. 오⋯⋯레오. **오랫동안**.

"안지경!"

지경은 익숙한 목소리에 고개를 들었다. 계단 저 끝에
남자아이가 하나 서 있었다. 지경이 남자아이를 향해 손을
흔들었다. **누구야?** 목소리가 물었다.

"짝꿍."

지경이 답하자, 목소리가 기다렸다는 듯 말했다.

꿍꿍이.

지경은 '이'로 시작하는 단어를 생각하며 계단을 뛰어
내려갔다.

성수나

두 가지를 생각하면서 썼다.

하나, 나이에 따라 들을 수 있는 주파수가 달라진다는
것. 중학생 때, 10대만 들을 수 있다는 주파수로 휴대폰 벨
소리를 설정해두고 모두가 숨죽였던 때가 있었다. 교실 가득
벨 소리가 울려 퍼지는 동안 우리는 모두 고개를 들었는데
선생만 아무것도 듣지 못하고 칠판에 계속 무언가를
적어내려갔다. 몇몇이 웃자 그제야 선생이 우리를 돌아보았다.
그때 느꼈던 유대감이 아직도 생생하다. 그저 같은 소리를
들을 수 있을 뿐인데. 어쩌면 그게 전부일지도 모르겠다.

둘, 아기들. 끝없는 놀이를 하면서 솜사탕이 녹듯이
사르륵 다음 세상으로 넘어가는 아기 귀신들. 그들이 겪은
삶은 제쳐두고 죽음 이후를 상상하는 스스로가 비겁하다는
생각을 하면서도 상상을 멈출 수 없었다. '아기'라고 말할
때면 입이 양옆으로 벌어지면서 꼭 웃는 것처럼 보인다. 그게
좋으면서도 아프다.

어느 부치의
섹스 로봇
사용기

아밀

누구나 그렇겠지만, 영민이 섹스 로봇을 들이기로 한 데에는 나름의 사연이 있었다.

영민은 여자가 어려웠다. 물론 여자를 좋아하기는 했다. 여자를 만나고, 웃게 해주고, 맛있는 걸 먹여주고, 예쁘다 해주고, 쓰다듬고, 만지고, 키스하고 싶었다. 더 나아가 여자와 섹스하고 싶었다. 간절히 하고 싶었다. 말캉한 살덩어리를 움켜쥐고 달큰한 체취를 들이마시고 촉촉한 그곳에 손가락을 밀어 넣고 싶었다. 새처럼 신음하며 황홀한 표정을 짓고 부르르 떠는 얼굴을 보고 싶었다. 그러나 여자에게 다가가려고 하면 더럭 겁부터 났다. 저 여자가 분명히 자신을 거절할 것 같고, 만약 거절하지 않는다면 비웃고 괴롭히고 상처주고 배신하고 결국엔 버릴 것 같아서 무서웠다.

여자를 만나본 적도 없으면서 여자를 혐오하는 어떤 남자들하고는 달랐다. 다르다고 믿었다. 영민은 일단 여자였으니까. 그리고 여자를 만나본 적 있었다. 그게 문제였다. 영민의 첫사랑은 그를 철저하게 망가뜨렸다.

"솔직히 너 얼굴 별론 거 알아? 이제 알았으면 관리라도 좀 해."

"나니까 너를 만나주지 누가 널 만나주겠니?"

"넌 어쩜 그렇게 사람이 허술하니? 그러니까 사람들이 무시하지."

"야, 저리 가, 걸리적거려."

이런 말을 밥 먹듯 했다. 거기에 대해 영민이 항의하면,

"뭐야, 내가 언제 그런 말을 했다고 그래? 기억 안 나. 왜 나를 나쁜 년으로 만들어?"

라고 하거나,

"야, 농담이지. 여자친구 농담 하나 못 받아주냐? 쪼잔하게 굴기는."

이라고 대응하기 일쑤였다.

가장 큰 공포는 섹스였다. 첫사랑은 영민의 기술도, 몸도 불만스러워했다. 애무가 서툴다고 불평했고 영민이 잘해보려고 애써도 만족시킬 수 없었다. 손가락이 너무 짧아서 삽입을 해도 감이 오지 않는다고 했다. 그 말은 모욕적이었지만 첫사랑이 말라버린 건 결국 자기 탓이었고 그 앞에서 차마 화를 낼 수는 없었다. 영민은 울지 않으려 안간힘을 썼다. 최소한의 자존심을 지키려고.

그런데 그렇게 모욕적이었는데도 영민은 첫사랑을 사랑했다. 아이 같은 웃음소리를, 삐쳤을 때 살짝 주름 잡힌 미간을, 품에 쏙 들어오는 날씬한 허리를, 기분 좋을 때 부르는 콧노래를, 거기에 영민이 끼어들어 함께 바보 같은 이중창을 부르는 시간을 사랑했다. 아무리 나쁜 관계에서도 순수한 기쁨을 누리는 순간이 있다. 아무리 나쁜 사람에게도 천진하고 사랑스러운 구석이 있다. 영민은 첫사랑과의 연애가 정말 나쁜 경험이었다는 사실을 잘 알았다. 그렇다 해도 사랑이 사랑이 아니게 되는 것은 아니었다. 만약 그것이 사랑이 아니었다면 영민의 자존감이 이토록 처참히 부서지지는 않았을 것이다.

영민은 다시 사랑하고 싶었다. 이번에는 좋은 여자를 만나 좋은 사랑을 하고 싶었다. 하지만 레즈비언 데이팅 앱으로 수십 번 오프를 해봐도, 레즈비언 독서 모임에 나가 무슨 소린지 알 수 없는 철학 책을 읽겠답시고 꿍꿍거리면서 자만추를 하려고 해도, 여자에게 일정 거리 이상 다가가려고만 하면 자신의 손가락이 눈에 들어왔다. 짧고 가느다란, 덜 자란 초등학생 같은 손가락이.

세상 어떤 여자도 만족시킬 수 없을 거야.

머릿속에서 그런 목소리가 들려왔다. 처음에는 첫사랑의 목소리였다. 그런데 첫사랑과 헤어지고 1년, 2년 그리고 4년, 더 나아가 7년이 흐르자 그 목소리는 영민 자신의 목소리가 되었다. 그동안 영민은 졸업하고 속초에서 아는 선배가 하는, 로봇 직원은 하나도 쓰지 않는 정통 스시야에 들어가 일했다. 그러다가 1년 만에 대판 싸우고 때려치운 다음 급한 대로 해변에 있는 3층짜리 물회 전문점에 들어갔다. 어마어마한 매출을 올린다는 사장님은 재료를 수급하고, 손님들을 응대하고, 경영적 문제들을 해결하느라 너무 바빠서 그 많은 돈을 누릴 시간도 없어 보였다. 그 일들은 누구도 대체할 수 없는, 어느 업장에서든 사장이 직접 해야 하는 일이었다. 그러나 주방 일들, 그러니까 재료 손질, 조리, 플레이팅은 대체로 로봇이 처리했다. 영민이 할 일은 로봇이 잘 돌아가도록 관리하고 점검하는 것이었다.

당연하게도 환멸감이 들었다. 어쨌거나 영민은 사람의 섬세한 손길만으로 가능한 요리를 동경하고 나름의 신념을 가진 사람이었다. 그러나 1년간 선배와 함께했던 스시야 일은 영민에게 좌절을 안겼다. 살아 있는 것을 잘 죽이고,

죽은 것을 잘 뜨고, 쥐고, 말고, 누르고, 없는 과정은
창의력만큼이나 아니 혹은 그 이상으로 순발력과 정확성이
중요했고 영민은 손이 무디고 굼떴다. 선배는 원래 이
바닥에서 여자가 잘하기는 어렵다고 위로처럼 말했다.
첫사랑의 비난이, 아니 이제는 자기 자신의 비난이 되어버린
바로 그 목소리가 뇌리를 맴돌았다. 이런 식으로는 세상
누구도 만족시킬 수 없을 거야. 여자도, 손님도. 평생 로봇
수발이나 들어주면서 살든가.

　그렇게 좌절에 빠져 지내던 어느 날, 영민은 인터넷에서
이런 광고를 보았다.

이것이 진짜 여자
　가장 리얼한 여성형 섹스 로봇, '리아'

커다란 광고 문구와 함께, 유명한 여배우 P가 청바지와
티셔츠 차림으로 하얀 호텔 침대에 걸터앉아 커피를 마시며
웃는 사진이 실려 있었다.

　P만 아니었으면 그냥 지나쳤을 것이다. 그러나 영민은
P를 좋아했다. P는 5년 전 청춘 로맨스 영화로 이름을 알린
배우로, 풋풋하고 싱그러운 여대생 이미지로 남자들에게
인기몰이를 했다. 그런 P를 데리고 섹스 로봇 광고를 찍다니,
기획사가 미쳤나? 아무리 20대 후반에 접어들었다지만,
그래서 이미지 전환이 필요하다는 말도 많다지만, 그래도
그렇지 섹스 로봇은 좀 아니지 않나?

영민은 곧바로 검색을 해보았다. 그러자 섹스 로봇 리아의 정보와 더불어 온갖 바이럴 마케팅이 주르륵 쏟아져나왔다. 이게 뭔 헛소리야 하면서 체험단의 사용 후기를 읽던 영민은 점차 헛소리만도 아닌가 하는 의구심이 들기 시작했다.

제목: 리아는 혁신적입니다.

아시다시피 보통 섹스 로봇은 남자들의 판타지대로 만들어지잖아요. 그래서 가슴 크고, 엉덩이 크고, 야하고 더러운 말 잘하고, 넣기만 해도 흥분하게 되어 있죠.

물론 그런 로봇 좋기야 하죠. 저도 이미 지아 GX288, 다정 K9, 심지어 희나 초기 모델까지 가지고 있는 컬렉터거든요. 클래식한 섹스 로봇들이 얼마나 사랑스러운지 저도 다 알죠.

그런데 리아는 좀 색다르더군요.

솔직히 처음에는 좀 김이 샜어요. 아니 무슨 섹스 로봇이 내가 넣으려는데 아직 넣지 말라고 거부를 해? 여기가 아니라 거기 만져줘, 그렇게 세게 하지 말고 살살 해줘, 그러면서 명령을 해? 기분이 좀 나쁘더라고요.

근데 뭐, 처음 해보는 게임 튜토리얼이라 생각하고 한번 해봤죠. 그런데 웬걸, 이게 점점 물이 오르니까 반응이 진짜 맛깔스러운 거예요. 진짜 야릇한 신음을 흘리면서, 막 애가 사람 아니고 로봇인데도 진짜 성감대가 있고 진짜 마음이 있어가지고 진짜로 느끼는 것 같다고 할까? 표정도, 몸짓도 장난 아녜요.

보통 섹스 로봇들은 반응이 극적이고 과장스럽잖아요. 딱

들어도 로봇 같죠. 남자를 막 추켜세워주니까 슈퍼히어로로
된 것 같고 좋기는 한데, 솔직히 그게 진짜 같지는 않잖아요.
그냥 꼬꼬마 때로 돌아가 붕붕카 타고 노는 기분이죠. 근데
리아는…… 어휴, 그렇지, 이게 바로 여자지, 내가 지금 여자를
정복했구나, 이런 쾌감이 듭니다. 어른 남자의 즐거움이란
이런 거죠.

오래전에 헤어진 여친 생각도 나고, 괜히 감성적인 기분이
돼서 와인 한잔했네요.

앞으로 한동안은 리아 아니면 손이 안 갈 것 같습니다.

제목: 리아를 알고 섹스 로봇 찬성파로 돌아섰습니다.

저는 원래 섹스 로봇이라면 질색을 했어요.

이런 말 하면 자꾸 여자냐고 하는데, 전 남자고요. 남자라서
반대했던 겁니다.

왜냐하면 남자들이 집구석에서 섹스 로봇만 껴안고
뒹구니까 '도태남'이 되는 거잖아요. 요즘 이거 사회
문제잖아요, 남자들이 점점 연애도 결혼도 못 하고 그래서
애도 못 낳는 거요.

그렇게 살아서 행복하다면 무슨 문제겠냐만, 다들 불행하고
공허하고, 그러니까 괜히 사회에 불만만 생기고, 다 못난
인간이 되더란 말이죠. 어쩔 수 없어요. 남자는 씨 뿌리고
가정 꾸리면서 태어난 의미를 찾게 되어 있는 동물인데, 그걸
안 하고 말초적인 쾌감에 신경을 절이고 살려니 불행해질
수밖에.

저는 그럭저럭 예쁜 마누라에 딸 하나 아들 하나 있습니다만……. 이제 초등학교 들어간 제 아들이 나중에 커서 섹스 로봇이나 끼고 살겠다고 하면 어쩌나, 진심으로 걱정이었거든요. 요즘은 중학생만 돼도 다정이 어떻고, 지아가 어떻고 떠든다더라고요. 아빠로서 애 귀를 막고 키울 수도 없고 어떻게 교육해야 하나 고민이 많았죠.

그런데 리아 사전체험단을 뽑을 때 눈에 들어온 문구가 이거였어요.

'이제 성교육도 로봇으로!'

강력한 한마디였죠. 그렇지 않나요, 유치원에서도 학교에서도 다 로봇으로 애들 가르치는 시대에, 성교육도 로봇으로 시키는 게 이치에 맞기는 하네, 싶었어요.

그리고 지금까지 시중에 나도는 섹스 로봇이라는 게 남자들에게 손쉽게 공상 속의 성적 쾌감을 줘서 문제가 된 건데요, 손쉽지도 않고 공상적이지도 않은 쾌감을 주는 로봇이라면? 현실의 여자와 섹스하는 법을 '가르쳐주는' 로봇이라면? 사내애들이 그런 로봇으로 성에 대해 알아간다면, 도태남이 되기는커녕 오히려 알파남이 되는 것 아니겠습니까?

물론 그런 게 팔려봤자 얼마나 팔리겠냐, 이 회사 금방 망하겠네, 싶은 생각도 들었죠. 하지만 섹스 로봇을 무조건 금지할 수 없는 시대라면 이렇게 유익한 시도가 더 많이 이루어지게끔 소비자 입장에서 응원하는 게 맞겠다는 생각이 들었습니다. 이런 걸 학교에서도 선제적으로 도입해서 안전하게 섹스하는 법 가르쳐주고 하면, 애들이 괜히 싸구려 중국산 로봇 가지고 놀다가 다치고 그럴 일도 없겠죠.

그래서 제가 먼저 테스트해봐야겠다는 생각에 신청해서 써보니…….

영민은 더 이상 읽지 않고 창을 닫았다.

그리고 새 창을 열어서 리아 제조 업체 공식 사이트로 들어가 리아 본품에다가 옵션으로 파자마 의상, 원피스 의상, 브래지어와 팬티 세트 2종까지 추가해 3개월 렌털 서비스를 신청했다. 구입이 아니라 렌털인데도 만만찮은 거금이 들어갔다.

섹스 로봇, 그러니까 리아는, 생각보다 컸다. 물론 성인만 한 크기일 줄은 알았지만, 그래도 직접 보니 정말로 성인만 한 크기여서, 택배가 하나 도착한 게 아니라 사람 한 명이 집 안에 들어온 것 같아서, 이게 단순한 서빙 로봇이나 주방 로봇 대여하고는 차원이 다른 일이라는 것을 깨달았지만, 깨닫고 나서는 이미 너무 늦은 뒤였다.

영민은 연꽃에서 나온 심청이처럼 해체된 택배 상자 안에서 웅크리고 앉아 있는 리아를 보며 망연자실했다.

내가 무슨 짓을 한 거지?

섹스 로봇을 대여했지.

아밀

하지만 리아는 로봇이라기에는 너무 사람 같았다. 이마 위로 흩어진 머리카락, 미세한 주름과 솜털까지 재현된 피부, 그 위로 도드라진 뼈마디 하나하나까지. 너무 리얼해서 숨을 쉬지 않는 것이 기이하게 느껴질 정도였다. 이런 최신 기술을 고작 장난감을 만드는 데 쓴다고? 인간이란 정말이지 종족 자체가 낭비였다.

더욱 놀라운 것은 무게였다. 리아는 보기와 달리 굉장히 가벼웠다. 크기가 사람만 하다고 무게까지 사람만 하면 다루기 힘들 테니 당연한 일이었지만, 그래도 침대로 들어서 옮기자니 실체 없는 요정을 들면 이런 기분일까 싶었다.

영민은 리아를 침대에 눕혀놓고 택배 상자를 내놓고 옷과 속옷과 부속품들을 정리한 다음 침실로 돌아왔다. 그리고 그 옆에 앉아서 심호흡을 한 다음 귀 뒤에 있는 버튼을 눌러 전원을 켰다. 아주 낮은 시동음이 나더니 리아가 눈을 떴다. 눈동자는 엷은 고동색이었다. 리아는 초기 설정 모드로 들어갔다.

"안녕하세요. 당신의 이름은 무엇인가요?"

리아의 외모와 마찬가지로 목소리도 평범했다. 높지도, 낮지도 않고, 성우처럼 정확한 발음을 구사하지도 않았다. 길거리 어디에선가 들어봤을 법한 목소리였다.

"나는 영민이야."

"반가워요, 영민 님. 제 이름은 무엇인가요?"

영민은 첫사랑의 이름을 떠올렸지만 양심상 그 이름을 대지는 않았다.

"그…… 그냥 리아야."

"알겠습니다. 리아라고 불러주세요. 앞으로 영민 님에게 반말을 할까요? 존댓말을 할까요?"

"반말로 해줘."

"이름을 부를까, 다른 호칭을 쓸까?"

"그냥 이름으로 해줘."

"알겠어. 앞으로 잘 부탁해, 영민아."

리아는 웃으면서 침대 위에 책상다리를 하고 앉더니 침묵에 빠졌다.

영민이 렌털한 기본 모델 리아에게는 사용자와 잡담을 나누는 기능이 없었다. 날씨, 음식, 연예인, 드라마, 일반 상식에 대해 폭넓은 대화를 나눌 수 있는 수준의 인공지능이 탑재된 '생활형 리아'는 두 배쯤 더 비쌌다. '기본형 리아'의 언어 능력은 오로지 섹스 상황에만 맞춰져 있었고, 영민에게는 그것으로 충분했다.

그래서 영민은 리아와 어색한 침묵을 나누며 마주 앉아 있었다.

하지만 어디까지가 일상 대화고 어디부터가 섹스지? 보통 섹스를 할 때는 이런저런 대화를 나누다가 섹스로 넘어가지 않나?

사실 고민할 필요는 없었다. 상품 설명에 따르면 리아와 섹스를 시작하는 키워드는 단 하나, "섹스하자"였다. 이건 모 여성주의 단체의 자문을 받은 결과라고 했다. 반드시 명확한 언어로 동의를 구할 것.

아밀

그래서 영민은 말했다.

"리아야, 섹스하자."

그러자 리아가 영민에게 눈을 맞추더니 말했다.

"좋아."

바로 이 부분 때문에 여성주의 단체에서는 이 로봇의 자문 역을 그만두었을 뿐 아니라 로봇 광고에서 '교육용'이라는 표현을 빼라고 항의하고 있다고 했다. 제조사에서는 리아가 늘 "좋아"라고만 대답하도록 설계했다. 그러나 여성주의자들은 진짜 여성은 싫다고도 할 수 있는 존재라는 것을 사용자들에게 가르치지 않으면 의미가 없다고 주장했다.

하지만 섹스하기 싫다고 하는 섹스 로봇이라니, 그런 건 정말 어디에도 안 팔리겠지.

영민은 섹스하자고 하면 멋대가리 없게 그런 걸 대놓고 말로 한다고 핀잔하고, 스킨십부터 하면 지금 그럴 기분 아니라고 짜증 내고, 가만히 있으면 너는 내가 여자로 안 보이냐고 화를 내던 첫사랑을 떠올렸다.

이제부터 너의 망령에서 벗어날 것이다.

영민은 굳게 마음먹고 리아의 입술에 입을 겹쳤다. 리아의 입술은 따뜻했다.

리아를 렌털한 지 3주째, 영민은 이것이 자기 인생에서 가장 잘한 선택이었다고 결론 내렸다.

처음에는 단순히 연습용으로 생각했다. 사람들 말마따나 성교육을 받는 거라고. 어차피 남자 사용자들과 달리 영민은 리아에게서 오르가슴을 얻을 수 없었다. 그렇다면 영민이 얻을 것은 결국 여자를 만족시키는 스킬뿐이리라고 생각하는 게 당연했다.

그런데 막상 써보니 리아의 가치는 그 이상이었다. 쾌락을 주는 일만이 아니라 받는 일에도 스킬이 필요하다던데, 그 말이 맞다면 리아는 쾌락을 받는 데에 귀재였다. 리아는 상냥하면서도 명확하게 영민을 이끌어주었고, 자기가 원하는 것을 알기 쉽게 표현했다. 영민이 헤매도 참을성 있게 기다려주었고, 답을 잘 찾아가면 그때그때 적절하고도 다양한 반응을 보여주었다. 영민은 쾌락을 표현하는 데에 그토록 많은 언어가 있을 수 있다는 것을 처음 알았다. 너무 많은 걸 표현하면 자존심이 상한다는 듯이 뻣뻣하게 굴던 첫사랑과는 완전히 달랐다. 리아는 좋으면 좋다고 했고, 정신이 나갈 것 같으면 정신이 나갈 것 같다고 했고, 녹아버릴 것 같으면 녹아버릴 것 같다고 했다. 영민이 잘하면 잘할수록 표현의 강도는 높아졌고 리아는 영민이 너무 잘해서 이걸 계속 계속 느끼고 싶어서 하루 종일 영민 앞에 다리를 벌리고 애원하고 싶은 생각밖에 나지 않아 죽고 싶다고 했다. 영민은 리아에게 나가버릴 정신이 있고 녹아버릴 감각이 있고 죽고 싶은 감정조차 있을 것처럼 생각되었다. 그리고 그런 정신과 감각과 감정을 쥐락펴락할 수 있는 자신이 세상에서 가장 잘난 사람이 된 것처럼 느껴졌다.

물론 그런 것들보다 중요한 것은 몸이었다. 리아의 바르르 떨리는 눈꺼풀, 젖은 성기, 움찔거리는 근육, 따뜻한 살갗까지 너무 생생했다. 어떻게 이렇게까지 섬세한 것을 구현할 수 있었는지 놀랍기만 했다. 다소 수수하고 밋밋하다고 생각했던 리아의 얼굴과 몸은 침대에서 극도로 아름다워 보였다. 영민의 손과 입과 혀에 생동감 있게 반응하며 온몸으로 기쁨을 발산하는 것을 보면 그렇게 보이지 않을 수 없었다. 예쁘고, 기특하고, 사랑스럽고, 달콤했다. 너를 이렇게 만들 수 있는 사람은 나뿐이지, 그렇게 생각하면 너무 행복했다.

퇴근하고 집에 가는 게 기다려졌다. 남자들이 결혼해서 예쁜 아내를 집에 두면 이런 기분일까? 아니, 그건 달랐다. 그들은 자신에게 밥을 해주고, 집을 가꿔주고, 아이를 낳아주고, 쾌락을 줄 여자의 존재에 열광하는 것이다. 즉 여자에게 사랑을 받고 싶어 하는 것이다. 그러나 영민은 리아에게 무언가를 받는 게 아니라 무엇이든 주고 싶었다. 쾌락만이 아니었다. 리아에게 예쁜 옷을 사주고 싶고, 우아한 얼굴과 목에 어울리는 주얼리를 사주고 싶고, 조수석에 앉히고 운전해 먼 도시로 떠나고 싶고, 영민이 아는 가장 좋은 파인 다이닝에서 신선하고 귀한 재료를 아낌없이 쓴 요리들을 맛보여주고 싶고, 산책하다가 구두 때문에 발이 아프다고 하면 들쳐 업고 강변을 걷고 싶고, 크리스마스가 되면 〈호두까기 인형〉 공연에, 새해가 되면 신년 음악회에 데려가고 싶고, 생일이면 최대한 솜씨를 발휘해 사시미와 스시와 솥밥을 준비하고 잘 어울리는 술을 곁들여 한 상

차려주고 싶었다. 영민이 살면서 보고 듣고 맛보고 알게 된
좋은 것을 모두 경험시켜주고 싶었다.

하지만 물론 그럴 수 없었다. 리아는 로봇이었으니까.

리아를 생각하며 퇴근하다 길거리 꽃집에 나온 튤립을 보고
자기도 모르게 한 다발 산 날, 혼자 쓴웃음을 지으며 텀블러에
물을 받아 꽃다발을 꽂아 식탁 위에 올려놓으면서, 영민은
이제 슬슬 진짜 여자를 만나봐야겠다는 생각을 했다.

리아를 렌털한 지 5주째, 영민은 효주라는 여자와 연애를
시작했다.

이제까지 연애를 못 한 게 어이가 없을 만큼 쉬웠다. 그냥
앱에 들어가서, 예전에 친구들의 조언을 받아 공들여 선별해
걸어둔 프로필 사진과 이력서보다 열심히 쓴 소개문을
그대로 놔둔 채 스와이프를 몇 번 했고, 그러다 매칭이 됐다.
프로필에 "친구 찾아요"라고 되어 있는 사람이어서 큰 기대는
없이 대화를 시작했다. 알고 보니 영민이 일하는 물횟집에서
도보 거리에 있는 오래된 관광호텔 프런트를 보는 여자였다.
진상 관광객들에 대한 성토를 나누다보니 우리 그냥 만나서
가볍게 맥주나 한잔할까요 하는 말이 나왔고, 그렇게 만나서
맥주를 마셨다. 한 잔이 두 잔, 두 잔이 세 잔이 되었을 때
영민은 불쑥 말을 꺼냈다.

"우리 사귈래요?"

효주가 대답했다.

"좋아요."

돌이켜보면 신기했다. 어떻게 사귀자는 말을 꺼낼 수 있었을까? 어떻게 처음 앱으로 말을 튼 여자와 대뜸 만날 수 있었을까? 예전 같았으면 상상도 못 했을 일이었다. 하지만 이상하게도 겁이 나지 않았다. 그냥 한번 해보지 뭐, 아니면 말고, 하는 마음이었다. 리아를 통해 여자를 사귀는 법까지 배우지는 않았는데도 자신감이 생긴 것 같았다. 리아를 침대에서 몇 번이고 천국으로 보낸 경험이 있으니—물론 리아는 로봇이고 로봇에게 천국 따위는 없다는 것은 알고 있었지만 어쨌든 섹스라는 것이 일종의 게임이라면 그 게임을 여러 번 클리어한 경험치가 생긴 셈이었다—나한텐 문제가 없구나, 난 그럭저럭 괜찮은 사람이야, 이런 생각이 들었다. 손가락의 길이는 알고 보니 별 문제가 아니었고, 서툰 건 노력으로 개선이 되었고, 거울에 비친 얼굴은 그렇게 못생겨 보이지 않았고, 키가 아주 크지는 않았지만 풍채가 있으니 썩 볼품없지는 않은 것 같았다. 희한하게도 그랬다. 효주도 결국 자신에게 만족하게 될 것 같았고, 만약 만족하지 않는다 해도 그게 뭐 큰일은 아니지 않나 싶었다. 여자에게 거절당한다고 인생이 망하나? 무가치한 사람이 되나? 그렇지 않았다. 영민에게는 리아가 있었다.

잠자리 기술에서 더 나아가 자기 효능감마저 일깨워주는 리아라는 존재가.

재미있는 건 별로 절실하지 않은 듯 행동하니 오히려

상대방이 끌리는 것 같다는 점이었다. 효주는 원래 정말로 연애 생각이 없어서 친구를 구한다고 프로필에 써놓았는데, 영민처럼 대화가 편안한 사람이라면 친구처럼 사귀어봐도 괜찮을 것 같았다고 했다. 하지만 이전까지 해왔던 벽장 연애는 지겹다며, 이쪽 친구들을 더 사귀어보고 서울에서 퀴어 문화도 체험해보고 싶다고 했다. 그거라면 영민은 자신 있었다. 연애하려고 온갖 클럽과 동호회와 인권운동단체에 기웃거리며 온갖 성정체성과 온갖 성적지향의 친구들을 사귀고 정작 연애는 못 하며 살아온 지 10년이었다. 친구들에게 효주를 소개해주면 얼마나 기뻐하며 놀려댈까, 생각하면 부끄러우면서도 우쭐했다.

그렇게 시작한 연애가 고작 한 달 반 만에 끝날 줄은 몰랐다.

효주를 만족시키지 못한 것은 아니었다. 효주는 영민과의 섹스를 좋아했다. 침대에서 수줍음을 타는 편이어서 리아만큼 대담한 표현을 하지는 않았지만, 매번 기분 좋았다고 했다. "언니 진짜 잘한다. 경험 많나봐"라는 질투 섞인 말을 듣기까지 했다(물론 거기에는 대답하지 않고 씩 웃기만 했지만). 처음 사귀자고 했을 때는 '아니면 말고'의 마음가짐이었지만 일단 사귀기 시작한 이상 영민은 여자친구를 위해 최대한 노력했고 성의를 다했다. 효주의 퇴근을 기다려주고, 집에 데려다주고, 데이트 코스를 짜고, 주말에는 효주를 차에 태우고 최대한 조심스럽게 운전해 서울 나들이를 가고, 레즈비언 친구들을 소개해주고, 캐나다 현대 미술가의 전시회와 인스타그램에서 뷰 좋기로 유명한 카페와

친구의 선배가 신규 오픈한 프렌치 비스트로에 데려갔다. 그해 처음 나온 산호색 작약도 선물했다. "옛사람들은 작약지증勺藥之贈이라 해서 남녀 간에 향기로운 작약을 보내 정을 두텁게 했대." 언젠가 여자친구가 생기면 인용하리라고 꿈꿨던 말을 카드에 적어넣으며 영민은 스스로가 만족스러웠다. 효주는 이렇게 크고 화려한 꽃을 받아보는 건 처음이라며 감탄했고 고마워하며 뺨에 입을 맞춰주었다. 영민은 효주 특유의 수줍은 입맞춤이 좋았다.

정말 이해가 안 되는 건 작약을 선물받은 다음 날 효주가 이별을 선고한 것이었다.

"왜?"

그렇게 묻자, 효주는 더욱 이해가 안 되는 말을 했다.

"언니는 나한테 잘해줘. 정말로. 그래서 고마워, 고맙긴 한데, 부담스러워."

"그런 게 어딨어? 부담스러울 것 없어. 여자친구잖아."

그러자 효주는 입술을 깨물고 복잡한 표정으로 영민을 쳐다보더니 대꾸했다.

"언니는 내가 무슨 꽃 좋아하는지 알아?"

"뭐?"

"무슨 꽃 좋아하는지 알아?"

"음......"

"나는 프리지아랑 소국을 좋아해. 잔잔하고 귀여운 거."

효주는 잠시 망설이다가 결심한 듯 말을 이었다.

"작약은 너무 크고 징그러워. 어제 받은 게 오늘 벌써 다

피어버렸는데, 꽃이 아니라 무슨 동물 같아. 그치만 언니가
예쁘고 좋은 거라고 하니까 그렇게 말해야 할 거 같았어. 맨날
맨날 그런 식이었어."

영민이 할 말을 잃고 멍하니 앉아 있는 동안 효주는
커피잔을 내려놓고 일어섰다.

"커피 잘 마셨어."

효주와 헤어지고 나니 리아의 렌털 기간이 끝났다.
영민은 벽장 속에 넣어뒀던 리아를 꺼내 옷을 갈아입히고
매무새를 정돈했다. 업체로 돌려보내기 위해서가 아니었다.
리아를 생활형으로 업그레이드해 렌털을 3개월 연장하기
위해서였다.

효주에게 쓴소리를 듣고 영민은 스스로를 반성했다. 그러고
보면 리아를 섹스할 때 나누는 더티토크를 제외하면 아무
말도 못 하게끔 한 것이 비인간적인 처사였던 것 같았다.
여자와 잘 섹스하는 법을 배우려면 결국 여자를 존중하는
법을 배워야 하지 않나? 그리고 여자를 존중하려면 대화를
해야 하지 않나? 여자가 무슨 말을 하는지, 하고 싶어 하는지
들어줘야 하지 않나? 그동안 영민은 리아가 로봇일 뿐이라고
여기고 리아의 입장을 무시했다. 은연중에 그런 습관이 몸과
마음에 배어서 진짜 여자를 대할 때도 그 습관이 나와버린
것이었다.

업체에서는 정비 기사를 보내 리아를 점검해주고 시스템을 업그레이드해주었다. 기사는 영민이 여자인 것을 보고 의아한 눈빛을 숨기지 않았지만 영민은 개의치 않았다. 오픈리 레즈비언으로 살면서 늘어난 것은 배짱이었다.

"리아가 저를 남자로 인식하는 건 아니겠죠?"

기사는 순간 당황한 듯했지만 이내 프로답게 대답했다.

"그건 걱정 안 하셔도 돼요. 리아의 신경망이 그렇게 단순하진 않거든요. 물론 저희 고객이 주로 남자분들이고, 리아가 학습한 데이터베이스의 상당량이 남녀 간의 사적 대화이기 때문에 거기에 더 익숙한 건 사실이지만, 사용자와 대화를 나누면서 새로운 데이터를 학습하기도 해요. 처음에는 애가 좀 어리숙하더라도 가르쳐주시면 금방 배울 거예요."

그러니까 기본적으로는 남자 사용자에게 적합하다는 뜻이기는 했다.

하지만 누구에게나 처음은 있다. 오랫동안 자신이 헤테로인 줄 알다가 뒤늦게 레즈비언으로 정체화하는 사람들도 있다. 리아도 그런 경우라고 생각하고 차근차근 적응시키면 되겠지.

기사가 떠나고 영민은 곧바로 리아의 전원을 켰다. 시동이 켜지는 몇 초간 영민은 괜히 긴장이 되었다. 처음 리아를 마주했을 때보다 더 긴장되는 것 같았다.

마침내 연한 갈색 눈동자를 뜬 리아가 영민을 보고 웃었다.

"안녕, 영민아. 오랜만이네."

영민은 준비했던 말을 했다.

"리아야, 그동안 너를 소홀히 하고 함부로 다뤄서 미안해.

자기소개부터 제대로 할게. 나는 차영민이고, 서른두 살이야. 요리사고. 그리고 레즈비언이야."

리아가 눈을 깜빡였다.

"너는 여자를 좋아하는 여자구나."

"응. 그런데 여자를 잘 모르겠어. 여자랑 연애도 겨우, 음, 두 번 해봤어. 나는 여자를 대하는 데 서툰 것 같아. 여자들을 불쾌하게만 하는 것 같아."

리아가 고개를 저었다.

"그렇지 않아. 너는 내게 늘 잘 대해줬는걸."

"그렇게 생각해?"

"섹스 로봇을 거칠게 다루는 남자가 많아. 때리고, 던지고, 걷어차고, 얼굴에 사정하고…… 이런 건 양반이고, 더 심한 짓도 많이 해. 그런 남자들에 비하면 너는 내게 무척 친절하고 신사적이었어."

영민은 그제야 자신보다 앞서 리아를 대여한 사람들이 있었으리라는 데에 생각이 미쳤다. 끔찍해서 토할 것 같았다.

"그러면 너는…… 몇 명이나 거쳐 간 거야……?"

"응? 그건 기억나지 않아. 렌털이 끝나면 사용자와의 기억은 모두 초기화되니까. 나는 그냥 일반적인 상식을 말한 거야."

그나마 다행이었다. 하지만, 아니, 다행인가?

"어쨌든 너를 그렇게 대한 남자들이 있었다는 거네."

"그랬을 확률이 높겠지."

"그래도 너는…… 좋다고 했을까?"

영민은 내심 싫었으면서도 좋다는 말을 반복했다던 효주를 떠올렸다.

리아가 다시 고개를 저었다.

"나는 신체를 파손하는 행위에 대해서는 거부 의사를 표시하게 되어 있어. 그리고 어쨌든 우리가 파손되면 수리비가 청구되니까 고객 입장에서는 손해지. 그런데도 많은 남자들이 그렇게 해."

"미안해."

"네가 왜 미안해?"

리아가 진심으로 이해하지 못하는 표정으로 되물었다. 영민은 말문이 막혔다. 인간은 비합리적이었다. 자신이 저지르지 않은 잘못에 대해서도 같은 인간이라는 이유만으로 사과하고 싶어지다니. 하지만 그것만은 아니었다. 영민은 자신과 그 남자들이 근본적으로 다르지 않다는 생각이 들었다. 도망치거나 저항할 힘이 없는 상대를 자기만족을 위해 이용하고 있다는 점에서.

"너는 지금 행복해?"

보통 인공지능이라면 이런 질문에 대해서는 '나는 인공지능이기 때문에 행복이나 불행을 느낄 수 없다'고 대답할 것이다. 하지만 리아는 섹스 로봇이므로, 게다가 이제는 일상에서의 여자친구 노릇까지 하도록 설정된 섹스 로봇이므로, 밝게 웃으며 이렇게 대답했다.

"나는 너랑 같이 있으면 행복해."

영민이 세 번째 여자친구를 사귄 것은 생활형 리아를
렌트하고 두 달 만의 일이었다.

사실 처음에는 다시 여자를 만나볼 마음이 안 들었다.
리아와의 대화와 섹스가 꽤 만족스러워서이기도 했지만,
무엇보다도 리아를 집에 두고 다른 여자와 연애하기가
꺼려졌기 때문이다. 스스로도 우스웠지만 그랬다. 바람을
피우는 기분이 들 것 같았다.

하지만 영민은 진지했다. 리아를 존중하고 싶었다. 지금
리아를 존중하지 않는다면 그 어떤 여자도 존중할 수 없게 될
것 같았다. 어차피 정해진 렌털 기간은 3개월이었다. 일종의
시한부 연애를 한다고 생각하고, 3개월 동안 리아에게만
집중하다가 헤어진 다음 다른 여자를 사귀어야겠다고
생각했다.

그런데 어이없게도, 하필이면 이 시기에 새로운 여자가
영민의 인생으로 걸어들어왔다.

무더운 여름, 어김없이 열린 서울퀴어문화축제에 참여하러
서울로 올라갔다. 행진이 시작되기 직전에 서울 광장에
도착해 친구들과 합류했는데 비가 오기 시작했다. 그럼
그렇지 하고 가져온 비옷을 꺼내 쓰는데, 근처에 서 있는 여자
한 명이 눈에 띄었다. 여자라고 해야 할지 여자애라고 해야
할지 분간하기 어려운 인상이었다. 얼굴은 20대 초반 같은데
자그마한 체구나 입은 옷은 핑크색 요술 공주 같았고, 신발은

아밀

굽이 팔 센티미터는 되어 보이고 발목을 리본으로 칭칭 감아 묶은 핑크색 구두를 신고 있었다. 퀴어 축제에서야 별의별 옷차림을 볼 수 있으니 그 자체로는 특별하지 않았지만 영민의 눈길을 끈 것은 누가 봐도 혼자 온 것 같은 어색함과, 누가 봐도 처음 온 것 같은 결연함이었다. 그는 세상을 구하러 오기는 했는데 어떻게 구해야 할지는 모르는 초보 요술 공주처럼 가냘픈 우양산을 쓰고 풍성한 치마에 비를 맞으며 우두커니 서 있었다.

행진이 시작되었다. 영민 일행은 인파를 따라 천천히 광장을 빠져나갔다. 그런데 아무리 걸어도 트럭이 보이지 않았다. 음악을 크게 틀어주고 다채로운 공연을 하며 사람들의 흥을 돋우는 트럭들을 따라 걸어야 행진을 하는 맛이 나는데, 을지로입구역을 지나 청계천을 건널 때까지도 음악 소리라고는 들리지도 않았다. 더 빨리 뛰어서 저만치 있을 트럭을 따라잡아야 하나, 아니면 뒤에 오는 트럭이 있을지도 모르니 그걸 기다려야 하나, 친구들과 이야기하는 동안 주위 사람들은 혼이 나간 표정으로 쏟아지는 비를 헤치고 걷고 있었다. 그중에는 요술 공주도 있었다.

친구들이 뛰어가자고 결론 내렸다. 영민은 요술 공주를 곁눈질하다 말고 친구들과 함께 뛰기 시작했다.

그러자 요술 공주도 뛰었다.

열 발짝쯤 뛰었을까, 요술 공주가 넘어졌다.

"어!"

영민은 비명을 지르며 공주에게 다가갔다. 공주는 길바닥에

나동그라진 채 신음하고 있었다. 한쪽 구두 굽이 부러져
있었고 우양산은 공주와 마찬가지로 처참한 꼴로 널브러져
있었다.

"괜찮아요?"

"아……."

공주가 울음을 터뜨렸다. 비로 흠뻑 젖은 얼굴에 눈물이
섞여들었다. 무릎이 까졌고 발목을 접질린 상태였다.
영민은 공주의 발목을 동여맨 리본을 일일이 풀어내 구두를
벗겨주고, 비 때문에 운동화가 젖으면 집에 갈 때 갈아
신으려고 가져왔던 삼선 슬리퍼를 가방에서 꺼내 공주에게
신겨주었다. 우연찮게도 사이즈가 꼭 맞았다. 영민은 자신의
손만큼 작은 발 사이즈에 처음으로 감사했다.

그동안 영민 옆에 몰려든 친구들 중 한 명이 가지고 있던
반창고와 연고를 꺼내줬다. 그리고 지나가던 사람이 남는
비옷을 한 장 줬고, 또 다른 사람이 바르는 파스를 빌려줬다.
그 외에 여러 사람이 괜찮으냐는 둥, 걸을 수 있느냐는 둥,
광장으로 돌아가서 의료진을 찾아야 하지 않겠느냐는 둥
걱정의 말을 건넸다. 공주는 눈물을 그치고 어리둥절한
표정으로 영민을 바라보았다.

"다들 되게 친절하시네요."

영민은 뭔지 모를 안도감을 느끼며 말했다.

"여기 왔으면 서로 가족 같은 거니까요."

영민은 그때 느꼈던 안도감에 대해 오랫동안 생각했다.
아마도 영민은 공주가―공주의 이름은 의선이었다―첫

아밀

퀴어 축제에 실망하기를 바라지 않았던 것 같았다. 트럭은
보이지 않고, 비는 쏟아지고, 신나지도 않고, 아는 사람도
없고, 뻘쭘하고, 급기야는 넘어져서 아프고 창피한 채로
아무 도움도 못 받고 집에 돌아갔다면 어떤 기분이었을까.
사람이 처음으로 퀴어 축제에 나오기까지, 나올 마음을
먹기까지, 그러기 위해 옷과 신발을 고르고 짐을 챙기기까지
수많은 우여곡절이 있게 마련이라는 것을 영민은 알았다. 그
우여곡절을 보상받지는 못하더라도 적어도 배신하지는 않는
경험이었으면 했다. 퀴어라면 다 그렇게 생각하지 않을까?

하지만 의선은 그렇게 생각하지 않았다. 그날 의선을
도와준 다른 사람들은 몰라도, 누구보다 먼저 의선에게
달려와 신발을 내주고 카페에 데려가주고 따뜻한 차를
시켜주고 상처를 봐주고 만둣국을 사주고 집까지 바래다준
다음, 밤 기차를 타고 속초로 돌아간 영민의 행동은 의선을
처음 본 순간부터 좋아했기 때문이라고밖에는 설명되지
않는다고 했다.

그럴지도 모른다.

의선은 효주와도, 첫사랑과도 달랐다. 의선은 영민의
애정을 무척 소중하게 여겼다. 자신을 그렇게 신경 써서
챙겨주고 아껴준 사람은 난생처음이라고 했다. 의선은 의대에
다니는 똑똑한 언니와 남자라는 이유만으로 사랑받는 남동생
사이에서 치이며 자랐고 대학에 들어간 지 얼마 안 돼 중증
우울장애 진단을 받고 휴학 중이었다. 집에서 누워서 밥이나
축내고 용돈으로 괴상한 공주 드레스나 사 입고 다닌다며

부모님의 힐난을 샀다. 의선은 "난 아무짝에도 쓸모없는 사람 같아"라는 말을 자주 했고, 그때마다 영민이 "그렇지 않아. 넌 사랑스러운 사람이야"라고 위로하면 빙그레 미소 지었다. 아무리 들어도 좋다고, 자꾸자꾸 듣고 싶다고 했다.

"언니, 언니 만나니까 좀 살 것 같아. 그전까지는 어떻게 살았는지 모르겠어. 맨날 주말이었으면 좋겠어, 언니 만나게. 언니 그냥 서울에 있는 식당으로 이직하면 안 돼? 언니 친구들도 서울에 많잖아. 아니면 내가 속초로 갈까? 언니 집에 있을까? 나 어차피 하는 일도 없는데. 언니 집 좁다고? 괜찮아, 난 좁은 데 익숙해. 친언니랑 같은 방 쓰면서 20년을 살았는걸. 앗, 근데 저 레서판다 키링 귀엽다. 나 레서판다 짱 좋아하는데. 진짜? 나 사주는 거야? 고마워!"

적어도 영민은 자신이 이전에 했던 과오를 반복하지는 않는다고 자부했다. 영민은 의선의 말을 귀 기울여 들어주고 의선이 먹고 싶은 것을 먹이고 갖고 싶은 것을 사주고 하고 싶다는 것을 하게 해주었다. 맛없는 뚱카롱을 같이 먹으면서 맛있다고 해주거나, 새벽 세 시에 오는 전화를 받아주거나, 일본의 공주 드레스('로리타 양복'이라고 부른다고 했다)를 직구하거나, 휴무마다 서울을 오락가락하는 것은 쉽지 않았지만, 그래도 그때마다 진심으로 기뻐하고 고마워하는 의선의 표정을 보면 보람이 있었다. 그리고 의선을 조금이라도 슬프게 하면 안 될 것 같았다. 이런 방식의 연애를 얼마나 오래 지속할 수 있을까 하는 염려도 되었지만 지금으로서는 할 수 있는 최선을 다하고 싶었다.

그 최선이 한순간 수포로 돌아갈 줄은 몰랐다.

어느 날 퇴근 준비를 하고 있는데 의선에게서 전화가 왔다. 의선은 울먹거리면서 부모님에게 커밍아웃했다가 집에서 쫓겨났다고, 갈 데가 없다고 했다. 영민은 당연하게도 당장 속초로 오라고 기차표를 끊어주었다. 그리고 부랴부랴 역으로 마중을 나갔다.

항상 공들여 화장하고 예쁜 드레스를 입고 데이트에 나오던 의선이 헐렁한 티셔츠에 운동복 바지를 입고 머리를 질끈 묶고 온 것을 보니 사태의 심각성이 실감되었다. 큰 배낭을 메고 있었지만 정작 물건을 제대로 챙길 여력은 없었던 듯 짐이 많지는 않았다. 치약과 칫솔과 속옷 몇 장 정도였다. 영민은 의선에게 씻으라고 하고는 냉장고에 있던 토마토와 갖은 채소와 소고기 등심으로 스튜를 끓였다.

드디어 여자친구를 위해 요리를 해주게 되었구나. 물론 의선에게 생긴 일은 안타까웠지만 그래도 의선을 집에 불러서 밥을 해 먹일 수 있는 것은 기뻤다. 비록 스시는 아니고, 크게 복잡하거나 대단한 요리도 아니지만, 영민은 요리의 기본이 정성이라는 오래된 말을 믿었다. 채소를 다듬고 고기를 익히는 과정 하나하나에 마음을 다하면, 그렇게 진심이 들어간 요리를 의선이 먹으면, 공포와 외로움에 질린 마음도 따뜻하게 풀어지지 않을까. 그렇게 생각했다.

그런데 스튜가 끓어가는 동안 식탁에 수저를 놓고 있을 때 방에서 의선이 영민을 불렀다.

"언니, 이리 좀 와봐."

"왜? 밥 거의 다 됐어."

"이리 와보라고."

사뭇 심각한 목소리였다.

영민은 걱정스러운 마음에 후닥닥 방으로 뛰어갔다. 그리고 그곳에서 절대로 보고 싶지 않았던 광경을 보았다.

의선이 열린 벽장 문 앞에 서 있었다.

벽장 안에는 리아가 있었다.

"어……."

영민은 바보 같은 신음을 흘렸다.

"이게 뭐야?"

의선이 리아를 가리켰다. 전원이 꺼진 리아는 이 모든 상황을 까맣게 모르고 눈을 감은 채 웅크리고 있었다. 민트색 물방울무늬 파자마를 입고서.

"그건……."

영민은 변명거리를 찾으려 안간힘을 썼다. 그러나 아무 생각도 나지 않았다. 아무 할 말이 없었다. 영민은 섹스 로봇을 대여하는 사람이었고, 섹스 로봇을 두고 열 살 어린 여자친구를 사귀는 사람이었고, 섹스 로봇이 있는 집에 열 살 어린 여자친구를 부른 사람이었다.

"나 갈래."

의선이 풀었던 짐을 도로 쌌다. 막 감은 머리카락은 처음 만났을 때처럼 젖어 있었지만 이제 영민은 의선을 도와주기는커녕 헤어드라이어조차 건네지 못했다. 주방에서 스튜가 끓어 넘치는 소리가 났지만 영민은 주방으로도 가지

아밀

못하고 그렇다고 현관문 앞을 막아서지도 못했다. 영민이 없으면 못 살 것 같다던 의선은 마지막 순간에 눈물 한 방울 흘리지 않았다.

"난 쓰레기야."

소주병을 기울이며 쏟아낸 영민의 푸념을 묵묵히 듣고 있던 리아는 그 대목에서 고개를 가로저었다.

"스스로를 비하하는 것은 좋지 않아, 영민아. 의선에게도 그렇게 말했다며."

영민은 조소를 흘렸다.

"의선이는 아무 잘못 없으니까."

"그래?"

리아가 잠시 생각하더니 물었다.

"하지만 나는 이해가 안 돼. 너는 성욕을 해소하려고 나를 들인 게 아니잖아. 그런 목적이라면 딜도를 사는 것으로 충분했겠지. 너는 여자를 잘 대하는 법을 익히려고 나를 들인 거야. 그 점에 대해 의선에게 설명해봤어?"

영민은 한숨을 쉬었다.

"넌 이해 못 해. 이건 설명하면 할수록 나만 구차해지는 일이야. 그리고…… 나는 너를 존중한다는 다짐조차 못 지켰잖아. 나는 너한테도, 의선이한테도 잘못했어."

리아가 묘한 미소를 지었다.

어느 부치의 섹스 로봇 사용기   137

"나는 로봇이야. 로봇은 인간을 돕기 위해 있는 거고. 내가 성교육용 로봇으로 태어난 의의는 네 연애를 훼방 놓는 게 아니라, 네가 새로 사귈 여자친구에게 너를 보내주기 위해 있는 거야. 네가 한 유일한 잘못이라면 의선을 사귀기 시작했을 때 나를 반납하지 않은 거였어."

"하지만……."

영민은 울컥 화가 났다. 누구에게 화가 나는 건지 알 수 없었다.

"하지만 그럼 너는 뭐가 돼?"

"나는 쓸모 있는 로봇이 되겠지."

"그럼 결국 뭐야, 내가 너를 통해 배운 게? 지금 여자를 다음 여자를 위한 연습 정도로 치부하는 거? 예쁘면 가지고 놀다가 질리면 반납하는 거? 여자를 '렌털'하는 거? 그게 올바른 성교육이야?"

리아는 잠시 침묵했다.

"그건 생각 안 해봤어. 어떻게 생각해야 하는지 모르겠어. 회사에 물어볼게."

"너 스스로 생각해."

리아는 멍하니 영민을 바라보다가 고개를 숙였다.

"미안해. 잘 모르겠어. 그 문제에 대한 결론을 내리려면 시간이 걸릴 것 같아."

"좋아."

영민은 술잔을 탁 내려놓고 핸드폰을 집어들었다. 그리고 업체 사이트에 들어가 로그인한 다음, 리아의 렌털 관리

페이지에서 '평생 구매로 전환' 버튼을 눌렀다. 리아를
구매하는 데에는 두 달 치 월급이 들어갔다. 12개월 할부로
했으니 앞으로 1년 동안은 주머니가 빠듯하겠지만 그래도
상관없었다. 리아는 밥도 못 먹고, 술도 못 마시고, 직구로만
살 수 있는 물건을 원하지도 않았다. 리아를 만족시키는
데에는 많은 돈이 필요 없었다.

리아는 영민이 하는 양을 지켜보다가 조용히 말했다.

"너 지금 취한 것 같아."

"그럴지도."

"후회해도 난 몰라."

영민은 핸드폰을 내려놓고 말했다.

"섹스하자."

리아가 언제나처럼 대답했다.

"좋아."

작가 노트

SF 장르에서 섹스 로봇 이야기는 쓰지 말라고들 하지만, 저는 남들이 하지 말라면 꼭 해보고 싶어지는 성격이라서 그냥 썼습니다. 좀 이상한 방식으로요.

아밀

핀홀

pinhole

안윤

떨리는 집게손가락 끝이 코팅된 문자판의 글자를 가리킨다. 원하는 글자에 멈춰 톡, 한 번 건드리고는 다음 글자를 찾아간다. 문장은 더디게 완성된다. 쉼표도 마침표도 없다. 소리 없는 말이 길어질수록 손가락 끝이 심하게 떨린다. 숨소리가 시근거린다. 이따금 터져 나오는 신음을 닮은 괴성. 입속에 고인 침이 오른쪽으로 실그러진 아랫입술로 흘러내려 앞가슴에 떨어진다. 허공에 멈춰 있던 집게손가락이 다시 글자를 찾아나선다. 한 자, 한 자. 가리킴은 한 편의 시가 되어간다. 하품하는 것처럼 입을 크게 벌리고 두 눈을 질끈 감으며 웃는 웃음. 기쁨을 앓는 듯한 웃음소리. 스물네 번의 손짓은 노래한다.

하 여 행 복 을 산 다 오 로 지

보라가 소파 밑에 웅크리고 있는 집쥐를 본 것은 경진을 만나고 온 늦은 오후였다.

그날, 집으로 돌아온 보라는 운동화만 벗은 채 현관문 앞에 쪼그려 앉아 있었다. 피로와 현기증이 한꺼번에 몰려왔다. 전날 밤 거의 잠을 못 잔 데다 왕복 여섯 시간을 차에서 보낸 탓도 있었지만, 그보다는 경진이 들려준 이야기와 폐쇄된 시설에서 본 광경이 뇌리에 박혀 떠나지 않아서였다.

이런 곳을 어떻게 삶을 위한 공간이라고 하겠어요. 죽음을 기다리는 공간이지.

할 말을 잃고 건물 안을 둘러보던 보라에게 앞서 걷던 경진이 말했다. 낮게 울리던 목소리가 멈췄을 때 보라의 등 뒤에서 희미한 기척이 들렸다. 두 사람은 숨을 죽이고 복도 끝을 쳐다보았다. 아무것도 보이지 않았다. 어둠뿐이었다. 보라는 오래전 그 기척과 비슷한 소리를 들어본 적이 있었다.

사사사. 사사사.

보라는 가까스로 몸을 일으켰다. 개수대로 가 손을 씻고 정수기에서 물을 받아 단숨에 들이켰다. 물 한 컵을 더 받아 식탁 의자에 앉았을 때였다. 마주 보이는 소파 밑에 회갈색의 둥글납작한 형체가 있었다. 보라가 뻑뻑한 눈을 깜빡였다. 형체는 여전히 그 자리에 있었다. 베란다 창으로 비쳐드는 노을빛 때문에 그것은 더 짙고 수상해 보였다. 마치 웅크리고 있는 자그마한 생물처럼.

쥐약을 먹고 죽어가는 집쥐처럼.

보라가 소파로 다가갔다. 거실에 집쥐가 있을 리 없다는 걸 내심 확신하면서도 한편으론 그 둥글납작한 형체가 너무도 분명하게 집쥐로 보였기 때문에 덜컥 겁이 났다. 소파 앞에 엎드려 조심스럽게 손을 뻗었다. 부숭부숭하고 물렁한 감촉이 느껴졌다. 그것을 끄집어냈다. 집쥐는 아니었다. 먼지와 머리카락 몇 가닥이 붙은 회갈색 양말 뭉치였다.

벗은 양말을 뭉쳐 아무 데나 놓아두는 건 승원의 버릇이었다. 양말 두 짝의 발목을 포갠 뒤 한쪽 양말목을 늘려 뒤집으며 나머지 부분을 밀어 넣은 뭉치. 청소기를 돌리거나 집 안을 정리할 때면 소파 등받이 틈에서, 침대

안윤

밑이나 방구석에서, 탈수가 끝난 세탁기 속에서 양말
뭉치가 느닷없이 나타나곤 했다. 양말 뭉치에 발이 달렸을
리 없지만, 말 그대로 나타났다는 느낌으로 태연하게 놓여
있었다. 승원에게 볼멘소리도 해봤지만 양말 뭉치는 계속해서
출몰했다. 언젠가부터 보라는 양말 뭉치에 관해 일절 입 밖에
내지 않게 되었는데 당황하거나 미안해하는 승원의 표정을
보고 싶지 않아서였다. 팔자 눈썹이 된 그의 얼굴을 마주할
때면 보라는 늘 자신만 까탈을 부리는 것 같아 마음이 편치
않았다.

　사람 안 변해. 상대방 바꾸려고 하는 거만큼 미련한 게
없다, 너? 웬만하면 그러려니 하며 살아. 그게 너도 편해.

　승원과 산 지 얼마 되지 않았을 무렵, 보라가 통화로 승원에
대한 불만을 털어놓자 언니는 조언했다. 그렇게 말하게
되기까지 언니는 형부와 어떤 일들을 겪었던 걸까. 결혼 5년
차가 된 언니와 형부에 관해 보라는 아는 바가 별로 없었다.
간혹 큰소리를 내며 다툰다는 것, 서너 번인가 크게 싸웠을
때 언니가 집을 나가 며칠씩 여행을 다녀오기도 했다는 것
정도뿐 평소 부부 사이가 어떤지, 무엇이 두 사람을 다투게
만드는지는 알지 못했다.

　보라는 자주 언니의 말을 생각했다. 자신이 정말 승원을
바꾸려고 하는 걸까. 자신이 살아온 삶의 방식을 따르도록
그에게 강요하는 걸까. 보라와 사는 데 아무런 불편도 불만도
없다는 그의 말은 진심일까. 승원도 보라 자신도 각자가
살아온 방식을 끝내 바꾸기 어렵다면 그러려니 하며 사는 게

답인 걸까. 그건 포기가 아닐까. 바꿀 수 없다면 버리기라도 하는 것이 관계를 위한 대안일까. 결국에는 무언가를 언젠가 포기해야만 하는 걸까.

언니는 연애와 결혼은 천지 차이라는 말도 자주 했다. 보라가 승원과 결혼을 전제로 동거하기로 마음먹었을 때 언니의 말도 영향을 주었다. 같이 살다보니 그 말이 뭘 의미하는지 보라도 어느 정도 이해할 수 있었다. 이를테면 연애하는 동안에는 보이지 않던 사소한 것들이, 같이 살게 되자 하나하나 새롭게 눈에 띄었다. 양말을 벗어놓는 방식, 치약을 짜는 방식, 먹다 남은 과자를 봉하는 방식까지, 각자의 방식이 있다는 것조차 의식하지 못했던 자잘한 습관들이 순간순간 보라와 승원이 엄연한 타인이라는 자명한 사실을 서늘하게 일깨웠다.

요즘 보라는 퀴퀴하고 먼지 붙은 양말 뭉치가 나타날 때마다 아무 말 없이 그것을 세탁기에 넣었다. 양말 뭉치를 펼치면서 승원이 가진 수많은 장점을 꼽아보았다. 그러고 나면 두 발에서 재빨리 양말을 벗겨내 눈 깜짝할 사이 뭉치로 둔갑시키는 승원의 손놀림을 떠올리면서 웃을 수 있었다. 그 버릇이 그를 이루는 여러 특징 중 하나라는 게 귀엽게 여겨지기까지 했다. 양말 뭉치가 그저 뭉쳐놓은 양말일 뿐이었던 지난 1년 동안은 그랬다.

하지만 이제 양말 뭉치는 집쥐가 되었다. 그것은 여전히 뭉쳐놓은 양말이었으므로 집쥐가 되었다기보다는 집쥐로 보였다는 게 맞겠지만 보라에겐 집쥐가 '되었다'에 더

안윤

가까웠다. 그날부터 보라 눈에는 양말 뭉치가 줄곧 집쥐로 보였으므로, 집쥐로 보이기 시작한 그 늦은 오후 이전으로는 결코 돌아갈 수 없었으므로.

보라와 승원은 의료전자기기를 수입하는 회사에서 처음 만났다. 4년 가까이 직장 동료로 지냈는데 부서가 달라 대화할 기회가 많지는 않았지만 회식이나 사내 행사에서 만나면 반갑게 인사를 나누는 사이였다. 보라가 퇴사하고 몇 달 뒤 가깝게 지내던 동료의 결혼식에서 두 사람은 재회했다. 메시지로 안부를 주고받고, 만나서 차와 식사를 나누다 사귀기 시작했다. 연인으로 4년을 만났다.

4주년이 되던 날 연차를 낸 승원이 보라 집 앞으로 차를 몰고 왔다. 평소보다 옷차림에 신경 쓴 모습이었다. 오늘은 본인이 알아서 모시겠다며 맛집이라는 이탈리아 레스토랑으로, 뷰가 좋다는 카페로 보라를 데리고 갔다. 해 질 무렵에는 북악스카이웨이로 드라이브를 갔다. 주차를 하고 팔각정 주변을 거닐 때쯤에는 날이 완전히 저물어 있었다. 야경을 내려다보며 두 사람은 말없이 한참을 서 있었다. 청량한 바람이 부는 초여름이었다. 보라의 단발머리가 자꾸만 바람에 흩날려 얼굴을 간질였다. 승원은 바지 주머니에 손을 찔러 넣고 뭔가 주저하고 있었다. 오늘일지도 모르겠다고 보라는 짐작했다. 승원이 주머니에서 반지 케이스를 꺼냈다.

반지는 나중에, 라고 말하면서 보라를 향해 케이스를 열어 보였다. 안에는 갈색 가죽 골무가 들어 있었다. 가죽 공방에 가서 직접 만들었다며 보라의 왼손 엄지손가락에 골무를 끼웠다. 당장 결혼식을 하긴 어렵겠지만 결혼을 전제로 같이 살면서 차근차근 준비하면 어떠냐고 했다. 바로 대답하지 않아도 돼. 승원이 몸을 돌려 야경을 보며 말했다. 밤하늘 아래 도심 불빛이 자개를 잘게 썰어 뿌려놓은 것처럼 반짝였다.

비밀 하나씩 얘기할까?

승원이 보라의 집 앞 공터에 차를 세우자 보라가 말했다.

비밀이 있어?

승원 씨는 없어?

없는데, 그런 거.

그럼 나 말하지 말까?

아니. 말해줘.

보라는 좀처럼 입이 떨어지지 않아 한동안 고개를 숙이고 있었다. 괜스레 골무를 매만지고 협곡혈을 주물렀다. 괜찮아, 말해봐. 나한테 말 못 할 게 뭐 있어. 승원은 그렇게 재촉하지 않았다. 그저 두 손을 핸들에 나란히 올려놓은 채 아무 말이 없었다. 승원의 고른 숨소리. 차 안에 따뜻한 고요가 감돌았다. 보라는 차츰 편안함을 느꼈다. 자신이 비밀이라고 생각했던 일, 사귀는 동안 굳이 꺼내지 않았던 일, 그러니까 보라의 아버지는 친아버지가 아니고 남동생도 친동생이 아니라는 사실을 털어놓는다 해도 둘 사이에 변하는 건 없을

안윤

거라는 확신이 들었다. 그 순간 보라는 승원과 살아봐도
좋겠다고, 결혼이란 걸 해볼 수도 있겠다고 생각했다. 승원의
그 짧은 침묵 때문에.

승원에게 골무를 받은 그해 가을, 보라와 승원은 양가
부모에게 인사를 했다. 겨울부터는 같이 살았다. 각자의
전셋집 보증금을 합쳐 보라의 바느질 공방 근처에 아파트
전세를 얻었다. 세간살이는 새로 들이지 않았다. 형편에
맞게 천천히 장만하기로 하고 살던 집에서 쓸 만한 물건들을
가져왔다. 평소에도 다툼이 없는 편이었지만 이사를 준비하는
동안 두 사람은 어느 때보다도 마음이 잘 맞았다.

골무를 받은 날로부터 한집에 살게 되기까지 두 계절이
걸렸다. 보라는 그 시간의 흐름이 갑작스럽기도 했고
한편으론 자연스럽게 여겨지기도 했다. 결혼은 생각조차 하지
않던 보라였다. 누군가를 자신의 삶에 들이게 될 거라고는
예상하지 못했다. 결혼할 사람은 따로 있다더니 괜한 말은
아니구나 싶기도 했다. 승원 곁에 있으면 오롯한 사랑을
받으며 자란 사람이 가진 단단함과 안정감이 보라에게까지
흘러들어오는 듯했다. 그 느낌은 졸음이 밀려오기
직전의 나른함과 닮아 있었다. 승원 곁에서 보라는 곧잘
무방비해졌다. 하지만 잠들기 전 승원이 보라의 허리를 감싸
안으며 사랑해, 라고 속삭이면 설명할 수 없는 마음이 되곤
했다. 사랑. 보라는 사랑이라는 말을 타인의 입을 통해 들을
때면 자신이 어렴풋하게나마 사랑이라고 여겼던 순간들이
산산이 부서져버릴 것만 같아 불안했다. 상대가 말하는

사랑과 완전히 일치하는 사랑을 당장 증명해야 할 것만 같은
기분에 휩싸였다. 그래서 보라는 늘 이렇게 답했다. 응, 나도.

보라에게 사랑은 도무지 알 수 없는 것이었다. 흔들리고
부서지기 쉬운 일시적인 감정에 가까웠다. 보라는 사랑보다는
믿음을 믿었다. 보라는 승원을 알고 지낸 9년을, 함께하는
동안 그가 보여준 말과 행동을 믿었다. 자신에게 사랑은
믿음의 다른 이름일지도 모른다고 보라는 생각하곤 했다.

얼마나 안다고 생각하세요?

보라는 조각천을 잇대어 꿰매다 말고 고개를 젖혔다.
어느 틈에 날이 저물어 있었다. 오래된 건물이라 아직
초가을인데도 해가 지면 실내에 냉기가 돌아 무릎과 발끝이
시렸다. 보라는 자리에서 일어나 뻐근한 허리를 돌리며
창밖을 내다보았다. 바느질 공방이 있는 상가 건물은 사거리
한 모퉁이에 있었다. 왼쪽 건너편에는 상가 건물들과 버스
정류장이, 오른쪽 건너편에는 초등학교가 보이고 맞은편에는
보라와 승원이 사는 아파트 단지 후문이 보였다. 보라는
전면 창 너머로 보이는 4차선 도로와 교차로, 여섯 방향으로
그려진 횡단보도를 내려다보기를 좋아했다. 그 모양이 퀼트
담요의 패턴처럼 보여서이기도 했지만, 방향은 제각각
달라도 사람들이 어딘가로 향하고 있다는 사실이 안도감을

안윤

주었다. 창 안쪽에서 바라보는 바깥은 잔잔하게 흘러가는 강물 같았다. 마치 아무 일도 없었던 것처럼, 아무 일도 없을 것처럼.

오늘도 계획한 만큼 작업 속도를 내지 못했다. 이번 주 내내 손이 무거워 바느질이 더뎠다. 꼬박 다섯 시간을 앉아 있었는데 조각천을 스무 장도 잇대지 못했다. 의뢰받은 퀼트 담요를 완성하려면 어린아이 손바닥만 한 천을 백 장은 더 잇대야 했다. 조각천을 잇대어 꿰매는 작업은 재봉틀로 하는 게 훨씬 간편하지만 보라는 공방을 열 때부터 손바느질만을 고집했다. 보라는 퀼팅뿐 아니라 아플리케, 패치워크, 필요하면 전통자수와 프랑스자수까지 다양한 수예 기법으로 하나의 작품을 완성했기 때문에 전 과정을 직접 손으로 했다. 손바느질은 노력한 만큼 결과가 따르는 정직한 일이어서 노력을 기울이기 힘든 마음 상태일 때는 작업 시간이 늘어졌다.

마음이 산란하면 바느질에 고스란히 드러난다.

정성을 다하지 않으면 바늘이 지나간 자리가 울고 매듭도 금세 풀리게 된다고 외할머니는 입버릇처럼 말했다. 어린 보라가 할머니 곁에 딱 붙어 앉아 고사리손으로 바느질을 할 때면 할머니는 꿰맨 자리를 슬쩍 보고도 보라의 기분을 알아차리곤 했다. 어떤 날은 뭐 단 거 만들어주랴? 물었고, 또 어떤 날은 그만하고 들어가 자거라, 재촉했다. 보라는 할머니가 매일 바늘로 온갖 천을 꿰어서 뚫다보니 사람 마음도 꿰뚫게 되었나보다 생각했다.

할머니는 읍내에서 '한수자 옷수선'이라고 쓴 투박한
간판을 내걸고 수선집을 했다. 인근에서 손재주가 좋기로
유명했다. 눈대중으로도 기장이나 품을 안성맞춤으로
줄였고 양복, 한복, 가방까지 수선하지 못하는 게 없었다.
할머니와 살았던 아홉 살부터 열세 살까지 보라는 할머니에게
바느질을 배웠다. 처음에는 할머니 곁에 있는 것이 좋아
앉아만 있었는데 가위 달라, 실 달라는 잔심부름을 하다보니
어깨너머로 배운 바느질에 푹 빠져들었다. 할머니는 손재주가
좋으면 평생 손재주로 고생한다고 핀잔을 주면서도 엉덩이를
붙이고 앉아 몇 시간이고 갖가지 주머니를 만들고 손수건에
수를 놓는 보라를 기특하게 여겼다.

마음이 산란할 때면 할머니는 바느질감을 더 오래 붙들고
있었다. 실을 꿴 바늘로 천을 뚫고 휘감으며 한 땀 한 땀
나아가다 보면, 천과 천 끝을 이어 붙이고 고운 모양새를
만들다보면 어수선하던 마음이 제자리를 찾고 평온해진다고
할머니는 믿었다. 짐 가방을 멘 어린 보라와 언니가 대문간에
서 있던 날에도, 언니가 동네 아이와 싸워 이마가 찢어져
들어온 날에도, 금방 애들을 데려가겠다던 엄마와 연락이
끊어졌을 때도 할머니는 바느질감을 들고 안방이나 툇마루에
앉아 부지런히 손을 움직였다. 보라도 할머니에게서 그
믿음을 배웠다. 그 믿음으로 삶의 크고 작은 고비들을
지나왔다. 보라도 손과 마음이 무거울 때일수록 더욱
바느질에 매달렸다.

얼마나 안다고 생각하세요?

안윤

보라가 다시 책상 앞에 앉았다. 잘라낸 천 가장자리와 짧은 실 가닥들을 그러모아 버리고 초크와 연필, 시침 핀을 제자리에 정리했다. 말끔해진 책상에 봄부터 작업하기 시작한 바느질 그림과 프린터로 출력한 사진 한 장을 올려놓았다. 의뢰받은 것이 아닌 개인 작업이었다. 승원과 결혼식을 치른 뒤 시부모에게 선물할 요량으로 틈틈이 작업해온 것이었다. 에이포 용지 두 장을 이어 붙인 크기의 미색 광목천에 세 사람의 모습이 한 폭의 그림처럼 바느질되어 있었다. 사진 속 세 사람의 옷차림과 머리 모양을 똑같이 표현하기 위해 여러 색과 무늬의 조각천, 털실, 가죽끈, 단추, 부자재를 썼다. 바느질 그림에는 배경을 과감하게 생략하고 세 사람의 모습만 담았다. 승원과 그의 부모였다. 그들 옆에는 아직 바느질하지 않은 한 사람의 빈자리가 있었다. 가는 연필 선으로 밑그림만 그려놓은 테두리뿐인 사람. 보라는 사진과 바느질 그림을 번갈아 쳐다보았다. 작업을 처음 구상하던 자신과 지금의 자신을 번갈아 보듯이. 그사이 무엇이 얼마나 달라진 걸까. 이 작업은 결국 미완성으로 남게 될까. 사진 속에서 승원과 그의 부모는 다낭의 푸른 바다를 등지고 환하게 웃고 있었다. 부드럽게 올라간 입꼬리들을 보자 보라는 섬찟했다. 경진이 했던 질문이 또다시 떠올랐다. 보름 전 휴대폰 너머에서 경진은 보라에게 물었다.

승원 씨를 얼마나 안다고 생각하세요?

시설에 처음 들어간 게 몇 살 때셨어요?

　1 2 1 3 잘 몰 라 요 오 래 돼 서

　기억나세요? 시설 들어가던 날.

　갑 자 기 갔 어 요 엄 마 가 특 수 학 교 라 고 선 생 님 있
고 나 같 은 애 들 많 다 고

　특수 학교로 알고 가셨던 거네요?

　공 부 하 고 싶 었 어 요 나 머 리 좋 아 요

　시설에 가니까 어떠셨어요?

　공 부 배 웠 지 만 완 전 창 살 없 는 감 옥

　검정고시로 고등학교까지 마치셨다고 들었어요.

　전 시 설 에 서 요 1 7 년 걸 렸 어

　오래 걸렸네요.

　도 와 주 는 사 람 없 었 어 요 난 리 쳐 야 겨 우 도 와 줘

　어떤 난리를 치셨어요?

　밥 안 먹 고 밤 낮 소 리 치 고 혼 자 책 못 본 다 봉 사 자
구 해 달 라

　지금 시설에서는 공부하세요?

　못 해 요 원 장 이 싫 어 해

　요즘은 주로 뭘 하며 지내세요?

　아 무 것 도 안 해 요 벽 티 비 봐 누 워 서

　또요?

　먹 고 싸 고 누 워 있 어 산 송 장 매 일 무 한 반 복

　　　　　　　　　　　　　　　　　　　　안윤

그럼 가장 많이 하시는 게 뭐예요?

벽 지 무 늬 봐 요 뚫 어 져 라 오 늘 이 쪽 내 일 저 쪽

좋은 추억은 없으세요?

없 어 요 웃 는 날 있 지 만 죽 고 싶 은 날 더 많 아 근 데
혼 자 죽 지 도 못 해

시설에 친구는 없으세요?

같 이 살 뿐 친 구 아 냐 더 먹 겠 다 싸 워 힘 있 는 애 들
약 한 애 때 리 고

외롭지는 않으세요?

외 로 워 도 별 수 없 지 갈 데 없 는 데 요

보라는 여덟 시가 넘어 공방을 나섰다. 집까지는 10분도
걸리지 않았지만 귀가를 미루는 사람처럼 편의점에 들러
하릴없이 진열된 상품을 구경하다가 캔맥주와 감자칩을 사
가지고 나왔다. 편의점 앞 플라스틱 의자에 앉아 맥주 한 캔을
들이켰다. 밤바람이 싸늘했다.

어서 와.

승원이 먼저 집에 들어와 있었다. 소파에 기대어
텔레비전을 보던 그는 현관으로 와 보라를 꽉 껴안았다.

회식은?

도망 나왔지.

별일이네. 회식쟁이가.

핀홀pinhole

오늘따라 빨리 보고 싶더라, 이상하게.

승원이 보라의 손에 들린 편의점 비닐봉지를 받아들고 안을 들여다보았다. 캔맥주를 냉장고에 넣으며 물었다.

내일 뭐 사 갈까?

보라가 영문을 모르겠다는 표정으로 승원을 쳐다보았다.

집에 가기로 했잖아.

아.

동거한 지도 1년이 되어가니 슬슬 결혼식 준비를 해야 하지 않겠느냐고 먼저 말을 꺼낸 건 승원의 부모였다. 승원에게 주말에 식사하러 오라는 말을 전했고 그게 내일이었다. 보라는 까맣게 잊고 있었다.

뭐 좋아하셔?

글쎄. 요즘 부모님들은 뭘 좋아하나?

보라는 손을 씻으러 욕실로 가다가 문 앞에 웅크리고 있는 연회색 집쥐를 보았다. 그것을 집어올려 편 다음 세탁기에 넣었다.

승원 씨 부모님이잖아.

비누 거품을 물로 씻어내면서 보라는 거울에 비친 얼굴을 들여다보았다. 입꼬리에 힘을 주어 웃어보았다. 아직은 승원에게 자신의 굳은 얼굴을 들키고 싶지 않았다.

자기야. 근데 왜 갑자기 승원 씨야? 그렇게 안 부른 지 좀 된 것 같은데.

보라가 캔맥주를 꺼내 와 소파에 앉자 승원이 캔 뚜껑을 따고 감자칩 봉지를 뜯어 보라 앞으로 밀었다. 그는 감자칩

안윤

하나를 집어 보라 입에 넣었다.

오랜만에 설레네. 보라 씨.

승원은 사람 좋게 싱긋 웃고는 텔레비전으로 눈길을
돌렸다. 뉴스에서는 생후 일주일이 되지 않은 갓난아기가
편의점 비닐봉지에 쌓인 채 인적 드문 숲에서 발견되었다는
소식을 보도하고 있었다. 승원은 무심히 감자칩을 집었던
손으로 리모컨 버튼을 눌러 채널을 돌렸다. 홈쇼핑, 드라마,
다큐멘터리를 건너뛰고 남자 개그맨 여럿이 모여 식당을
운영하는 예능 프로그램에서 멈췄다. 보라는 승원이 소파
한쪽에 되는대로 던져둔 편의점 비닐봉지를 쳐다보다가
그것을 작게 접어 테이블에 올려놓았다.

소고기 조금이랑 샤인머스캣 한 상자 사 가지 뭐.

텔레비전 속 깔깔거리는 개그맨들을 따라 승원이 웃었다.
보라는 하품하는 것처럼 입을 크게 벌리고 두 눈을 질끈
감으며 웃는 그의 옆얼굴을 찬찬히 뜯어 보았다.

승원 씨는 어릴 때 외로운 적 없었어? 외동이잖아.

승원이 보라의 무릎을 베고 모로 누웠다.

별로.

그의 옆얼굴이 보라의 허벅다리에, 뒷머리는 아랫배에
닿았다. 묵직하고 뜨듯했다. 보라는 텔레비전 장식장 밑
구석에 웅크리고 있는 흑갈색 집쥐를 보면서 맥주를 한 모금
넘겼다.

사과도 한 상자 사. 어머님이 좋아하시잖아.

승원이 보라의 무릎을 가볍게 툭 건드렸다. 좋다는

뜻이었다. 승원이 웃음을 터뜨릴 때마다 어깨의 떨림이
보라에게 그대로 전해졌다. 그는 여전히 보라가 알던
승원이었다. 부인할 수 없는 그 사실이 보라를 더욱
혼란스럽게 했다.

　보라는 승원을 아는 일에 '얼마나'를 넣어 생각해본 적이
없었다. 보라에게 승원은 자신이 보고 느낀 그대로의 승원일
뿐 그를 두고 앎의 정도를 따져본 적이 없었다. 때때로
그를 안다고, 혹은 모르겠다고 생각한 적은 있어도 '얼마나'
아는지를 헤아려본 적은 없었다. 승원을 얼마나 알고 있는
걸까. 그 '얼마나'를 헤아리기 위해서는 그의 전체를 가늠할
수 있어야 했지만 그 또한 알 수가 없었다. 보라는 승원의
왼쪽 귀 뒤에 가려진 까만 사마귀와 귓바퀴 모양을 따라
드리운 그늘, 귓구멍에 고인 어둠을 들여다보았다. 사사사.
사사사. 어디선가 희미한 기적이 들려오는 듯했다. 승원이
고개를 돌려 보라를 올려다보았다.

　왜?

보라는 승원의 본가에 두 번 간 적이 있었다. 사귄 지 2년쯤
됐을 때 인사드리러 한 번, 함께 살기로 했다고 말씀드리러 한
번. 보라는 명절이나 어버이날, 생신이 다가오면 찾아뵈어야
하는지, 선물을 보내야 하는지 고민이 되곤 했는데 승원의
부모가 먼저 깔끔하게 정리해주었다. 아직은 며느리가 아니니

안윤

서로 부담 주지 말자고 승원을 통해 전해왔다. 그러면서도 명절이나 보라 생일이 되면 유명 제과점 케이크나 과자를 승원의 편에 보내왔다. 그러면 보라도 보답으로 홍삼액이나 과일 상자를 승원의 손에 들려 보냈다.

승원의 부모에게 함께 살기로 했다고 말씀드리고 돌아온 저녁, 보라 집으로 언니와 엄마가 찾아왔다. 언니는 자주 놀러 왔었지만 엄마는 처음이었다. 엄마는 말없이 집 안을 이리저리 두리번거렸다. 화장실과 보일러실을 열어보고 전등갓을 올려다보았다. 보라가 화과자와 녹차를 내놓았다.

센스 있으시네.

승원 어머니가 선물로 준 화과자를 구경하며 언니가 감탄했다.

너무 달지 않니?

이런 고급은 그렇게 안 달아. 엄마, 그만 좀 앉으셔. 뭐 검사하러 왔어?

거실 한쪽을 가득 채운 갖가지 천과 부자재, 바느질 그림들을 보며 서성이던 엄마가 상 앞으로 와 앉았다.

결혼하면 공방은 접지 그러니?

잘하고 있는 애한테 왜 갑자기 접으라 마라야?

몸만 고되지, 돈이 되니 그게?

애 작품 비싸.

여기 보증금이 얼마랬니?

왜, 보라 이사할 때 보태주시게? 이참에 엄마 노릇 좀 하셔.

나이도 꽉 차서 무슨 동거를 한다고, 식 올리고 살면 되지.

핀홀pinhole

형편 되는대로 하는 거지. 어련히 알아서 할까.

언니 말에 엄마가 정색을 했다.

그러다 헤어지기라도 하면, 승원이야 흠 될 거 없어도 앤
여자잖니.

엄마. 그거 엄마가 할 소리는 아니지 않아?

언니가 화과자를 베어 먹다 말고 쏘아붙였다. 보라는
가만히 찻잔을 내려다보았다.

그래, 뭐 어린애니. 알아서 잘하겠지.

어. 얘는 원래 알아서 잘해. 어릴 때부터 쭉. 그런 소리나 할
거면 일어나서, 가게.

언니.

자리에서 벌떡 일어난 언니가 파카를 신경질적으로 걸쳤다.

성질은. 이거나 다 마시고 일어나.

엄마는 단감 모양 화과자를 집어올렸다가 접시에 도로
내려놓았다. 느긋하게 남은 차를 마셨다. 언니는 지퍼를
채우며 화를 억눌렀다.

이해해보려고 해도 도대체가 이해가 안 돼. 뭐가 그렇게
항상 당당해, 엄마는?

찻잔을 비운 엄마는 핸드백에서 거울과 립스틱을 꺼내
꼼꼼하게 립스틱을 발랐다.

그럼 내가 언제까지 미안해해야 되니?

기가 찬 듯 언니는 입을 벌리고 엄마를 흘겨보았다.

미안한 적은 있고? 나 같으면 평생 미안할 거야. 어린
것들을 몇 년씩이나 친척집에 할머니네에 보육원에까지

안윤

떠돌게 했으면, 어?

다시 데려왔잖니.

그게 데려온 거야? 재혼할 때 구색 맞추려고 데려다 앉힌 거지?

넌 다 지난 일을 가지고 언제까지 물고 늘어져?

물고 늘어져?

그만해, 언니.

그리고 지금 그 얘기가 왜 또 나오니?

나오게 하잖아, 엄마가.

넌 너만 옳고 너만 잘났지? 네 도덕관념을 왜 다른 사람한테 강요하니?

잠시 괴괴한 정적이 흘렀다.

애, 머리 울린다. 그만 가. 지하철역에나 내려줘.

엄마는 태연하게 코트를 입고 옷매무새를 가다듬었다. 언니는 화를 참으며 현관에서 부츠를 신었다. 보라가 따로 챙겨 둔 화과자를 내밀자 너 먹어, 하고 속삭이며 애써 웃어 보였다. 겉옷을 입고 따라나서려는 보라를 언니가 말렸다.

추워, 그냥 있어. 전화할게.

또 보자.

엄마는 보라 얼굴을 보지도 않고 돌아서서 현관문을 나섰다.

온 지 30분도 안 되어 두 사람이 떠났다. 보라는 태풍이 할퀴고 간 볏논 한가운데 버려진 것만 같았다. 엄마와의 만남은 늘 이런 식으로 마무리되곤 했다. 그 무엇도 인정받지 못한, 보라 자신마저 부정당하는 기분으로. 엄마는 매번 질문 공세로 사람 속을 뒤집어놓고는 그래, 알아서 잘하겠지, 하며 끝맺었다. 그건 진심으로 믿어서가 아니라 냉담한 무관심일 뿐이라고 보라는 생각했다.

5년 전 언니 결혼식에서 겪었던 미묘한 불편함을 엄마는 반복하고 싶지 않을 것이다. 언니는 식을 앞두고 신부 입장 때 새아버지와 입장하지 않겠다고 선언했다. 신랑 신부 동시 입장을 할 것이며 식순에서 양가 모친의 촛불 점화도, 부모님께 올리는 절도 생략할 거라고 했다. 예식 날 엄마와 새아버지는 굳은 얼굴로 하객석 맨 앞줄에 앉아 있었다.

어쩌면 엄마에게 딸들의 결혼식은 달갑지 않은 자리일지도 모른다. 차라리 하지 않기를 바랄지도 모른다. 그 본심을 숨기기 위해 오히려 식이라도 올리고 살라고 말하는 것일지도 모른다. 그렇게 보라의 심리를 교묘하게 이용해 자신이 원하는 바를 얻어내려는 것일지도 모른다. 지금껏 엄마가 보라에게 바라는 일들을 보라는 기를 쓰고 하지 않았으니까. 거기까지 생각이 미치자 보라는 소리치고 악다구니를 쓰며 엄마와 부딪치는 언니보다 자신이 더 꼬여 있다는 걸 깨달았다. 꼬일 대로 꼬이고 엉켜 풀리지 않는 매듭이 되어버렸다는 걸.

상에 놓인 빈 찻잔을 보며 보라는 지난날을 되새겼다. 오래전 일이었지만 현재까지도 이어지는 듯했다. 단란한 가정, 다정한 부모와는 상관없었던 어린 시절. 그 혹독했던 세월이 자신을 조금도 훼손하지 않았다고 줄곧 믿어왔다.

안윤

그런데 엄마의 손자국이 선명하게 남아 있는 단감 모양
화과자를 보자, 자신이 훼손을 인정할 수 없었던 것인지도
모른다는 생각이 들었다. 인정하면, 인정해버리면, 그것은
정말 훼손으로 남을 테니까.

　보라는 휴대폰에서 그날 오후 승원의 본가에서 찍은 사진을
열어보았다. 거실 장식장에 있던 액자를 찍은 것이었다. 사진
속에서 승원과 그의 부모는 푸른 바다를 등지고 나란히 서서
활짝 웃고 있었다. 승원 아버지의 퇴직 후 다낭으로 떠난
여행에서 찍은 것이라 했다. 편안한 세 사람의 표정. 보라는
경험해본 적 없는 단란한 가정의 따뜻한 화기가 사진에
고스란히 담겨 있었다. 보라는 자신도 그들 곁에 서서 웃고
싶다는 충동을 느꼈다.

토요일, 보라와 승원은 아침부터 서둘러 집에서 나왔다.
마트에 들러 소고기와 과일을 사고 승원의 본가로 향했다.
보라는 전날 밤부터 체한 것처럼 속이 매스꺼워 가는 길
내내 멀미에 시달렸다. 점심 무렵 약속보다 이르게 본가에
도착했다.

　승원의 부모가 사는 집은 골목 맨 끝에 자리한 2층 단독
주택으로 지은 지 40년이 넘었다지만 담이며 외벽이 잘
관리되어 낡거나 허름한 느낌을 주지 않았다. 앞마당에는
수령이 오래되어 보이는 자목련과 떡갈나무, 감나무가

있었는데 승원 아버지의 보물이자 자랑이었다. 승원은
이곳에서 나고 자라 독립하기 전까지 살았다고 했다.

실내는 보라가 지난번 왔을 때와 크게 달라진 것이 없었다.
갈색 나무 벽과 마루, 벽에 걸린 액자들, 푸른빛이 감도는
환한 조명등, 쓸모에 따라 알맞은 자리에 놓인 세간살이들.
집 안 전체에 은은하게 풍기는 섬유유연제 향기도 여전했다.
모든 게 전과 같았지만 보라는 전과는 사뭇 다른 인상을
받았다. 집의 모든 것이 너무나도 깔끔하고 정연하게 통제된
느낌이었다.

칼국수 괜찮지?

승원 어머니는 샤인머스캣 박스를 받아들며 보라에게
미소를 지었다. 부엌으로 따라가 도울 게 있는지 묻자 엄연한
손님이니 앉아서 쉬라며 손사래를 쳤다. 승원 아버지가
새벽부터 반죽을 만든다고 부산을 떨었다며 수줍게 말하고는
대파를 가지런히 어슷썰었다.

승원은 찾을 물건이 있다며 2층으로 올라가고 거실에는
보라와 승원 아버지만 남았다. 식탁이 차려지길 기다리는
동안 그는 거실 벽에 걸린 사진 액자를 손으로 가리키며
보라에게 이런저런 옛이야기를 들려주었다. 대문 옆에 문패를
거는 젊은 부부, 승원의 돌잡이, 유치원 첫 소풍, 태권도
도복을 입고 발차기를 하는 어린 승원, 보이 스카우트 캠핑,
밴드 공연에서 드럼을 치는 승원, 유럽 배낭여행, 밴쿠버
어학연수, 초등학교부터 대학교까지의 졸업식 사진들. 벽면
한가득 승원이 살아온 순간들이 빼곡히 붙어 있었다. 보라는

　　　　　　　　　　　　　　　　안윤

승원 아버지의 이야기를 들으며 간간이 고개를 끄덕였다. 처음 왔던 날 이미 들은 이야기였지만 집게손가락을 뻗어가며 열띤 목소리로 설명하는 그를 말리지 않았다. 보라는 사진 액자들을 훑어보았다. 승원과 그의 부모, 말간 여섯 개의 눈을 한참 들여다보았다.

칼국수가 다 끓었을 때쯤 차가운 가을비가 내리기 시작했다.

네 사람은 식탁에 앉아 겉절이김치와 파전을 곁들여 칼국수를 먹었다. 승원 어머니가 연거푸 냄비에서 국수를 떠 보라의 그릇에 담아주었다. 보라는 주는 대로 꾸역꾸역 받아먹었다. 그날 식사는 결혼식 계획을 구체화해보자는 자리였지만 올해는 글렀으니 빨라도 내년 여름이나 가을은 되어야 하지 않겠느냐는 결론으로 흐지부지 끝났다. 후식으로 과일과 케이크까지 먹고 나서야 보라와 승원은 자리에서 일어났다. 승원 어머니가 겉절이김치를 싸주었다. 승원의 부모는 대문 밖까지 나와 두 사람을 배웅했다.

돌아오는 차에서 보라는 한마디도 하지 않았다. 차창 쪽으로 고개를 돌린 채 눈을 감았다. 돌이켜보면 아무런 문제가 없는 하루였다. 더없이 순조로운 하루였다. 그런데도 보라는 이 모든 것이 잘못되었다는 생각을 떨칠 수가 없었다.

승원의 본가에 가기 전부터 체기가 있었던 데다 과식을 한 탓에 보라는 밤새 속앓이를 했다. 잠을 이루지 못하고 뜬눈으로 누워만 있다가 부엌으로 나갔다. 동이 트려는지 성에 낀 유리창으로 새벽빛이 스며들었다. 매실차를 만들어

식탁 의자에 앉았다. 소파 테이블 옆에 웅크리고 있는 검은 집쥐를 보면서 입김을 불어 차를 식혔다.

속이 많이 안 좋아?

잠에서 깬 승원이 안방에서 나오며 하품을 했다.

응.

소화제도 안 듣고?

응.

손이라도 따줄까?

그거 플라세보 효과래.

어?

진짜 낫는 게 아니고 낫는 것처럼 느끼는 거래.

승원이 텔레비전 장식장 서랍을 열어 뒤적였다.

그래도 그게 어디야. 바늘은 다 공방에 있어?

우리.

보라가 뜸을 들이다 입을 열었다.

비밀 하나씩 얘기할까.

시 쓰신다면서요. 저도 읽어볼 수 있을까요?

나 중 에 요 시 많 아

많아요? 그럼 모아서 시집 내면 좋겠네요.

회 고 록 쓰 고 싶 어 요 내 가 살 아 온 얘 기

회고록에 시도 넣으면 되겠네요.

안윤

사 진 도

회고록 쓰면 누구한테 가장 먼저 보여주고 싶으세요?

부 모 님 동 생

가족들과는 전혀 연락 안 하세요?

원 장 이 안 알 려 줘 자 기 한 테 말 하 래 요 내 가 죽 어
나 가 야 연 락 할 까

가족들이 찾아온 적은 없으세요?

없 어 한 번 도 돈 은 보 내 요 월 삼 십

가족들 보고 싶으세요?

보 고 싶 은 맘 은 이 제 아 니 고 궁 금 해 요 잘 사 는 지

누가 가장 궁금하세요?

동 생 7 살 어 려 요 내 가 많 이 예 뻐 했 어

어릴 때 같이 놀기도 하셨어요?

그 땐 다 리 힘 있 어 서 같 이 방 에 서 축 구 했 어

방에서요?

바 닥 앉 아 서 패 스 하 고 골 넣 고

축구공으로요?

우 리 가 공 만 들 었 어 요 아 버 지 양 말 뭉 쳐 서

조경진입니다. 연락 꼭 부탁드립니다.

　승원의 휴대폰 화면에서 경진의 이름을 처음 본 것은
근로자의 날 오전이었다. 보라는 정확히 기억했다. 승원이

나흘간의 출장에서 돌아온 다음 날이었고 모처럼 극장
데이트로 기분을 내기로 한 날이기도 했다. 승원이 샤워하러
욕실로 들어간 사이 보라는 거실에서 빨래를 개고 있었다.
소파 테이블에 놓인 승원의 휴대폰에서 알림음과 함께
메시지가 연달아 떴다.

　뵙고 말씀드릴 수 있을까요.

　이렇게 끝내면 안 되는 일이라고 생각해요.

　보라는 수건을 개다 말고 승원의 휴대폰을 뒤집어놓았다.
메시지 알림음이 울리면 반사적으로 눈길이 갔는데 본의
아니게 승원의 사생활을 훔쳐보는 것만 같아 꺼림직해서였다.
뒤집어놓은 휴대폰에서 메시지 알림음이 몇 번 더 울렸다.

　마른장마와 폭염을 지나는 동안 보라는 경진의 이름을 여러
번 보았다. 하루는 승원에게 조경진이 누구냐고 물어보았다.
계속 신경이 쓰였지만 대수롭지 않다는 듯이. 보통은 그런
질문에 선선히 대답하는 그였는데 그때는 낌새가 달랐다.
휴대폰을 바지 주머니에 넣으며 답했다.

　아무도 아니야.

　아주 짧은 순간, 승원의 얼굴에 서늘한 빛이 스쳤다. 보라는
자세히 물어보려다 입을 다물었다. 메시지를 여러 번 받지만
연락처에는 저장되어 있지 않은 사람, 그렇다고 번호를
차단하지도 않은 사람, 매번 연락을 부탁하고 만나길 청하는
사람. 그런 사람이 아무도 아닐 수는 없을 것이라고 보라는
짐작했다.

　태풍의 영향으로 열흘 가까이 비가 오락가락하던 어느 날,

　　　　　　　　　　　　　　　　　　　　안윤

보라는 미리 메모해두었던 경진의 번호로 전화를 걸었다.
승원의 말을 믿어야 한다고, 아무도 아니라는 그 사람을 모른
척 넘겨야 한다고 생각하면서도 한편으론 무례를 범해서라도
한 번은 꼭 확인하고 싶었다. 신호가 울리고 이윽고 차분하고
낮은 여자 목소리가 들려왔다.

　저, 장승원 씨와 같이 사는 사람인데요.

　휴대폰 너머로 적막이 흘렀다.

　아, 안녕하세요.

　실례지만 전화 받으시는 분은 누구시죠?

　저는…… 생각하시는 그런 사이는 아니에요. 오해
없으셨으면 해요.

　보라의 목소리가 날카롭게 느껴졌던지 경진이 조심스럽게
답했다. 오해라는 단어를 곱씹으며 보라는 조용히 침을
삼켰다.

　정원 씨 일로 연락드린 거였어요.

　누구요?

　장정원 씨요. 장승원 씨 형님이요.

　보라가 아무런 대답이 없자 경진이 말을 이었다.

　혹시 모르셨어요?

　몰랐다. 승원에게 형이 있다는 이야기를 보라는 처음
들었다.

　그럼, 장승원 씨한테 직접 들으시는 게 좋겠어요. 제가
말씀드리는 게 적절하지 않은 것 같아요.

　괜찮으니까, 말씀해주세요.

보라가 단호하게 말하자 경진이 깊은숨을 내쉬었다.

긴 얘기가 될 텐데요.

괜찮아요.

망설이던 경진이 입을 열었다.

정원 씨, 그러니까 승원 씨 형님은 중증장애인 거주시설에서 31년을 지내셨어요. 4월 말에 갑작스럽게 돌아가셨고요. 시설에서는 단순 낙상이라고 하는데 저는 석연치가 않아서요.

경진은 자신을 기자이자 다큐멘터리 감독이라고 소개했다. 5년 전부터 한 언론사의 시민 기자로 일하면서 중증장애인 거주시설의 실태를 알게 되었다고 했다. 장애인 탈시설과 관련된 시위 현장, 정책 포럼, 장애인 당사자와 가족 모임을 찾아다니며 사진과 동영상으로 현장을 기록하고 기사를 썼다. 그리고 그 경험을 토대로 다큐멘터리를 준비하고 있었다. 정원을 만난 건 취재차 갔던 지역 보치아 대회에서였다. 선수로 출전한 정원을 인터뷰하면서 두 사람은 연락처를 주고받았고 이후에도 서로 메일로 연락하며 지냈다. 그러다 정원이 일주일에 두 번 시설 밖에서 보치아 연습을 할 수 있게 되자 틈날 때마다 카메라를 들고 정원을 찾아가 인터뷰를 했다. 그렇게 3년 가까이 인연이 이어졌다고 했다.

정원 씨는 하루라도 빨리 시설에서 나오고 싶어 했어요. 이젠 자유롭게 살고 싶다고요.

정원은 31년 동안 시설 세 곳을 옮겨 다니며 지냈다. 열세 살에 처음 들어간 시설에서 17년, 서른 살이 되어 옮겨간

안윤

곳에서 3년, 더 외진 지역으로 또다시 옮겨간 시설에서
11년을 살았다. 시설을 나가 자립해 살고 싶었지만 정원의
의지만으로는 불가능했다. 마흔넷의 성인인데도 정원이 혼자
결정할 수 있는 일은 아무것도 없었다. 시설을 옮기는 것,
시설을 나가는 것 모두 부모의 동의가 필요했다.

　정원 씨 부모님은 시설을 나가는 걸 동의하지 않으셨다고
들었어요. 거의 20년 만에 부모님과 통화를 했는데
그러셨대요. 시설을 나오는 건 절대 있을 수 없는 일이라고,
네가 살 곳은 거기라고.

　암담한 상황 속에서 정원은 결단을 내렸다. 외부인에게
도움을 청해 시설을 나가기로 마음먹었다. 정원은 경진에게
자신이 처한 상황과 시설에서 탈출할 계획을 적어 보내기로
했다. 그는 메일을 쓰기 위해 매일같이 모두가 잠든 새벽
컴퓨터가 있는 구석방으로 기어갔다. 집게손가락 끝으로 한
자 한 자 키보드를 두드렸다. 시간이 허락하는 만큼 쓰고
임시저장을 했다. 다시 거실과 복도를 기어서 다섯 명이
잠자고 있는 좁은 방으로 돌아와 몸을 누였다. 낮에는 무엇을
쓸지 머릿속으로 생각하고 밤이 되면 전날 쓴 문장에서부터
이어 썼다. 전하고 싶은 말을 최대한 간략하게 써 보내는 데
꼬박 보름이 걸렸다. 정원에게 메일을 받았던 밤을, 그 빼곡한
글자들을 경진은 잊을 수 없다고 했다.

　정원은 가을에 열리는 전국장애인체육대회 때를 노리기로
했다. 보치아 경기 참가로 3박 4일을 시설과 먼 도시에서
보낼 예정이었다. 시설 원장이나 직원들의 감시가 없는

틈을 이용해 장애인 인권단체 활동가들과 합류한 뒤 시설로
돌아가지 않겠다는 계획이었다. 가을 전까지 정원을 도울
단체와 활동가를 찾고 지낼 거처를 미리 마련해야 했다.
경진이 정원의 메일을 받은 것이 1월, 체전까지는 아직 시간이
남아 있었지만 정원의 마음은 조급하기만 했다. 경진은
정원을 도울 수 있는 길을 사방팔방으로 찾아다니며 시설
밖 정원의 삶을 준비하고 있었다. 그러던 중 4월 27일 저녁,
경진은 정원을 돕기로 한 활동가로부터 정원의 부고를 전해
들었다.

한 활동가가 염습하고 나온 장례지도사들이 하는 얘기를
우연히 들었대요. 전동 휠체어에서 떨어졌다고 들었는데
가슴과 배에 멍이 넓게 퍼져 있었다고요. 그래서 정원 씨
부모님께 조사와 부검을 해봐야 한다고 여러 차례 설득했는데
필요 없다고 딱 자르셨대요. 죽어서는 편안하고 자유로워야
하지 않겠느냐고, 화장할 거라고.

경진은 정원의 장례식에서 승원을 만났다고 했다. 정원의
정확한 사인을 밝히는 데 함께해주기를, 그동안 경진이 찍은
인터뷰 영상과 정원이 쓴 시들을 받아주기를 부탁하려고
그렇게 여러 번 연락한 것이라고 했다.

승원 씨가 처음엔 호의적이었어요. 그런데 삼일장이 끝나고
태도가 바뀌었어요. 부모님이 정원 씨 죽음을 문제로 키우는
걸 원치 않는다고요. 미안하지만 본인도 어쩔 수 없다고요.

두 사람은 한동안 말을 잃었다. 침묵 끝에 보라가 물었다.

제가 대신 받아도 될까요?

안윤

시설에서 나가면 뭘 가장 먼저 하고 싶으세요?

　야 학 가 공 부 하 고 싶 어 요 시 쓰 고

　시가 왜 좋으세요?

　함 축 할 수 있 고 머 리 로 미 리 쓸 수 있 어

　그럼 머리로 미리 썼다가 컴퓨터로 옮기시는 거네요?

　외 운 거 두 드 리 면 시 돼 요

　어떨 때 주로 시를 구상하세요?

　죽 고 싶 다 생 각 들 때

　시를 생각하면 죽고 싶다는 생각이 좀 사라져요?

　컴 퓨 터 실 갈 때 기 어 서 전 쟁 터 간 다 타 자 칠 때 총
쏜 다 생 각 해 요 나 아 직 안 죽 어 탕 탕 탕

　시로 투쟁하는 거네요?

　싸 워 도 안 다 쳐 아 무 도

　공부하고 시 쓰는 거 말고 또 하고 싶은 건 없으세요?

　방 혼 자 쓰 고 술 도 먹 고 사 랑 도 하 고 평 범 한 행 복
하 고 싶 어 요

긴 통화를 하고 이틀 뒤, 보라와 경진은 공방 근처 카페에서
만났다. 태풍이 지나가고 대기의 먼지가 씻겨 맑고 시원한
바람이 불었다. 멀리 보이는 산자락과 건물들 테두리가

핀홀pinhole

가위로 오려낸 것처럼 뚜렷하게 보였다. 먼저 카페에
도착해 있던 보라는 유리문을 밀며 들어서는 경진을
첫눈에 알아보았다. 마주친 적이 있는 얼굴이었다. 지난해
가을 승원의 본가에 갔던 날 대문 앞에서 승원 어머니와
대화를 나누던 사람, 집 앞에 차를 세우자 승원 어머니가
급히 인사하며 보내던 사람. 잠깐이었지만 짧게 친 머리와
체구에 비해 커다란 배낭을 멘 모습이 떠올랐다. 손님이
오셨었나봐요? 차에서 내린 보라가 가볍게 말을 건넸을 때
승원 어머니는 미소를 띠며 답했다.

아무도 아니야. 춥지? 어서 들어가.

맞은편 의자에 앉은 경진이 보라의 눈을 똑바로 바라봤을
때, 보라는 그제야 비로소 그동안 마음 한편에 밀어둔 의심의
조각들을 직면할 수 있었다. 보라는 경진이 유에스비에
담아준 정원의 인터뷰 영상들과 정원이 쓴 시들을 공방에
앉아 시간을 들여 살펴보았다. 빠짐없이 보고 난 며칠 후
경진에게 전화를 걸었다. 정원이 마지막 11년을 지냈던 시설에
같이 가줄 수 있는지 물었다. 지금은 거주하던 이용자가 전부
떠나고 폐쇄되었다고 경진이 말했다. 상관없다고 하자 경진은
두말없이 그럼 다음 주에 가보자고 했다.

경진의 차로 세 시간을 달려 시설에 도착했다. 폐쇄된
시설은 마치 부수다 만 수용소처럼 보였다. 유리창은 대부분
깨지고 군데군데 거미줄이 쳐져 있었다. 노란 장판이 깔린
바닥은 비바람에 실려 온 흙먼지와 나뭇잎들로 더러웠다.
복도 양옆으로 늘어선 서너 평 남짓한 여러 개의 방,

안윤

잠금장치가 바깥에 달린 문고리, 두 개의 방 사이에 자리한 두 개의 문이 달린 화장실, 방마다 놓인 똑같은 모양의 낡은 합판 서랍장과 이불장, 창문마다 설치된 촘촘한 방범 창살, 여기저기 구멍 난 모기장. 경진이 앞서 걸으며 시설에 관해 설명했다. 보라는 묵묵히 그녀의 뒤를 따랐다. 건물 전체를 둘러보는 데는 20분도 걸리지 않았다.

두 사람은 돌아오는 길에 도로에서 가까운 칼국수 전문점에 들렀다. 경진은 칼국수를, 보라는 만두를 주문했다. 경진이 사기 컵에 따뜻한 보리차를 따라 보라 앞에 놓았다.

뭐 하나 물어봐도 돼요?

네.

왜 이렇게까지 하세요?

보라가 눈을 내리깔며 두 손으로 잔을 감싸 쥐었다.

이렇게 해야만 할 것 같아서요. 아니, 이렇게 하고 싶어요.

보라가 경진을 바라보자 그녀는 조용히 고개를 끄덕였다.

면 싫어하세요? 다른 데 갈 걸 그랬나요?

괜찮아요. 만두 좋아해요.

보라는 칼국수를 좋아하지 않았다. 칼국수를 보면 보육원에서 지내던 시절이 떠올랐다. 보라와 언니를 맡아 키우던 외할머니가 갑작스레 세상을 떠나자 엄마는 먼 친척이 운영한다는 보육원에 자매를 맡겼다. 시외버스터미널에서 버스를 두 번 더 갈아타야 하는 외진 동네였다. 1년에 한두 번 엄마가 찾아왔는데 올 때마다 자매를 데리고 읍내 시장에 가 칼국수를 사주었다. 주로 시장 상인이나 동네 어르신들이

드나드는 값싸고 양이 넉넉한 식당이었다. 처음 한두 번은
칼국수는 입에도 대지 않고 언제 집에 갈 수 있느냐고
울먹이며 투정을 부렸다. 그러던 것이 나중에는 엄마가
찾아오지 않을까봐 겁이 났다. 어린 보라가 한 그릇을 다
먹기에는 많은 양이었는데도 보라는 스테인리스 사발을
숟가락으로 싹싹 긁어가며 국물까지 남김없이 먹었다.
엄마에게 말 잘 듣는 아이로 보이고 싶어서였다. 착하게 굴면
엄마가 곧 집으로 데려갈 거라고 여겼다.

칼국수를 먹고 엄마가 시장에서 사준 머리핀이나 방울을
손에 쥐고 보육원으로 돌아온 날이면 밤에 잠이 오지 않았다.
보라는 잠든 다른 아이들 틈에 누워 내년 또는 내후년에
자신이 어디에 있게 될지를 상상했다. 여섯 명이 함께 자는
보육원의 이 비좁은 방일까. 아니면 엄마, 언니와 사는 낯선
집일까. 나만의 방을 갖게 될까. 그런 상상을 하고 있노라면
어김없이 천장과 지붕 사이를 오가는 집쥐 소리가 들렸다.
찍찍 울어대기도 했고 날래게 돌아다니기도 했다. 집쥐들의
걸음 소리가 보라에게는 꼭 이렇게 들렸다. 사사사, 사사사.

이따금 보육원 원장은 천장에 작은 구멍을 뚫어 쥐약을
놓았다. 쥐약을 먹은 집쥐는 심한 갈증을 느껴서 밝은 곳으로
나와 죽는다고 했다. 하루나 이틀쯤 지나면 건물 밖 모퉁이나
마당 한쪽 쥐구멍에서 집쥐가 발견되었다. 쥐약을 먹은
집쥐는 도망칠 기력도 없는지 사람이 다가가도 움직이지
않았다. 둥글납작하게 몸을 말고 웅크리고만 있었다. 집쥐의
숨통이 끊어지면 원장은 사체를 모아 녹슨 드럼통에 넣고

안윤

쓰레기와 함께 태웠다. 아이들은 먼발치에서 매캐한 연기가 피어오르는 광경을 지켜보았다. 쥐가 불쌍하다고 울먹이는 아이가 있으면 원장은 무심하게 말했다.

어쩔 수 없어. 사람이랑 집쥐는 한집에서 살 수 없는 거야.

그럼 집쥐는 어디에서 누구와 살 수 있는 걸까. 어린 보라는 궁금했다. 엄마 손에 이끌려 보육원에서 나와 새아버지, 의붓남동생과 살게 된 뒤에도, 한 방에 이층 침대 두 대가 놓인 대학 기숙사에서 살 때도, 독립해 반지하 방에서 혼자 살 때도 쉬이 잠이 오지 않는 밤이면 보라는 천장에 어린 거무튀튀한 어둠을 올려다보며 웅크린 채 죽어가는 집쥐를 떠올리곤 했다. 그리고 그런 얘기는 언니 말고는 누구에게도 한 적이 없었다. 승원에게도.

돌아오는 차 안에서 보라는 마음에 품고 있던 의심들과 경진이 유에스비에 담아준 인터뷰 영상, 수백 편의 시, 폐쇄된 시설 광경을 머릿속에서 잇대어보았다. 그 낱낱의 조각이 맞닿고 이어지며 한 사람의 형상을 만들었다. 이제는 세상에 없는 사람, 떠나간 후에야 보라 앞에 선명하게 나타난 사람.

바늘로 두 조각의 천을 잇대기 위해서는 적어도 두 개의 바늘구멍이 필요하다고 외할머니는 말했다. 이쪽에 하나, 다른 쪽에 하나. 각각 구멍이 있어야 무엇으로든 이을 수 있다고 했다. 할머니가 살아 있다면 보라는 묻고 싶었다. 그럼 내 앞에 나타난 이 구멍들은 무엇으로 이어야 해, 할머니? 무엇으로 단단하게 이을 수 있어?

우리…… 비밀 하나씩 얘기할까.

갑자기?

나 먼저 할게.

당황한 승원이 보라를 돌아보았다. 보라는 서두르지 않고 작은방으로 들어갔다. 이윽고 노트북과 노끈으로 철한 에이포 용지 뭉치를 가지고 나와 식탁 한가운데 올려놓았다.

조경진 씨를 만났어.

첫새벽의 푸른 어둠 속에서 보라가 승원의 눈을 똑바로 바라보았다.

이 생은

모든 우주에 흩어진 내 생들이

비껴간

불운한 원자의 총합

이 몸은

쉴 새 없이 떨리며

고정되기를 거부한다

불운의 나머지를 증명하려 한다

끊임없이 떨며

끊임없이 떨리며

안윤

행복의 위치 이동을 쫓는다
행복하게 행복한 행복의 행복은 행복이
떨리는 동안은
하여 행복을 산다 오로지

작가 노트

재작년, 봄부터 가을에 걸쳐 자료집 발간을 위해 탈시설 장애인 당사자 일곱 명을 인터뷰했다. 한 사람을 두 번씩 만나 그들 삶에 귀를 기울였다. 유일하고 소중한 증언들이었다. 인터뷰를 마치고 돌아오는 길 위에서 나는 매번 아프게 기뻤고 회를 거듭할수록 나의 가장자리가 환하게 자라나는 것을 느꼈다. 그때의 기억이 여전히 내 안에 깊이 박혀 있지만, 소설 속에서는 그들의 삶이 재연되거나 소비되지 않도록 애썼다. 그것이 내가 그 일곱 사람에게서 받은 말로는 표현할 수 없는 무언가를 조금이나마 보답하는 길이라 믿으며, 지금의 내가 할 수 있는 상상으로 쓸 수 있는 이야기를 썼다.

이 이야기를 살아가는 동안 품었던 소망을 이곳에 함께 남겨둔다. 쓰거나 쓰지 않는 동안, 잘 보고 잘 듣는 사람이기를. '잘'의 정확한 의미를 지치지 않고 고민할 수 있기를.

안윤

달리는
무릎

이유리

달리기를 시작한 지 세 달쯤 되던 어느 날 새벽, 나는 되게 넘어졌다.

그냥 콩 하고 귀엽게 넘어진 게 아니었다. 발을 헛디디면서 두 바퀴쯤 허공에서 구르고는 그대로 천변 아래로 처박혔다. 핑계를 대보자면 집 앞 창릉천 러닝 트랙에는 군데군데 가로등이 없는 구간이 있었고 깜깜한 그곳을 달릴 때면 나도 모르게 하늘을 바라보게 되었으며 마침 사방에 반짝반짝, 눈을 홀리는 별들이 흩어져 있었기 때문이라고 해둘까. 아무튼 왼뺨에 진흙을 처바른 채로 잠시 그렇게 누워 있었을 때는 심하게 다친 줄도 몰랐다. 그저 넘어졌구나, 그 사실만을 생각했고 그게 슬프고 창피해서 일어날 수도 없었다. 아무것도 없는 평지에서 별 따위를 보다가 넘어져 여기 누운 사람은 이 천변이 생긴 이래로 나밖에 없을 것이다, 온몸이 욱신거리는 걸 보니 아마 후유증이 꽤 오래갈 테고 이 멍청함을 오랫동안 떠올리게 되겠구나, 곱씹으면서 마른 갈대와 썩은 들풀이 우거진 기슭에 죽은 듯이 엎드려 있었다. 그러다 웃샤 하고 일어나려 했을 때 깨달았다. 오른쪽 무릎에 커다란 상처가 났다는 것을. 어두워서 전혀 보이지 않았지만 손으로 만져보니 두꺼운 바지가 세로로 쭉 찢어져 있었고 그걸 자각한 순간부터 자 이제 시작, 하듯 엄청나게, 엄청나게 아팠다. 손에 척척하게 묻어나는 이것이 진흙인지 피인지 알 수 없었다. 재수 없게도 휴대폰이며 뭐며 아무것도 들고 오지 않은 터라 불빛을 비추어 볼 만한 도구도 없었고 물론 지나는 사람도 없었다. 어쩔 수 없이 아픔을 참으며 마른 풀 줄기를

붙잡고 천변을 기어올랐다. 가로등이 있는 곳까지 절름거리며
이백 미터쯤을 더 걸었다. 마침내 상처를 불빛에 비추어
보았을 때, 나는 세로로 벌겋게 벌어진 무릎과 그 안의 흰
무언가를 보았고 아마도 이건 내 무릎뼈겠지, 평생 두 눈으로
볼 일이 없다고 생각했던 그것이겠지.

　　그때 마침 기적적으로, 등 뒤를 쌔액 하고 스쳐 지나가는
무언가가 있었고 그게 자전거를 탄 사람이라는 걸 깨닫자마자
나는 소리 질렀다. 저기요, 저기요오, 잠시만요, 119 좀,
119 좀 불러주세요오오오. 멀어지던 자전거 후미등의 빨간
불빛이 멈춰 섰다. 이윽고 그것이 되돌아오는 것을 바라보며
나는 이제 살았다는 생각만 하고 있었다. 앞으로 무슨 일이
일어날지는 전혀 알지 못한 채로.

속으로 여덟 바늘, 겉으로 아홉 바늘을 꿰맸다. 꿰매는 일이야
마취 주사를 맞았으니 전혀 아프지 않았지만 정말 아픈 건
그게 아니었다. 하필 진흙밭에서 구른 터라 온몸은 물론이고
상처 깊숙한 곳 안쪽까지, 참깨에 굴린 강정처럼 꼼꼼하고
빽빽하게 흙이며 먼지 알갱이가 붙은 거였다. 두 간호사가
달라붙어 한 사람은 상처를 벌리고 다른 사람은 식염수를
부어가며 안을 씻어냈다. 아프기야 끔찍하게 아팠지만
어떡해요, 어떡해요, 하며 저들이 더 미안해하는 통에 아픈
티도 내지 못했다. 식염수를 서너 통 쓰는 동안 어금니를
부술 듯 깨물며 견뎠지만 막상 상처를 살펴본 의사는 내키지

　　　　　　　　　　　　　　　　　　이유리

않는다는 얼굴로 혀를 찼다. 그러고는 내게 대뜸 선택지를 두 개 주었다.

"지금 기적적으로 무릎뼈랑 연골은 전혀 안 다쳤는데, 안에 잔여물이 좀 남아 있을지도 몰라요. 아예 깨끗이 다 제거하려면 지금 더 큰 병원에 가서 엑스레이를 찍으면서 일일이 핀셋으로 집어내야 되고, 아니면 이대로 소독만 좀 열심히 하고 꿰매도 되고. 어떻게 하실래요?"

머리를 굴리기엔 상처가 너무 아팠지만 그런 걸 따질 상황이 아니었다. 보아하니 전자를 택하면 무릎뼈를 드러낸 채 다른 병원으로 옮겨질 터였고 거기서도 상처를 벌리고 늘리며 온갖 고통을 당할 것이 눈에 훤했다. 게다가 핀셋이라니, 가만둬도 아픈 상처에 핀셋을 대겠다니.

"혹시…… 꿰맸는데 안에 뭐가 남아 있으면 어떻게 되는데요?"

"글쎄요. 일단 눈에 보이는 큰 건 거의 제거했으니 큰 문제가 될 것 같진 않은데, 정 찝찝하시면 지금 큰 병원에……."

"아뇨, 아뇨. 꿰매주세요."

나는 결연하게 말했다. 물론 무릎 속에 박혀 있을지 모르는 잔여물이라는 게 무섭지 않은 건 아니었지만 그보다는 지금 의사가 들고 온 저 마취 주사를 당장 맞고 이 고통을 끝내고 싶었다. 아니, 무릎을 어떻게든 빨리 처리하고 집에 가고 싶었다. 그럴 수만 있다면 무릎 안에 모래든 뭐든 남으라지, 집에 가자마자 러닝화부터 쓰레기통에 처넣고 팔자에도 없는 달리기는 절대 다신 하지 않을 거야…….

무릎을 꿰맨 뒤엔 택시를 타고 집으로 돌아왔다. 오른쪽
다리에 통째로 반깁스를 하고 목발을 짚은 채로 절뚝거리며
방에 들어와서는 그대로 현관에 누워버렸다. 마취가
풀리는지 잠깐 사라졌던 고통이 서서히 다시 느껴지고
있었다. 대체 이게 무슨 일이람. 현관 천장에 달린 센서등을
멍하니 올려다보며 곱씹었다. 늘 그랬듯, 내일 새벽엔 택배
상하차 아르바이트를 가기로 되어 있었다. 하지만 이 꼴을
하고서는 말도 안 되는 소리였다. 최소한 한 달은 무릎을 쓰지
말아야 한다고 했으니 아르바이트는 아예 쉬는 게 옳을지도
모르겠고 그러면 통장 잔고가 얼마나 남았더라. 그런데 그걸
확인해보려면 저기 식탁 위에 놓인 휴대폰을 가져와야 했고
에라 모르겠다, 이대로 잠들어도 좋다고 생각하며 눈을
감아버렸다. 금세 고단한 오늘 하루를 끝내줄 잠이 찾아왔고
무릎은 물론이고 온몸이 쿡쿡 쑤시고 아픈 채로 막 잠에
빠져들려는 찰나였다. 깁스 안쪽, 정확히는 꿰매놓은 무릎
안쪽에서 누군가 말했다.

마침내 들어왔구나.

물론 그건 잘못 들은 게 틀림없을 것이므로, 나는 신경 쓰지
않고 그대로 잠들었다.

꿈에서 나는 안개가 혼곤히 낀 숲속을 헤매고 있었다.
안개에서는 맵싸한 장작 타는 냄새가 났고 어디 먼 곳에서

이유리

누군가 자꾸 나를 찾는데, 희수야 오희수야, 하면서 내가 아니면 안 될 것처럼 애타게 부르는데 그게 어딘지 알 수가 없었다. 나는 너를 기다렸어. 목소리가 우렁우렁 울렸다. 기다렸어. 너희의 시간으로 사십억 년이 넘도록 여기에서 단지 너만을 기다렸어. 도무지 누군지 왜 기다렸다는 것인지 아무것도 모르지만 그 절박함만은 그대로 와닿아서 나도 울창한 나무들 사이를 헤매며 마주 외쳤다. 누구세요. 어디 계세요. 누구신데 그렇게 저를 찾으세요. 저를 아무도 안 찾은 지 좀 됐는데. 마지막 말을 하고 나서야 그러고 보니 그랬지, 생각하는데 서서히 세상이 흔들렸다. 목소리의 주인이 땅속을 뚫고 내게로 오고 있었다. 갈게, 지금 갈게. 다가올수록 목소리는 맑고 아름다워졌고 드디어 왔다, 발 바로 앞에서 불쑥 머리를 솟구치는 커다란 은빛 사람의 얼굴을 마주 보려는 순간 나는 잠에서 깨어났다.

눈을 뜨자마자 온몸이 흠씬 두들겨 맞은 듯 뻐근했다. 천장에서 현관 센서등이 어제 그대로 나를 내려다보고 있었다. 얼마나 잔 것인지 창밖에서 들어온 햇살로 방 안은 희끄무레 밝아진 채였다. 그리고 무릎, 무릎이 아팠다. 아픈 무릎을 끌고 식탁으로 다가가 휴대폰을 집어들었다. 오전 열 시, 어차피 이 꼴을 하고는 못 갔을 아르바이트였지만 지금부터 준비하고 나가도 이미 차고 넘치도록 지각이었다. 모르겠다, 냅다 전원을 끈 휴대폰을 침대에 던지고 나도 벌렁 드러누워버렸다. 깁스를 한 다리가 답답하고 무릎은 더럽게 아팠다. 무릎에서 시작한 아픔이 손끝 발끝까지 온몸으로

번지는 것 같았다. 아프면 먹으라고 준 약이 있었던 것
같은데 택시에 두고 내렸는지 오다가 떨어뜨렸는지 보이지
않았다. 와락 서글퍼서 콱 울어버릴까, 정말 울어라도 볼까
생각하는데 갑자기 깁스 안에서 목소리가 들렸다.

안 아프게 해줄까.

생각할 겨를도 없이 네, 제발요, 하고 말했고 그러자마자
고통은 없어졌다. 나는 조금씩 무릎에 힘을 주어보았다.
다치기 전처럼 모든 것이 제대로 움직였다.

"뭐야 이거."

기쁘기보단 당황해서 소리 내어 말했고 그러자 오른쪽
무릎이 얼른 대답했다.

너를 기다렸어.

그제야 나는 그 목소리를 알아들었다. 꿈에서 들은 그
목소리, 먼 곳에서 나를 부르던 깨끗하고 청량한 목소리였다.

오랫동안 기다렸어.

목소리가 다시 말했다.

어쨌든 더 이상 무릎은 아프지 않았다. 지금 들리는 이것이
환청이든 환각이든 아니면 진짜 저것이 주장하는 대로 자기가
우주 바깥에서 온 무언가이든, 나는 일단 무릎이 아프지
않아졌다는 사실에 주목하려 애썼다. 둘둘 감아놓은 붕대를
풀고 반쪽짜리 깁스를 떼어냈다. 꿰맨 흉터는 시커멓게
그대로였지만 고통은 전혀 없었다. 걸음도 예전처럼 잘

이유리

걸어졌고 다시는 뛰고 싶지 않았지만 아무튼 뛸 수도 있었다. 그 사실이 기뻐서 누구에게랄 것 없이, 아니 무릎 쪽을 바라보며 말했다. 감사합니다.

나아졌다니 다행이야.

무릎, 아니 무릎 속의 누군가가 말했다. 나는 무릎을 조심스럽게 만져보았다. 별다른 느낌은 없었다.

이제 내 말을 좀 믿겠어?

"아니, 갑작스럽게 무릎 속에서 말해봤자 누가 믿어요, 그걸."

어쨌든 사실이야. 나는 너를 내내 기다렸다고. 너 같은 사람을.

"나 같은 사람이 뭔데요?"

글쎄, 그냥 알 수 있어. 너 같은 사람이라는 걸.

나 같은 사람이라, 아무리 생각해도 거기서는 부정적인 의미밖에 추출되지 않았다. 예를 들면 날백수 주제에 아르바이트도 못 가고 침대에 퍼질러 앉아 자기 무릎과 이야기를 나누는 태평한 멍청이를 말하는 거겠지. 아니면 지금 이런 이야기에 귀가 솔깃해지려고 하는, 외로워서 돌아버리기 직전이었던 방구석 외톨이를 뜻하는 것일지도.

"일단 당신이 뭐랬더라, 그 우주 어디서 온 진짜 그거면 좀 나와봐요. 나와서 얘기해요."

음, 미안한데 아직 못 나가.

"왜요?"

내 몸은 지구엔 있으면서도 없다고 할까. 빅뱅이 일어나는 순간

달리는 무릎

내 몸은 무한대에 가까운 조각으로 쪼개져 우주 전체에 흩뿌려졌어. 아마 네 눈엔 잘 보이지도 않을 그런 조각으로.

"빅뱅도 알아요?"

당연하지, 그게 투표의 결과였는걸.

"투표요?"

그래.

목소리는 차분하게 말하기 시작했다.

너희 우주가 만들어지기 전, 그보다 훨씬 크고 공활한 공간이 있었다. 인간의 시간 따위는 초월하며 영속에 가까운 생을 누리는 우리가 거기 살았지. 우리는 오랫동안 공간의 질서를 유지하면서 평화롭게 지냈어. 무한히 클 것 같았던 공간이 비좁아지기 전까지는. 생명은 늘어나는데 공간과 자원은 한정되어 있으니 문제가 생기기 시작했던 거야. 해답은 한 가지밖에 없었지.

"전쟁?"

아니, 말했잖아. 투표.

목소리가 대꾸했다. 괜히 머쓱해진 나는 뒷머리를 긁적거렸다.

우리는 투표를 했다. 모든 생물체의 의견을 하나로 모았지. 모인 의견은 명확했어. 공동체에 가장 도움이 되지 않는 이를 선별해서, 그들에게 육체를 빼앗아 공간을 확보하기로 한 거야. 이윽고 우리는 빅뱅을 일으켰고 나를 포함해 선별된 자들은 거기서 산산이 부서졌다.

"아니…… 아니 그게 뭐예요. 너무한데."

나도 모르게 그렇게 중얼거렸다. 목소리가 물었다.

이유리

음? 뭐가 너무해?

"무슨 기준으로 선별한 건데요? 나이? 능력? 학벌?"

그런 건 인간의 기준일 뿐이야. 우리에겐 훨씬 더 심도 있고 유능한 선별 시스템이 있었지. 시스템의 결정은 언제나 옳아. 선택된 자들은 선택되지 않은 자들보다 공동체에 덜 기여한다. 그건 확실해.

"확실하긴 뭐가 확실해요. 고등하다더니 순 엉터리네."

나도 모르게 목소리가 점점 커지고 있었다. 나는 침대에서 벌떡 일어났다. 어젯밤까지만 해도 평생 걸을 수 없을 것만 같았던 무릎이 다시 멀쩡하게 움직였지만, 이 안에 뭔가가 들어 있다는 생각을 하니 아무래도 신경이 쓰이긴 했다. 하지만 나는 성큼성큼 방 안을 걸어다니기 시작했다.

"아는지 모르겠지만 지구도, 아니 다른 나라는 모르겠고 아무튼 한국도 사정이 비슷해요. 땅덩어리 좁고, 돈 없고. 근데 그렇다고 해서 도움 안 되는 사람들을 다 죽이진 않아요. 뭐 무시하고 괴롭히고 그러긴 하지만 그래도 죽여야겠단 생각은 아무도 안 한다고요. 그럼 뭐, 돈 많고 똑똑한 사람들만 살아남게?"

말했잖아, 선별에 재산이나 지능은 영향을 주지 않는다니까.

"아무튼 뭔가 기준이 있었을 거 아니에요. 기준 외의 것들은 다 없애고 간다는 생각 자체가 거지 같고 허접한데요? 그게 고등한 생물들의 생각이에요?"

목소리는 한참 말이 없었다. 너무했나 싶어 나도 말을 멈추고 도로 침대에 주저앉았다. 아무래도 내 얘기 같아서, 정말 내 얘기 같아서 과하게 몰입한 것 같다는 창피함이

스멀스멀 올라왔다. 혹시 모르지, 어쩌면 내가 만약
내가 아니었다면, 그러니까 돈 많고 똑똑하고 많이 배운
사람이었다면 다르게 말했을지도. 안 그래도 북적이고
지저분한 이 지구에 꼭 이 모든 사람이 전부 다 필요하냐고,
사실 어떤 사람들은 없어도 되지 않느냐고. 그러니 내가
이렇게 분개하는 건 그냥 이 세계에선 내가 가장 먼저
떨려나갈 사람이라는 생각 때문일지도 모른다. 그렇게
생각하니 창피하고 비참해서 나도 묵묵히 무릎만 쳐다보고
있었다.

　어쩌면 네가 맞을지도 모르지.

　한참 뒤 목소리가 우울한 어조로 말했다.

　나도 이런 상태가 되고 보니 기분이 썩 좋진 않더라고. 꽤나
오랫동안 슬퍼하며 보냈다.

　"슬퍼할 게 아니라 나가서 싸우든지 따지든지 해야죠.
난 거기에 응했다는 게 더 이상하네. 밟는다고 밟혀요?
꿈틀이라도 해야지."

　……너는 정말로 지구인이구나. 그래, 내가 지켜본 지구의
역사도 그랬다. 옳지 않은 것이 있으면 따지고 덤비고, 흐르는 피를
아까워하지 않고 싸웠다.

　"그럼요. 그래야죠. 인간들이 또 대단한 생물들이거든요."

　저는 별로 대단치 않지만, 이라는 말을 붙이려다 말았다.
말은 대단하게 해놨지만 나라고 뭐 싸워본 적이 있나, 하고
싶은 것도 해야 할 것도 찾지 못하고 그저 납작 엎드려 근근이
아르바이트로 먹고사는 주제인걸. 그러나 목소리는 기쁜

　　　　　　　　　　　　　이유리

어조로 말했다.

과연 내가 올바른 인간을 찾았구나. 너 같은 사람을, 아니 너를 기다리고 있었다.

"저를요? 왜요?"

방금 싸워야 했다고 얘기하지 않았어?

"어어, 그렇긴 한데……."

얘기를 마저 들어봐. 내 몸은 이렇게 작은 조각이 되었지만, 아직 많은 것들을 할 수 있다. 예를 들어 너의 운동 에너지를 직접 흡수하고 증폭시켜서 추진력으로 바꾸는 일 같은 것 말이야. 지구 중력을 벗어날 수 있는 정도의 힘이면 된다. 일단 우주로 나가면, 돌아갈 수 있어.

"엥? 돌아가겠다고요?"

별들의 중력을 이용하면 돼. 중력 궤도를 요리조리 잘 이용해서 우주를 항해하는 기술 정도야 아직도 갖고 있다.

외계인이 말을 이었다.

돌아가고 싶다는 생각이야 오랫동안 해왔었다. 나를 돌아가게 해줄 수 있는 사람을 오랫동안 기다렸지. 그렇지만 한편으론 알 수 없었어. 거길 돌아가서 뭘 하겠다는 것인지, 이미 한 번 배제당한 내가 뭘 할 수 있을지. 그런데 이제 네 얘기를 들으니 알겠다. 나는 돌아가서 내 눈으로 보겠어. 시스템이 옳았는지 아닌지를. 그리고 옳지 않았다면, 싸우겠다.

마지막 말은 우렁우렁, 꿈에서 그랬듯 온 방 안을 울렸다. 마치 아름다운 노래처럼, 멀리서 울리는 북소리처럼 내 마음까지 뭔가 근질근질하게 만드는 힘이 있는 소리였다.

달리는 무릎

나는 나도 모르게 고개를 끄덕였다.

"좋아요, 그렇게 하세요. 뭐 거슬리는 것도 아니니까, 무릎에 계시게는 해드릴게요."

아니야, 그러기 위해선 네 도움이 좀 필요하다.

윽, 이건 또 무슨 소리야. 나는 무릎을 내려다보았다. 이왕이면 이 꿰맨 상처도 없애주면 좋으련만, 거기까진 힘이 달리는지 시꺼먼 실로 듬성듬성 꿰매놓은 부분은 그대로였다. 둥글고 못생긴 무릎 한가운데 난 꿰맨 흉터가 꼭 입 같았다. 눈도 코도 없이, 그 입이 조잘조잘 말했다.

딱히 어려운 일은 아냐. 그냥 지금처럼 달리기만 하면 된다. 운동 에너지는 내가 알아서 흡수할 테니까. 정말 조금만 있으면 된다.

"······잠시만요, 생각 좀 해보고요."

나는 무릎을 내려다보며 고민에 빠졌다. 우선 이토록 오래 이야기를 나눴지만 아직도 이게 진짜인지 얼떨떨한 것이 사실이었다. 혹시 이 모든 게 그냥 내가 미친 거라면, 미쳐서 환청을 듣고 있는 거라면. 그렇게 생각하니 그런 것도 같았지만 이 외계인의 말마따나 오늘 새벽 꿰맨 무릎이 전혀 아프지 않은 것 역시 사실이었고 그럼 이 모든 것은 정말일까. 정말이라도 그렇지, 이런 뜬구름을 잡을 만큼 내가 한가한 사람인가. 바쁜 일도 해야 할 일도 없긴 했지만 이건 또 이것대로 큰일인 거 아닌가. 자격증이든 시험이든 뭐든 그놈의 적성이라는 것을 찾아서 슬슬 시작하지 않으면 정말 나야말로 인간 사회에서 떨려나갈지도 모르는 판인데. 하지만 당장 뭘 해야 하는지 생각하면 막막하기만 한 것도

이유리

사실이었다.

"······두 시간."

응?

"하루 두 시간 정도면 내드릴 수 있을 것 같아요. 그 이상은 안 돼요. 저도 바쁘거든요. 알바도 다녀야 되고 공부, 뭐 이런저런 거 해야 되고. 아무튼 달리기든 뭐든 두 시간만이에요."

알았다. 알았어.

영 탐탁지 않은 목소리였지만 어쩔 수 없었다. 나는 약속의 의미로 무릎을 툭 쳤다.

"진짜 아무 데나 뛸 거예요. 에너지인지 뭔지는 알아서 모아요."

아무 곳이나 상관없어. 너는 잘 뛰는 인간이었으니까 금세 모일 거야.

"잘 뛰긴요. 멍청하게 뛰면서 별이나 올려다보다가 이 꼴이 됐는데요."

아니다, 거길 오가는 많은 사람들을 지켜봤지만 너는 꽤 잘 달렸어. 그런데 매일 뛰어서 어디로 가고 있었던 거지? 그 늦은 시간에.

"어딜 가긴요. 그냥 달렸죠. 할 일이 없으니까."

나는 무릎을 만지작거리며 머쓱하게 대꾸했다. 사실이 그랬다. 아르바이트가 끝나고 돌아오면 녹초가 되었으나 밤이 늦도록 선뜻 잠들지 못하고 뒤척거렸던 것은, 그러다 새벽이 깊어지면 이어폰을 꽂고 기어이 천변을 뛰었던 것은 할 일이 없어서였다. 잠을 자면 안 될 것 같은데, 뭔가 해야 할 것 같은데 그게 뭔지 알 수가 없어서. 침대에 누워 올려다보는 천장이 그대로 불안이 되어 내 얼굴로 쏟아져내리는데 그걸 피하려면 무엇을 어떻게 해야 하는 것일까. 그런 생각이 들면 나는 집을 박차고 나가 길 끝에 해답이 놓여 있기라도 할 것처럼 내달리곤 했다. 달리는 도중 머릿속이 맑아지고 땅을 내딛는 발에만 집중했느냐 하면 그것도 아니었다. 오직 걱정스런 일들만 생각했다. 공부를 해볼까. 할 수 있을지 아닐지는 모르겠지만 이제 와서 적성 따위를 찾을 처지는 아니니 공무원이니 군무원이니 간호조무사니 그런 것들을 당장 내일부터 시작할까. 아니면 그냥 엄마 아빠 말대로 고향에나 내려갈까. 거길 간다고 뾰족한 수가 있나. 땀에 푹 젖어 더 이상 달릴 수 없을 만큼 달려도 알 수 없었고 매번 터덜터덜 집으로 돌아오곤 했었다. 그런 내 모습을 누군가 보고 있었다니, 못할 짓을 한 것도 아니건만 괜히 부끄럽고 창피했다.

할 일이 없어 달리는 인간치곤 제법 잘 달리던데. 계속 그렇게 달리기만 해. 무릎은 고쳐줬으니까.

외계인이 거들먹거렸다. 달리기라. 달리기만 하면 될까. 나는 일어서서 무릎을 쭉 뻗어보았다. 다치기 전과 똑같이 잘 뻗어지고 잘 굽혀졌다. 달릴 수 있을 것 같긴 했다. 그런다고 뭐가 되는지는 알 수 없었지만.

"아, 몰라, 아무튼 그럼 전 진짜 달리기만 해요. 알았죠?"

무릎에서는 대답 대신 끼익끼익, 뭔가를 긁는 듯한 소리가 들렸다.

이유리

그날은 어영부영 집에 머무르며 새 아르바이트 자리나
끼적끼적 알아보다 날이 어두워졌다. 식비도 아낄 겸
일찌감치 잠자리에 눕고서야 생각했다. 그게 어쩌면 웃는
소리였을지도 모른다고. 아주 오래오래 살면 인간과 다른
웃음 포인트를 갖게 되는 걸까. 정말 그렇다면 오래 사는 것도
나쁘지 않을지도. 나는 웅크리고 누운 채로 손을 뻗어 무릎을
만지작거렸다. 매끈하고 동그란 가운데 난 상처는 까칠했지만
만져도 아프지 않았고 오히려 잠이 솔솔 오는 것 같았다.

다음 날부터, 나는 하루에 꼬박꼬박 두 시간씩 창릉천을
달렸다.
　마침 달리기 딱 좋은 초여름이었다. 점차 푸르러지기
시작한 천변의 녹음을 옆에 끼고 달리는 기분은 생각보다
괜찮았다. 내친김에 팔뚝에 감는 스포츠 밴드도 하나
장만했다. 지하철역 아래 가판대에서 파는 싸구려였지만
휴대폰을 집어넣고 달리니 주머니가 가벼워 한결 수월했다.
거기에 목 긴 양말을 신고 헤어밴드까지 착용하니 꽤나
본격적으로 달리는 사람의 차림새가 되었다.
　물론 외계인은 외계인대로 바빴다. 내가 달리기 전 몸을
푸는 동안, 외계인은 자기 몸의 뭐라더라 하는 기관을
작동시켜 에너지를 흡수할 준비를 했다. 도대체 어떻게
그렇게 되는지는 모르겠지만. 언젠가 외계인으로부터
엔트로피 어쩌구 하는 기나긴 설명을 한 번 들은 적도

있었지만 전혀 이해할 수 없어서 그런가보다, 하고 말았을
뿐이었다.

　달리면서, 나는 무릎과 이런 대화를 주고받았다.

　"잘 모으고 있어요?"

　어어, 잘 모으고 있어. 잘 뛰고 있지?

　"그럼요, 잘 뛰고 있어요."

　누가 들으면 미친놈인 줄 알겠군, 생각했지만 창릉천에는
의외로 이상한 사람들이 많았다. 허리에 찬 작은 라디오로
노래를 크게 튼 사람, 내디딜 때마다 불빛이 번쩍번쩍하는
신발을 신은 사람, 초여름에도 비닐 땀복을 두껍게 입은 사람
등 이상한 사람은 한도 끝도 없었고 그들은 모두 저마다의
세계에 빠져 무아지경으로 달리고 있었다. 무릎과 이야기하는
사람 정도는 귀여운 축에 속할 만큼. 그러므로 나도 아무
생각 없이 달렸다. 처음에는 숨이 가빠 중간중간 멈춰서 훅훅,
가쁜 숨을 골라야 했다. 그러나 며칠 반복하자 이제는 빠르진
않았지만 한두 번만 쉬고도 방화대교가 보이는 지점까지,
그러니까 한강까지도 갈 수 있게 되었고 그 단계에 접어들자
달리는 것에도 점점 재미가 붙었달까. 물론 처음에 달리기
시작할 때만 해도 과연 이게 소용이 있는 짓일까 생각하긴
했지만 달리기 시작하면 그런 잡념은 이윽고 사라졌고
달리는 행위 그 자체에만 집중하게 되었다. 지금까지는 그저
뛰었다면 이번에는 비록 내 것은 아니지만 목표가 있었고
그래서 그런가 뭔가 확실히 전과는 달랐다. 달린다는 것은
뭐랄까, 몇 초 전의 나를 끊임없이 뒤에 두고 오는 일 같았다.

이유리

아주 조금씩이지만 그걸 반복해나가면 결국 어느 순간 과거의
나와 전혀 다른 내가 되어 발 앞의 공간으로 내뻗어질 수
있는 거였다. 그 상쾌함을 깨닫게 되자 그것에 이르기 위해 그
생각만 하며 달렸고 저절로 잡생각이 사라졌다. 마음속으로
정해둔 반환점인 방화대교의 끄트머리가 멀찍이 보일 때면
묘한 뿌듯함마저 느껴졌다.

물론 그렇다고 해서 현실의 모든 걱정이 없어진 건
아니었다.

달리기는 보통 해가 지고 나서 시원해신 시간을 택했으므로
아침엔 아르바이트를 했다. 무릎에 외계인이 사는 것과는
별개로 나도 먹고살아야 했으니까. 원체 건강 체질인
몸뚱이에 달리기로 다져진 체력이 더해져 이틀에 한 번
나가던 택배 상하차 일을 사흘에 두 번씩 해도 끄떡없게 된
것이 다행이라면 다행이었다. 몸은 고되고 시급은 짧았지만
거긴 항상 일손이 부족했으므로 마음대로 시간을 골라잡아
일할 수 있었다. 나는 새벽에 일어나 지하철역 앞으로 오는
통근버스를 탔다. 용인으로, 구로로, 천안으로 가는 그
버스들은 왜 그렇게들 다 똑같이 생겼는지. 앞 좌석에 달린
그물주머니 안에 누군가 구겨 넣어놓은 과자봉지를 응시하며
나는 쉽게 착잡해지곤 했다. 언제까지 이 꼴을 봐야만 할까,
하고. 차창에 머리를 기대면 뿌옇게 흐려졌다 사라졌다 하는
입김이 꼭 하루 벌어 하루 먹고사는 나 같았다. 그럴 때면
굽혀 앉은 무릎에서 외계인이 속삭이곤 했다.

걱정 마라. 이 페이스라면 금세 돌아갈 수 있을 거야. 그러면 꼭 은혜를 갚겠다.

"그게 가능이나 할까요."

그럼, 당연하지.

확신에 찬 목소리는 듣기엔 좋았지만 그러나 그게 과연 그렇게 될까. 무슨 부귀영화를 누리게 해줄지야 모르겠으나 그보다는 당장 입에 들어갈 것이 중요했으므로 나는 눈을 감고 잠을 청했다. 잠깐이라도 눈을 붙여두는 편이 일하기에 수월했다.

버스에서 줄지어 내리면 조끼를 갈아입고 택배를 날랐다. 트럭이 끊임없이 부려놓고 가는 짐들이 컨베이어 벨트를 타고 다가오면 그것들을 분류하고 새로 스티커를 붙이고 카트에 실었다. 땀이 등허리에 흥건하다 못해 옷 속으로 뚝뚝 흘렀다. 끊임없이 물을 들이켰지만 땀으로 다 나가는 통에 화장실도 한 번 가지 않았다. 이대로 집에 가고 싶다, 집에만 돌아간다면 내일부턴 굶어 죽는 한이 있어도 절대 이딴 일은 하지 않을 거야, 나는 속으로 끝없이 그런 생각만을 하며 움직였다. 밥을 주면 밥을 먹고 물을 주면 물을 마셨다. 손목시계를 차고 있었지만 일부러 시간은 보지 않았다. 생각보다 훨씬 적게 흐른 시간에 절망하게 되는 게 무서워서였다. 대신 팔다리가 돌덩이처럼 무거워지는 것, 입안이 까칠까칠해지는 것, 그런 것들을 시간의 지표로 삼았다. 오늘 일한 것은 내일 오후 네 시면 돈으로 바뀌어 통장에 들어올 거였다.

이유리

집에 돌아오면 곧바로 몸을 씻고 누웠다. 무릎에서
외계인이 수고했다, 하고 말했지만 대개는 대답하지 않고
그대로 눈을 감았다. 수고했나, 나. 정말로 수고하긴 했지만
칭찬을 받을 만한 수고라고는 전혀 생각되지 않았다. 나는
대신 다른 것들을 생각했다. 죽을 것처럼 힘들었지만 하지
않으면 정말로 굶어 죽을 거라는, 하지만 이것조차 영원히
할 수는 없다는 그런 사실들을. 그러다가 불편한 자세로 잠이
들었고 서너 시간을 자고 나면 무릎이 나를 깨웠다.

일어나. 달리러 가자.

아주 가끔, 일을 하지 않는 날이면 나는 외계인과 맥주를
마셨다. 밖에 나가 사 먹을 돈은 없었으므로 장소는 항상
집이었다. 네 캔에 만 원 하는 맥주에 통조림 참치, 오징어
다리 따위를 펼쳐놓은 채로. 물론 술은 나 혼자 마셨지만
어떻게 된 일인지 내가 취기가 오르면 외계인도 조금
알딸딸하다고 말해오곤 했고 한 명분의 술로 둘이 취할 수
있다니 아무튼 좋은 일이었다.

"이런 게 거기에도 있었어요?"

비슷한 거 있었지. 액체 상태는 아니었지만.

술이 들어가면 말수가 적어졌고 외계인도 그런 타입인지
우리는 마실수록 조용해졌다. 조용한 방. 적막한 방. 무릎의
외계인과 나 단둘, 아니 외계인은 몸이 없고 나는 쓸모가
없으니 반푼이들 둘이 합쳐 하나로 셀까. 농담 삼아 그런 말을

하자 외계인은 또 끼익끼익 소리를 내며 웃었다. 나는 그런 외계인에게 예전부터 궁금하던 것을 물었다.

"그쪽은 돌아가면 뭘 하고 싶어요?"

싸워야지.

"싸우는 거 끝나면."

글쎄. 그건 딱히 모르겠구나.

"되고 싶었던 건 있어요?"

외계인이 망설이다 대답했다.

음, 난 항상 선생이 되고 싶었어.

"선생님 좋죠."

좋지.

"나중에 꼭 되세요."

되면 돌아와서 자랑할게.

그러고 나서 우리는 또다시 말없이 술을 마셨다. 아마도 각자 다른 것을 생각하고 있었을 테지만 무엇을 생각하는지는 말하지 않았다. 사실 말하지 않아도 알 수 있는 일이었다.

그런 밤이면 꿈을 꾸었다. 높은 탑과 멋진 깃발이 사방에 걸린 도시를 걷는 꿈이었다. 하늘에는 다섯 개의 달이 떠 있었고 흐릿한 은빛 필름 같은 생물들이 거리에 북적였다. 지구가 아닌 이곳을 나는 아련하고 그리운 마음으로 걸었다. 둘러볼수록 쾌적하고 아름다운 곳이었다. 그곳을 이루는 모든 것들이 조화롭고 각자의 자리에서 쓸모 있었다.

그런 꿈을 꾸다 깨었을 때 나는 묻곤 했다.

거기 있어요?

이유리

외계인은 틀림없이 대답했다.

있어.

그러면 나는 안심하고 다시 잠들었다..

외계인이 이제 떠나겠다고 말해온 것은 계절이 바뀔
무렵이었다.

오늘 밤엔 갈 수 있을 것 같아.

"어딜요?"

멍청하게도 나는 그렇게 되물었고 외계인은 대답하지
않았다.

"어딜 가냐니까요?"

이번에도 대답은 없었고 그제야 깨달았다.

"다 모인 거예요?"

그래, 이 정도면 지구의 중력쯤은 충분히 벗어날 수 있어.

왜 며칠간 잠잠하다 하필 자려고 누운 이 마당에야 이런
얘길 하는지 알 수 없었지만 나는 침대에서 벌떡 일어났다.
벗어놓은 옷을 주섬주섬 꺼내 입으며 물었다.

"뭘 어떻게 해야 돼요?"

너의 운동 에너지를 주진력 삼아 네 몸에서 빠져나가볼 테니, 너는
평소처럼 달리기만 하면 돼.

그 말만 하고 무릎은 아무 말이 없었다. 그 침묵에서
눈치챘다. 에너지가 다 모인 건 사실 한참 전의
일이었으리라는 것을. 하지만 나는 더 말하지 않았다. 대신

달리는 무릎

옷을 단단히 입고 러닝화 끈을 조여 맸다. 익숙한 창릉천 러닝 트랙까지 묵묵히 걸었다. 발목을 돌리며 몸을 푸는 동안에도 우리는 입을 꾹 다물고 있었다.

"자, 그럼 뜁니다."

나는 제자리걸음을 몇 번 뛰고 달리기 시작했다. 처음에는 천천히, 서둘지 않고 발이 땅에 닿는 감각을 느끼며 조금씩 속도를 붙여나가는 것에 집중했다. 그렇게 몇백 미터를 뛰었을 때쯤 무릎이 말했다.

지금이야.

나는 앞으로 튀어나갔다. 허벅지에 힘을 꽉 주고 죽어라 달렸다. 그와 동시에, 오른쪽 무릎에서 뭔가 간지러운 느낌이 들었다. 정신없이 뛰면서도 아래를 내려다보니 세상에, 무릎이 조금씩 빛나고 있었다. 그 빛을 보니 왠지 마음이 벅차, 나는 더욱 다리에 힘을 주고 달렸다. 주변 풍경이, 밤의 공기가, 바로 방금 전까지 나를 둘러싸고 있던 모든 것들이 빠르게 나를 스쳐 지나갔다.

좀 더 빨리!

숨이 턱 끝까지 찼지만 나는 멈추지 않고 달렸다. 무릎은 달리면 달릴수록 더욱 밝게 빛나, 이제는 내려다보지 않아도 그 빛이 앞을 환히 밝힐 정도였다. 건너편 천변의 사람들이 이쪽을 바라보았고 그 모습도 순식간에 등 뒤로 멀어졌다. 나는 그야말로 바람처럼 달렸다. 달리면 달릴수록 이상하게도 몸이 가벼워지는 것 같은 느낌이었다.

그때였다. 무릎에서 푸슝, 하는 소리가 들렸다. 온몸의

이유리

감각이 열려 있지 않았다면 듣지 못했을 만큼 작은 소리였다. 깜짝 놀라 무릎을 내려다보았는데 더 이상 빛이 나지 않았다. 그제야 뒤를 돌아보았다.

나간 걸까.

"저기요, 갔어요?"

나는 제자리에 멈춰 서서 헉헉거리며 무릎에 대고 물었다. 대답은 없었다.

"갔냐고요, 인사도 없이?"

여전히 대답은 없었다. 나는 이마의 땀을 손바닥으로 훔치며 옆걸음으로 러닝 트랙에서 빠져나왔다. 휴대폰 플래시를 켜서 무릎을 비춰보았는데 쭉 찢어진 흉터 한 줄만 덜렁 있을 뿐, 겉보기에는 달라진 게 없어 보였다. 진짜 간 건가. 은혜도 모르는 외계인 같으니라고, 인사도 한마디 없이 가버리다니. 맥이 빠져 내가 달려온 저 뒤쪽 너머를 빤히 바라보았다. 아무것도 보이지 않았다. 하긴 우주 너머까지 갈 작정이니 모르긴 몰라도 지금쯤이면 이미 지구쯤은 빠져나갔겠지. 나는 손차양을 하고 하늘을 올려다보았다. 새벽하늘에 별이 한두 개 빛나고 있었다. 언젠가 저 별을 올려다보며 달리다 넘어졌던 일을 생각했다. 저 별보다 훨씬 먼 어딘가로 가는 거겠지. 그곳은 지금 어떨까. 외계인의 꿈에서 보았던 것처럼 아름다울까.

정말 그렇다면 어떡하지.

사실 오랫동안 생각해왔었다. 꿈에서 그 아름다운 도시를 볼 때마다, 외계인이 침묵을 지키던 긴긴밤마다 나는 손톱을 깨물며 상상했었다. 시스템이 옳았다면 어떡하지. 외계인이 돌아간 그곳이 지금 아름답고 완전하다면, 불필요한 존재들이 사라진 자리에 필요롭고 쓸모 있는 것만 남아 모든 것이 잘 돌아가고 있다면. 명분도 있을 곳도 없어진 채로 싸우기도 전부터 져버린다면. 오랫동안 걱정했지만 입 밖으로 꺼내지 않은 건 단순히 그게 그의 결심에 초를 치는 일이기 때문만이 아니었다. 외계인은 분명 가보기 전까진 모르는 일이라고 말할 테고 그러면 이번에는 내 쪽에서 할 말이 없어졌을 테니까. 예전부터 지금까지 그리고 아마 앞으로도, 내게는 가고 싶은 곳조차 없었고 그런 내 처지를 그와 비교하며 비참해졌을 테니까. 그걸 알았기 때문에 우리는 아무 말도 하지 않았다.

선생이 되면 돌아와서 자랑하겠다고 했었지.

그때까지는 나도 찾아두고 싶다, 나는 땅에 발을 구르며 생각했다. 뭘 찾고 싶은 건지는 아직도 모르겠지만. 외계인이 돌아온다는 건 싸움에서 이겼다는 뜻일 것이다. 그걸 알리러 기나긴 길을 달려온 그에게 난 아직도 뭐가 뭔지 모르겠다는 소리나 하고 있을 순 없으니까. 실패하든 성공하든 뭐가 됐든 좋으니 일단 가본 다음에, 그게 맞았는지 아니었는지 이야기해야지. 그땐 더 비싼 술을 마셔야지, 네 캔에 만 원짜리 말고.

나는 밤하늘을 멍하니 올려다보다 돌아섰다. 집 반대쪽으로 천천히, 곧이어 빠르게 달리기 시작했다.

이유리

작가 노트

이 소설은 사실에 기반하고 있습니다. 저는 재작년쯤 정말로 창릉천에서 달리다 별을 보느라 넘어졌고 무릎을 꿰맸거든요. 제 오른쪽 무릎엔 십 센티미터가량의 흉터가 남아 있어요. 그런데 외계인은 아직 무릎 안에 들어 있습니다. 조금 더 지구 구경을 하고 싶다고 하네요.

어쨌든 이 소설을 외계인은 별로 마음에 들어 하지 않는 듯했습니다. 자기의 꿈은 선생님이 아니라 행성 외교관이었고, 자기가 살던 곳은 소설에 묘사된 곳보다 훨씬 더 아름답다고 꼭 덧붙여달라네요. 아무튼 저는 전했습니다. 그럼 이만, 읽어주셔서 감사합니다. 무릎에서 외계인도 감사를 전해달라고 하네요.

달리는 무릎

무심과
영원

최주영

전화벨이 울리다가 끊겼다.

예감하게 만드는 사람이 있다. 침묵을 가로지르고 내면에 도달하는 말을 하는 사람. 그들의 언행은 투명하지만 무겁다. 기억할 만한 언행이 아닌데도 루프가 된다. 그들은 그냥, 당연히, 라며 말을 시작한다. 그들의 무의식적 몸짓에는 미래가 달라붙는다. 의식을 위한 춤처럼.

전화를 받았더라면 상대는 인사도 없이 이렇게 말했을 것이다. "그때 해준 이야기 있잖아, 어떻게 끝난다고 했지?"

한 여자가 유령 이야기를 만들었다. 실제로 유령이 등장하지는 않지만, 여자는 믿음에 관한 이야기를 만들고 싶었다. 술을 마시다 함께 잠든 여자와 남자는 새벽에 눈을 떴다. 여자와 남자는 불을 켜지 않고 어둠 속에서 대화를 나눈다. 여자는 몸을 살짝 일으켜 왼팔로 몸을 지탱하며 비스듬히 앉아 있고, 남자는 잠에서 깨고 싶지 않다는 듯이 누워 있다. 생활 가전이 발광하는 빛 덕분에 두 사람은 서로의 실루엣을 볼 수 있다. 동시에 느낀다. 여자는 남자의 윤곽을 내려다본다.

남자는 여자의 이야기를 듣다가 여자의 말을 자르고, 유령은 언제 나오냐고 묻는다. 여자는 아직 언제 등장할지, 그리고 그것을 유령이라고 말할 수 있을지 모르겠다고 대답한다.

"당연히 이야기에는 원인과 결과가 있어야 하지 않아?"

모르겠어. 여자는 모르겠다고만 대답한다. 다른 사람들은 당연하게 알되 여자만 모르는 순간이 떠오른다. 여자는 당연히, 라고 중얼거리며 말을 하려다 만다. 남자의 윤곽에

이마를 댄다. 남자는 이제 질문하지 않는다. 한 사람이 한 사람의 모든 것을 알 필요는 없고, 대답과 대답 사이에서 서로의 침묵을 느끼는 일만으로도 충분하다고 생각한다. 생각했었다.

그 후 남자는 사라졌다. 남자가 여자에게 유령 같은 존재가 되고 나서 여자는 결말을 생각한다. 그러나 이야기는 결말 없이 이어졌다.

여자가 남자에게 들려줬던 유령 이야기는 나무로 된 마룻바닥에서 시작한다.

나무 마룻바닥

진주는 평일의 오후 검도장을 좋아했고, 검도장을 좋아해도 괜찮았다.[1] 진주가 다니는 검도장은 전통시장의 끝, 오래된 술집 쪽으로 꺾으면 나타나는 골목에 자리 잡고 있었다. '대한검도회, 검도를 배웁시다' 간판 아래에 바로 평온모텔의 간판이 붙어 있었다. 진주는 골목에 들어서기 전부터 다른 사람들 눈에 검도를 하는 사람처럼 보이기 위해 허리를 꼿꼿하게 세우고 걸었다.

골목은 한 사람이 겨우 지나다닐 수 있을 만큼 좁아서 뒷골목이라는 단어가 어울렸다. 평온모텔을 지나면 바로 검도장의 나무 문이 있다. 검도장은 오래된 나무 주택을 개조하여 만들어 천장이 높았다. 관장님 사무실과 남녀 탈의실이 마주 보고 있는 복도를 지나면 거울이 ㄱ자로 벽에

---

[1] 노먼 러시, 「거짓말하는 사람들」(『모든 빗방울의 이름을 알았다』, 다른, 2021)의 첫 문장을 오마주 했음을 밝힌다.ˈ

붙은 나무 마룻바닥의 수련장이 나타났다. 진주는 그 풍경이 아직도 낯설다는 듯이 둘러보았다. 한쪽 벽에는 죽도를 꽂아놓은 철제 함과 보호구가 책장에 주차된 차처럼 정리되어 있다.

진주는 계단을 반 층 올라가 자신의 도복을 찾았다. 도복 상의와 하의에는 모두 주인의 이름이 적혀 있는데, 진주는 매번 도복을 어디에 걸어두었는지 헷갈렸다. 축축하거나 빳빳한 도복들을 책장 넘기듯이 넘기며 자신의 이름이 적힌 도복을 한참 찾았다. 다행히 진주가 도장에 오는 시간에는 사람이 없어서 여유를 부릴 수 있었다. 가끔 중년의 여성과 함께 운동을 하기도 했지만, 대체로 혼자였다. 진주가 운동을 마무리할 때쯤 학교를 마친 초등학생, 중학생들이 도장에 달려들어왔다.

검도장의 공기가 여름의 열기로 서서히 달궈지고 있었다. 커다란 선풍기 두 대가 강풍으로 돌아가고 있었다. 축축한 땀 냄새와 가죽 냄새가 진주의 발목 부위에 떠다녔다. 통 넓은 도복 바지가 휘날릴 때마다 후덥지근한 바람이 진주의 발목을 감싸듯 지나갔다. 아무리 도장이 후덥지근해도 코팅된 나무 바닥은 시원했다.

진주는 니스칠이 된 매끈한 나무 바닥을 보면 드러눕고 싶었다. 어린 시절, 짙은 고동색의 나무 마룻바닥을 가진 거실이 있던 주택에 살았었다. 무더운 여름날 진주는 민소매와 짧은 반바지를 입고 마룻바닥에 누웠다. 최대한 몸을 납작하게 만들자. 속으로 주문을 걸었다. 몸의 굴곡을

지우고, 일직선이 되도록 만들었다. 튀어나온 어깨뼈를,
살짝 들어간 허리를, 아치형으로 솟아 있는 무릎을 바닥에
붙였다. 누군가 진주의 명치 위에 앉아 진주의 몸을 누르고
있다고 상상하며 인위적으로 누웠다. 땀이 흐르고, 땀은 나무
마룻바닥과 진주의 몸을 접착시켜줬다.

이내 땀이 식으면 진주는 살짝 몸을 뒤척였다. 바닥과
살이 떨어질 때마다 피부가 뜯겨 나가는 느낌을 즐겼다.
양면테이프로 벽에 붙인 포스터를 떼듯이 진주는 신중하게
바닥에서 몸을 뗐다. 어린 진주가 여름마다 하던 놀이였다.
바닥에 붙은 몸을 뜯어내며 자신을 사물처럼 여겼다. 어딘가에
고정되었다 떨어지는 인형. 오래전에 붙은 교실 바닥의 껌.

진주는 대체로 이유 없이 놀이를 시작했지만, 질문을 잊기
위해서 놀이가 시작되기도 했다.

보통은 그런 생각을 안 하지 않아? 왜 그런 생각을 하는 거야?
뭐가 문제야?

진주는 입을 다문 자신의 얼굴과 공간의 침묵을 떠올렸다.
대답하지 못하고 우물쭈물하는 자신의 눈빛, 소리 없이
뻐끔거리는 입 모양이 머릿속에서 상영되었다. 진주는 비밀
임무를 부여받은 요원처럼 그런 순간을 잊기 위해서, 그런
순간에 대범하게 대처하기 위해서 놀이를 시작했다. 곤란한
상황을 이겨낼 수 있도록, 익숙해지도록 고문을 훈련받는
사람이 되었다.

나무 마룻바닥에 누워 진주는 무언가에서 계속 멀어지고
있었다. 살이 뜯어지는 것에서 쾌감을 느끼면서 진주는

최추영

자신이 어딘가 잘못 만들어진 사람 같다고 생각했다. 그러나 그것을 세세히 생각하지 않고 떠오르는 생각에서 멀어지려고 애썼다. 엄마는 어린 진주를 보며 왜 침대를 두고 바닥에 누워 있는지 알 수 없다고 말했다.

뱀띠라서 그런가. 어릴 때 아토피가 있어서 그런가.

엄마에게 진주는 거실에 누워 있는 아이, 움직이지 않는 아이였다. 진주의 놀이를 엄마가 알게 된다면 왜 그런 아이가 되었는지 분석할 것만 같았다. 그건 즐겁지 않아. 엄마가 붙이는 이유들에 해명을 하지 않으며 성장했다.

검도장 바닥을 밟았을 때의 기쁨을 기억한다. 그러나 여기는 거실이 아니고, 진주는 더 이상 아이가 아니다.

대신에 진주는 도장에 올 때 발을 열심히 닦고 왔다. 도복을 갈아입고 나서 물티슈로 발바닥을 꼼꼼히 닦았고, 해변 모래사장에 발을 집어넣듯이 도장 바닥에 발바닥을 붙였다. 뒤꿈치부터 발가락을 차례로 뗀다. 스트레칭을 하는 척하며. 그러나 홀로 도장 가운데 서 있는 순간마다 이 나무 마룻바닥에 드러눕고 싶은 욕망이 진주의 안에서 미지근하게 끓었다. 괴팍한 신사가 권하는 안전한 자해, 진주는 그런 말을 떠올렸다.

몇 년간 켜켜이 진주 내부에 쌓인 해소되지 않은 충동은 검도장 바닥을 밟고 난 이후에 강하게 진주 주변을 맴돌았다. 이제 진주는 자신의 껍데기를 견딜 수가 없었다. 뜯어서 없애고 싶었다. 자신의 껍데기를 불편하게 여길 때면 진주는 자다가도 벌떡 일어났다. 멍한 상태로 일어나서 방 안을 바라보았다. 자신을 둘러싼 사물들을 응시하다가 옆에 아무도 없어서 다행이라고 생각했다. 몸을 옥죄는 것이 없는데도 누군가 진주의 머리에 비닐봉지를 덮어놓은 것 같다고 느꼈다.

진주는 자동적으로 영원을 생각했다. 이상해. 자동적으로 생각했다는 말은. 이상해. 진주는 새벽에 눈을 뜨고 이렇게 중얼거린 적이 있다. 영원, 영원이 떠오르고 그 이유를 생각한다. 이유가 없어서 이유를 찾는 것이 인위적이라고 느낀다. 물에 떨어진 잉크가 서서히 퍼지듯이 진주는 영원을 떠올리고 싶지 않았는데 그냥, 떠오른다.

지겨워. 진주의 다른 웅얼거림.

다른 사람들이 교제라고 표현했던 영원과의 관계가 종결된 것은 일 년 전이었다. 진주와 영원은 서로와 교제했다고 생각하지는 않았지만, 교제와 유사한 어떤 것이라고 표현했다. 영원의 표현을 빌리자면, 삶의 새로운 골목에 들어설 때마다 진주를 떠올리게 될 것 같다고 말하는 사이.

진주는 교제라는 간단한 단어를 두고 긴 문장으로 서로를 표현하는 것이 어떤 날에는 낭만적이고 어떤 날에는 지지부진하다고 생각하면서 영원에게 그런 말은 하지 않았다.

내가 모든 걸 그만두고 미국에 가서 산다면 따라올 거야? 영원이 불쑥 묻는다. 진주는 질문에 막힘없이 대답한다. 두 사람은 당장 내일이라도 함께 떠날 수 있도록 진지하게 계획을 세웠다. 실행되지 않을 계획임을 알았기에 진주와 영원은 구체적으로 많은 결정을 내리며 밤을 보냈다. 지키지

최추영

못할 약속을 하며, 약속 너머의 마음을 확인했다고 생각했다.
진주와 영원은 두 사람을 묶어주는 분위기를 붕괴시키지
않도록 노력했다.

영원이 진주를 징조도 없이 떠났을 때 진주는 영원과 자신
사이를 붙잡을 단어가 없구나, 생각했다. 문장뿐이었다.
그러나 문장으로 영원과의 관계를 설명하는 일은 꼴사나워서
진주는 소리 내어 말하지 않고 적기만 했다.

영원 없는 세계는 무탈했다. 진주는 묵묵히 지냈다.
슬퍼하거나 분노하지 않았다. 다만 퇴사를 결정했을 때
영원에게 말하지 못하는 상황 속에서 일시적인 슬픔을 느낀
날은 있었다.

퇴사 후에 진주는 작은 디자인 외주를 받으면서 지냈다.
덕분에 시간을 자유롭게 사용할 수 있었다. 자고 싶을 때
잠들었다. 잠깐 잠들 때마다 영원의 꿈을 꿨다. 정확히는
영원이 진주에게 준 물건들이 나왔다. 영원에게서 빌린
『중력과 은총』을 잃어버려 자신의 가방을 거칠게 뒤적거리는
장면에서 언제나 깼다. 진주는 벌떡 일어나 책을 찾았다.
진주의 가방 안에 그대로 있었다. 일 년째 진주의 가방
속에 늘 있는 『중력과 은총』은 진주의 책이라고 할 수
있을까? 진주는 그런 확신이 없었다. 그건 영원과의 관계가
문장형이었기 때문이라고 생각했다. 영원은 진주가 준 모든
것을 버렸을까? 영원은 관계가 끝난 사람과의 물건은 모두
버린다고 했다. 물건은 죄가 없잖아, 진주는 언제든 돌려줄 수
있도록 영원이 진주에게 준 것들을 버리지 못했다.

진주는 검도를 등록하고 나서 바로 엄마에게 전화했다. 퇴사 소식을 알리려 건 전화였는데 검도 이야기만 하게 되었다.

진주의 말을 듣던 엄마는 대뜸,

"다음 달부터 현침살이 강해지니까 칼을 휘두르는 운동을 하는 건 좋네."

"현침살이 뭔데?"

"말로 사람을 찌르는 사주야. 뾰족한 바늘이라고 하는데, 넌 이걸 원래도 세 개나 가지고 있어서 말조심해야 해. 이런 뾰족하고 날카로운 사주들은 칼이나 바늘, 펜을 쥐는 직업을 가지는 게 좋은데 하는 일을 바꿀 순 없으니까."

"엄마도 있어?"

"아니, 엄마는 백호살."

"백호살은 뭔데?"

"큰 사고가 있는 사주인데, 작년에 백호살이 심해져서 엄마 피부과 시술했잖아."

"엄마가?"

진주는 모르는 일이었다. 작년에 생일 선물로 현찰을 달라고 했을 때였을까? 사고와 시술은 무슨 상관이 있나, 진주가 말하지 않고 생각하는 동안 엄마가 덧붙였다.

"백호살을 누르려고 시술을 하기도 해. 너는 꾸미는 데 무심하잖니. 엄마한테 관심이 없는 건지. 누굴 닮아 그렇게 무심하지."

엄마는 사주에 낀 살은 피하는 게 아니라 어떤 방식으로든 겪어야 하는 일 같은 거라고 말했다.

"검도는 날카로운 칼이 아니라 죽도를 쓰는데 그런 걸로도 대체가 되나?"

"어쨌든 칼이라는 건 바뀌지 않으니까."

검도장 한구석에 꽂힌 죽도들을 떠올린다. 길이가 제각각인 죽도들이 들쭉날쭉하게 꽂혀 있고, 칼자루에는 죽도의 주인 이름이 적혀 있다. 손바닥이 닿는 부위라 칼자루에 적힌 이름들은 번지고, 손때로 거뭇거뭇하다. 진주는 죽도의 몸체를 손끝으로 툭 건드린다. 날카로운 부분은 없다. 네 개의 기다란 대나무가 벽이 되어 고무로 묶인 죽도 몸통의 내부는 텅 비어 있다. 칼의 끝 역시 하얀 골무로 덮여 있어, 날카로운 느낌은 전혀 들지 않는다.

오히려 진주의 가방에서 굴러다니는 펜들이 더 뾰족하지 않을까 생각했다. 진주는 펜을 가방에 넣고 다니다가 손이 찔리는 일이 잦았다.

진주는 엄마와의 통화를 끝내고 검도를 시작한 이유를 떠올렸다. 현침살을 누르기 위해 칼을 쓰는 운동을 하는 사람과 마룻바닥이 좋아서 운동을 시작한 사람 중에 무엇이 덜 이상할까, 생각했다. 너무 솔직할 필요는 없지. 진주는 검도를 하는 사람이라는 문장만 떠올렸다.

진주는 손때가 묻지 않은 깨끗한 죽도를 꺼내들고, 등 뒤로 넘겨 스트레칭을 한다. 이어 손목과 발목 근육들을 풀어주었다. 피부 아래의 근육을 더듬으면서 뻐근한

부분을 꾹꾹 눌러준다. 온몸이 아프다. 손바닥과 발바닥
살이 벗겨지고, 평소에 사용하지 않던 근육들이 미세하게
떨려왔다. 팔을 위로 올리기도 힘들었다. 아프니 생각을 덜
하게 되었다. 어디가 아픈지 더듬다가 하루가 가기도 했다.

진주는 거울 앞에 선다. 허리춤에 칼을 꽂은 사람처럼
죽도를 쥐고 있다. 칼을 뽑는다. 중단. 칼을 몸의 중심에 둔다.
중단. 몸의 중심을 찾고, 기본 운동을 시작한다. 홀로 오늘 할
기본 운동들의 목록을 떠올린다.

"기합 넣고, 소리 냅시다."

사무실 안에서 관장님의 지시가 떨어진다. 진주 씨, 혼자
운동하더라도 기합과 소리를 크게 내야 해요. 모든 운동의
기본은 기세예요. 나 자신한테 내가 하고 있는 동작이
무엇인지 알려줘야 해요. 동작과 소리로 모두.

진주는 목소리를 크게 내는 것에 익숙하지 않았지만,
관장님의 지시를 순순히 따랐다. 작게 말하다가 조금씩
목소리를 키워갔다.

그중에서 이 동작 머리치기를 할 때면 목소리가 가장
커졌다. 진주 씨, 기본 운동에는 삼 동작, 이 동작, 일
동작으로 머리, 손목, 허리치기가 있어요. 기본 동작을 익히면
다른 동작들로 나아갈 수 있어요. 검도를 몇십 년을 해도
무조건 해야 하는 동작들이니 친해지세요.

진주는 이 동작 머리치기가 좋았다. 삼 동작은 너무
지겨웠고 일 동작은 너무 금방 끝났다. 그 사이인 이 동작을
할 때면 자신의 몸이 자연스럽게 움직이고 있다고 느꼈다.

최추영

고르게 연습해야 했지만, 오늘처럼 혼자 운동하는 날이면 이 동작 머리치기를 오십 번 했다.

진주는 복부에 힘을 살짝 주며, 자신이 낼 수 있는 가장 큰 목소리를 냈다. 그러나 숫자는 들리지 않게 작게 말했다. 관장님이 들을 수 없도록.

이 동작 머리치기 50회.

스스로에게 선언했다.

기본 운동을 할 때는 상대가 없으니 거울에 비친 내 머리를 타격한다고 생각하며 연습히세요. 거울에 비친 허상의 머리를 가격한다. 바르고 정중한 자세로. 동그란 머리. 진주와 같은 높이에 떠 있는 상상의 머리.

두 손으로 잡은 죽도를 진주의 머리 위로 올린다. 하나. 허공의 머리를 향해 내리친다. 머리. 그리고 다시 허리춤으로 죽도를 가져온다. 하나. 동작을 반복한다.

하나. 머리. 둘. 하나. 머리. 셋.

하나. 머리. 스물.

진주는 숫자를 세다가 숫자를 까먹을 것 같다고 생각한다. 같은 동작을 반복하다보면 시간을 붙잡는 것이 아니라 뭔가를 계속 잃어버리는 기분이 든다. 거울 너머로 자신을 바라보고 있는 시선을 떠올린다. 진주는 눈치를 본다. 숫자를 우물쭈물 센다. 집중. 정신 집중. 그러나 움직이고 있는 것은 몸인데?

몸 집중.

"생각하지 마. 그냥 말해."

진주의 커다란 눈과 눈 사이에 영원의 검지손가락이 있다. 마치 진주의 무수한 생각이 지나가는 것을 자르듯이.

나한테는 그냥 말해. 생각하지 말고 자연스럽게. 눈동자 그만 굴리고.

영원은 진주의 눈동자를 보면 무슨 생각을 하고 있는지 티가 난다고 말했다. 고민을 할 때면 눈동자가 사방으로 움직인다며, 영원이 웃는다.

진주는 영원의 긴 손가락을 본다. 생각을 멈출 수는 없지만, 영원의 지시를 따라 느슨하게 흘러가는 시간을 느낀다. 영원의 말을 속으로 받아 적고, 자신의 눈 사이에 있는 손가락에서 손목으로 시선을 옮긴다.

손목이 예쁘다.

영원의 손목에는 묵주가 걸려 있었다. 진주는 생각을 그냥 멈출 수는 없어 숫자를 셌다. 영원의 손목 위에 손을 살짝 올려, 묵주의 동그란 알들을 하나씩 돌리며 숫자를 셌다. 손에 뭔가를 쥐면 숫자를 세는 게 쉬웠다. 묵주에서 손가락이 미끄러지면 손목뼈가 만져졌다.

진주는 누군가의 부탁을 거절해야 할 때 자신보다 나이가 많은 영원에게 전화를 걸곤 했다. 영원은 진주를 위한 이유를 만들어주었다. 그렇게 말하면 상대도 괜찮아할 거야. 그 말을 들으면 안심이 되었다. 대사가 정해지면 진주는 리허설을 하듯이 마이크처럼 핸드폰을 붙잡고 대사를 읊었다. 장난스럽게 웃으며 말하다가도 진주는 그 상황을 떠올리면 긴장했다. 반은 거짓이고 반은 진실인 사유를 말할 때 손끝이

최추영

차가워지고 심장이 빠르게 뛰었다. 진주는 영원의 손목을
떠올렸다. 묵주의 알처럼 튀어나와 있는 영원의 손목뼈.
상상에서 진주는 영원의 손을 잡는 대신 영원의 손목에 걸린
묵주를 하나씩 넘겼다. 묵주 알을 넘기며 숨을 쉬었다.

　들이쉬고, 하나. 둘. 셋. 넷. 숫자를 세면 이상하게
아득해졌다. 시간이 길어질수록 어디까지 숫자를 세었는지
헷갈렸다. 잠이 오지 않는 밤에도 양을 세듯이 곁에 누워 있는
영원의 묵주를 돌렸다. 밤에는 낮보다 숫자를 잘 세지 못했다.
숫자를 제대로 못 세는 것이 왜 부끄럽지. 구구단을 틀린
아이처럼 부끄러워했다.

　영원은 그런 진주를 쳐다보지 않았다. 그저 옆자리에서
손목을 내주며 기다렸다. 간헐적으로 손목 혈관 위로
영원의 맥박이 진주에게 느껴졌다. 진주를 따라 영원의
심장도 천천히 뛰고 있었다. 진주가 숨을 내뱉을 때 같이
내뱉어주었다. 말없이 진주와 호흡의 보폭을 함께해주었다.

　땀이 나서 살짝 촉촉한 영원의 손등을 쓸어내리면 호흡
가다듬기는 끝났다. 마음의 근육을 영원의 손목을 통해
늘렸다. 진주는 그때 영원을 통해 숫자를 세었다. 영원은 그럴
때마다 진주의 사물처럼 가만히 있어주었다. 피아노 위에
있는 메트로놈처럼. 진주의 단위였던 영원이 사라져도 진주는
숫자 세는 것에 여전히 미숙했지만 전처럼 틀리지는 않았다.
잠시 멈췄다, 이어나갔다.

"오늘은 호구 쓸 거죠?"

기본 운동을 끝내고 타격대를 끌고 가던 진주에게 관장님이 말했다. 진주는 아직 자신만의 호구가 없었다. 대련할 때 착용하는 보호구인 호구를 구매하기에 진주는 미숙했고, 검도를 오래 다닐까, 라는 의문을 잠재우지 못했다. 몇 번 착용해보고 난 이후에 호구를 사는 것도 괜찮아요. 관장님은 호구 앞에서 서성이는 진주에게 그렇게 말했다. 진주 엄마 또래로 보이는 단발머리의 관장님은 판단이 빨랐다.

"허리를 칠 때 손을 어떻게 해야 할지 모르겠어요"

백 번을 하면 동작이 잠시 진주의 것이 될 거라고 관장님은 말했다. 백 번은 장난이면서 진심이었다. 어려워요. 경직된 투정을 부리는 진주에게 관장님은 백 번이라는 지시와 함께 빠르게 손목을 치는 법이나 발을 구르는 방법을 알려주었다.

진주는 관장님의 지시적인 말이 편했다. 그대로 따르면 된다는 점이 그러했다. 그 지시문을 따른다면 어딘가로 갈 수 있을 것 같았다. 진주는 관장님의 말투에서 엄마를 떠올렸다. 진주는 엄마가 자신을 섬세하게 살피지 않아서 확신할 수 없는 사람으로 자랐다고 몰래 탓한 적이 있었다. 그러고는 그 생각을 한 자신을 바로 미워했다. 나는 왜 내 생각에 확신을 가질 수 없을까, 진주는 생각을 입 밖으로 내뱉으면 평생 후회할 일이 될 것을 알았다. 엄마와 비슷하게 말하는 관장님을 보며 진주는 또다시 생각을 수정했다. 엄마가 내 엄마가 아니었다면 나는 그런 생각조차 안 했을까? 진주와 진주의 엄마는 거리가 가깝다. 진주는 검도를 시작하고 사람과 사람 사이의 거리를 가늠하는 상상을 하곤 했다. 아마도 평생, 진주의 엄마는 진주와 칼을 맞대고 서지 않을 것이다.

관장님은 사무실 구석에서 호구를 하나 가지고 왔다. 진주와 같이 검도를 시작한 지 얼마 안 된 사람들이 착용하는 공용 호구였다. 이제는 도장에 나오지 않는 이들이 찾아가지 않는 호구는 공용 호구가 되었다. 이름이 적힌 명패가 없는 호구. 여기에서 저기로 쉽게 옮겨지는 호구. 매일 다른 방식으로 정리되는 호구. 호구를 정리하는 정석의 방식이 있지만, 사람마다 사소하게 달랐다.

진주는 자신의 흔적이 남지 않길 바랐다. 자신의 호구가 아니기에 거기에 진주의 흔적이 없기를 바랐다. 이전 사용자가 정리해놓은 호구를 해체할 때 사소한 부분까지 외우려 애썼다. 가장 밖에 있는 끈부터 천천히 풀면서 이전에 사용한 사람의 습관을 가늠해보았다. 자신이 사용하기 전후에 아무런 차이가 없도록 최선을 다했다.

호구를 착용할 때마다 나쁜 일을 저지르는 것이 아닌데도 진주는 잘못을 저지른 기분이었다. 남의 집에 몰래 들어가 사는 도둑 세입자가 된 것 같았다. 초대받지 않은 손님. 계속 여기에 내가 있어도 되나? 누군가의 턱이 닿았던 자리에 자신의 턱을 대고, 누군가의 손이 끼워지던 자리에 자신의 손을 끼워 넣으면서 진주는 묘한 불편함을 느꼈다.

운동을 끝내고 호구를 사야지, 생각했다. 그리고 다음 날 일어나 운동을 가면서 아직은 이른가, 라고 생각했다.

충동적으로 구매하기에 호구는 비쌌고 자리를 많이 차지했다.
생활에 쓸모가 없는 가구 같았다. 진주는 자신의 호구를
공용 호구 혹은 집 안의 애물단지로 만들고 싶지 않았다.
진주는 호구를 아꼈다. 호구 안에서 진주는 안정감을 느꼈고,
그런 사물에 온 마음을 다할 각오도 있었다. 계획은 이미
짜두었다. 진주만의 방식. 진주의 몸에 딱 맞도록 묶는 방식,
몸의 굴곡에 따라 길들이는 방식까지 인터넷으로 검색하여
찾아보았다. 계획 목록을 보며, 소중하게 여길수록 예고 없이
진주의 곁에서 사라진 것들을 떠올렸다.

　"진주 씨, 면 수건은 이걸로 써요."

　관장님에게 전달받은 면 수건을 접는다. 볕에 잘 말린
두건은 빳빳하다.

　無心

　머리를 덮기 위해 사다리꼴 모양으로 접힌 두건에 남은
글자를 응시한다. 두건을 쓰고, 호면을 착용한다. 몸을 앞으로
살짝 기울이면서 일어난다. 손목과 발목을 살짝 털고, 목을
가다듬는다. 진주는 크게 움직인다. 큰 원을 그리며 목과 팔과
손목을 돌린다.

호구를 착용한 진주는 큰 목소리를 내고,

　발을 큰 소리로 굴리며,

　정면으로 달려드는 사람이다.

　이름 명패가 없는 호구를 착용한 진주는 여기에 자신을
알아보는 사람이 없다는 듯이 행동했다. 호면이 진주의

　　　　　　　　　　　　　　　　　최추영

얼굴에는 커서 덜컹거렸다. 손을 감싸는 호완 역시 진주의 손과 맞지 않아서 진주는 온 힘을 주어서 죽도를 쥐어야 했다. 자신의 몸에 딱 맞지 않았지만, 진주는 호구 안에서 자신의 몸이 계속 지워진다고 느꼈다. 기합을 지르면, 투명해지는 것 같았다. 진주가 아랫배에 힘을 주고, 칼자루를 꽉 쥐면 진주의 몸에 달라붙지 못하는 호구 안이 채워지면서 동시에 비워졌다. 우는 일이랑 비슷하다고 생각했다.

여름의 새벽은 짧았고, 동이 트기 시작하면 새나 매미가 울기 시작했다. 운다, 라고 적게 되는 존재들의 우는 소리를 들으며 진주는 다시 잠에 들었다.

눈을 감으면 속이 비워진 새의 알이나 매미의 유충 껍데기가 떠올랐다. 껍데기를 나오면 운다. 진주는 껍데기를 가지고 싶었다. 진주는 이불을 동그랗게 말아놓은 자리로 몸을 천천히 집어넣었다. 되돌아가는 것은 아니었다. 그저 몸을 구겨 넣을 뿐이었다. 어정쩡한 자세로.

축축한 탈의실의 나무 선반에 꾸겨진 진주의 에코백에는 『중력과 은총』이 있다. 책 주인이 진주에게 돌려달라고 말하는 순간 바로 돌려줘야 하는 책. 덜컹거리는 호구 안에서 진주는 자신이 쥐고 있는 죽도의 끝이 흔들리는 것을 느꼈다. 착용한 호구가 진주의 몸을 벗어나려고 할 때마다 죽도를 지탱하는 왼손에서 힘이 빠진다. 진주는 힘을 빠지게 하는 방해 요소를 떠올린다. 빌린 것. 우는 것. 껍데기. 자신의 표정. 자신의 무게 중심. 자신의 위치. 관장님의 기합을 듣는다. 이어 진주도 기합을 지른다.

칼 맞춤.

진주는 기합을 지른다. 발을 나뭇바닥에 붙이고, 오른발을 선두로 밀어걸으며 나아간다. 오른발 왼발 전진. 관장님의 죽도 중앙 가까이 들어간다. 여전히 멀다. 그러나 칼이 금방이라도 날아올 것 같다. 물러선다. 왼발 오른발 물러서기.

상대방 죽도의 중간쯤까지 들어가면 공격해야 한다. 진주는 이미 늦었다. 관장님의 중간까지 들어갔다고 생각하면 텅과 탕 사이의 소리가 들린다. 이내 손목이나 머리가 욱신거린다.

진주가 죽도를 들면, 모든 것이 끝나 있다. 진주는 관장님이 지나간 자리에 우두커니 서 있다. 가만히 있는데 떠난 상태가 된다.

진주는 호면의 틈 사이로 정면을 응시한다. 눈동자를 움직이지 않고 부릅뜬다. 상대를 뚫어져라 쳐다본다. 자신의 표정을 생각하지 않는다. 관장님의 표정도 상상하지 않는다. 눈빛만을 느낀다. 눈 맞춤. 오직.

어떻게 하면 저기에 가닿을 수 있지? 관장님이 크게 소리친다.

"생각하지 마."

지금 칠 수 있을까? 지금은 닿을 수 있을까? 지금 들어갈까?

관장님은 죽도를 거두고, 진주의 왼쪽 관자놀이를 툭 친다. 호구를 착용한 관장님은 어린아이 다루듯이 진주를 다룬다. 관장님은 다시 죽도를 진주에게 겨눈다.

"중단."

어깨에 힘을 뺀다. 진주는 한 번에 하나만 생각한다. 저기에 있는 머리를 치는 일. 관장님의 칼과 움직임을 느낀다.

최추영

칼 맞춤.

맞댄 죽도로 관장님의 힘이 흘러들어오는 걸 느낀다.
진주는 기대지도 버티지도 않은 채로 죽도를 맞대고 앞으로,
뒤로 움직인다. 단순하게 생각해. 무심하게 행동해. 이유를
생각하지 않기. 넘겨짚지 않기. 일어나지 않은 일 상상하지
않기. 수많은 지침을 지운다. 기합을 내지른다.

지금? 아니 잠시.

매 선택들이 미래로 이어지지 않는다. 오른발 왼발 전진.
세자리. 제자리.

"그냥 멀뚱히 서 있지마. 한 번 공격하면 뒤돌아보지 마.
시선 정면."

진주는 가격하고 관장님을 지나쳐 달려간다. 오른발 왼발
오른발 왼발. 뒤를 돌아보지 않는다. 관장님이 뒤에서 진주의
허리를 밀어준다. 이어달리기에서 배턴을 터치하듯이 진주는
앞으로 밀려나간다. 벽까지 닿고서야 멈춘다. 곧바로,

뒤를 돈다.

다시 칼 맞춤.

죽도와 죽도 사이. 죽도는 중단. 두 사람은 딱 한 블록만큼
서로 떨어져 있다.

호구 정리

호구 벗어.

진주는 그 말을 제창한다. 호구 벗어.

머리를 감싸던 호면을 벗고 진주는 깊게 숨을 쉰다.
바람이 진주를 스쳐 지나간다. 진주는 몸에 착용했던 것들을
하나하나 몸에서 떼어낸다. 고작 20분이 지났는데, 오랜
시간이 흐른 것 같다. 진주는 숨을 고른다. 시간이 역순으로
흐르는 것 같다. 숨을 몸 안으로 깊이 넣을 때마다 기합으로
토해냈던 것들이 다시 몸으로 회귀한다. 몸은 떠나도 다시
돌아온다. 진주는 실감한다. 진주가 떼어낼 수 없는 몸.
호구로 지우는 건 일시적이다.

영원은 진주에게 나이에 관해 자주 말했다. 자신이 몇
살처럼 보이느냐, 진주는 평소에 궁금해하지 않았던 것들을
물어보았다. 그 나이에 적합한 것을 가지고 싶은 것인지
아니면 차이를 지니고 싶었는지 알 수 없어서 진주는 대답을
망설였다.

그는 어떤 날에는 소년 같았고, 어떤 날에는 제 나이처럼
보였고, 어떤 날에는 역사 속 인물 같았다. 그의 질문
때문인지 진주는 영원의 나이를 신경 쓰지 않다가도 둘
사이에 시차가 있다고 생각했다. 실제로 영원은 진주보다 열
살이 많았다.

"영원 씨는 한 블록 건너에 사는 사람 같아."

진주는 긴 침묵 끝에 그렇게 대답했다. 눈을 움직이지 않고
영원을 똑바로 응시했다.

"나랑 같은 마을에 살고 있지만, 저 한 블록 너머에 살고
있어서 나보다 무언가를 먼저 보기도 하고 때로는 내가 보고
있는 것을 못 보고 있는 것 같아. 우리는 같은 풍경 속에

있지만 동시에 일부만 보거나 보지 못하는 것 같아. 그래서 당신을 거쳐서 나에게 오는 시차를 지닌 풍경이 좋기도 하고 두렵기도 해."

그때 진주와 영원은 분수대를 지나고 있었다. 작은 물방울이 얼굴에 닿았다. 분수대의 물은 계속 재사용되고 있겠지. 진주는 분수대 물이 지나가는 통로를 상상했다. 사람의 뼈대같이 생겼을까. X-ray로 찍은 하얀 건축물. 진주가 지금 보고 있는 물이 아까 보았던 물과 같다. 이 분수대 아래에는 물을 끌어올리고 다시 삼켰다가 다시 끌어올리는 모터가 있고, 물이 밀려나가며 계속 그 통로를 맴돌 것이다.

진주는 영원과 아름다운 순간을 공유했고, 그런 순간에만 서로를 찾았다. 영원은 진주의 주변을 맴돌았고, 진주도 마찬가지였다. 진주는 영원과 있는 시간이 지루하지만 싫지 않았다. 딱히 떠나고 싶지 않았다. 앞으로 나아갈 방향은 없었지만 계속 우리는 이런 이야기를 나누고 감상을 나누고 그걸 또 아름다웠다고 곱씹겠지. 진주는 그때 자신이 무얼 원하는지 알고 있었지만, 모른다고 생각했다.

진주는 원상복구를 시작한다. 오늘 진주가 착용한 호구는 끈이 짧게 잡아당겨져 리본으로 묶여 있었다. 진주는 팔에 힘을 주어 끈을 꽉 묶는다. 방금까지 진주와 밀착되어 있던 껍데기들을 하나하나 신중하게 떼어내 하나의 덩어리로 만든다. 모두 다르게 생긴 호면, 호완, 갑, 갑상은 끈으로 묶이기도 하지만 서로의 형태에 기대어 떨어지지 않고 하나의 덩어리가 된다. 진주는 조심하며 그것을 들었다. 공중에서 들고 있을 때, 하나라도 떨어지면 다시 정리해야 한다.

질의응답 혹은 분석

질의응답 방식으로 적는다. 그러나 대답은 들을 수 없어서
응답란은 공란이다.

여자: 예수가 십자가에 못 박히는 순간을 다룬 장의 제목은
"십자가"였는데 "칼을 쓰는 사람은 칼로 죽을 것이다"라는
문장으로 시작하죠. 당신은 122페이지를 접어두었는데
무엇에 사로잡혔나요?

　남자:

　여자: 실수일지도 모르겠습니다만, 유일하게
"실재감"이라는 단어에 밑줄을 그어두셨습니다. 혹시 "우리가
사랑하지만 지금 눈앞에 없는 물건 혹은 사람을 떠올릴 때는
그 물건이 부서졌다고 혹은 그 사람이 죽었다고 상상할
것"이라는 문장에 영향을 받은 것일까요? 어디와 연결되는
밑줄-그음이신가요?

　남자:

『중력과 은총』을 읽기 시작한 것은 영원이 떠나고
나서부터였다. 진주는 그 책을 지닐 수 있는 유효기간이 생긴
사람처럼 급히 책을 읽어나갔다. 진주는 영원의 책장에서
『중력과 은총』이라는 단어를 처음 봤을 때, 자신을 강력하게

　　　　　　　　　　　　　　　　　　최추영

붙잡아주는 중력을 상상했다. 그렇기에 '중력과 은총'은 진주에게 중력, 그리고 은총이었다. 책을 중반쯤 읽었을 때 진주가 상상한 중력이 책에 없다는 것을 알 수 있었다. 중력을 거부하고 있는 책임을 알았다면 진주는 이 책을 요구하지 않았을 것이고, 진주는 영원에게서 빌릴 필요가 없었을 것이다.

진주는 영원이 처음 떠난 3개월 동안은 책에서 이유를 찾아보려 했다. 어쩌면 진주에게 메시지가 담긴 책을 버렸을 수도 있다고 생각했다.

진주는 영원이 접어놓은 페이지들만 읽었다. 영원은 왜 그 페이지의 귀퉁이를 접어두었을까. 영원과 대화할 수 없는 진주는 영원의 귀퉁이들의 맥락을 읽었다. 질문만 있는 질의응답을 작성하면서 대답이 없어도 대화가 이어질 수 있구나, 라고 생각했다.

접힌 페이지의 맥락과 맥락 사이에서 답변을 작성할 수는 있었다. 그러나 한 번도 답변을 작성한 적은 없었다. 자신이 답변을 기다리지 않고 질문에서 벗어나고 있다는 것을 실감한 어느 오후, 진주는 영원의 책을 꽂아놓은 책장을 정리했다. 그 빈자리를 응시하다 읽었으되 읽은 기억이 없는 책을, 마음껏 흔들리기, 적은 적 있지만 적은 기억이 없는 메모를, 자신이 원했던 마음이었으나 어느새 이뤄진 마음을 발견했다. 그 무수한 시차 사이에서 원인과 결과를 가늠할 수 없는 조각들을 붙잡고 울컥한 마음이 들었지만 이내 방에서 나왔다.

진주는 빌린 호구를 제자리에 놓기 위해 품에 안는다.

자신만의 호구를 사야지. 진주는 중얼거린다. 자신만의
호구를 착용하는 상상을 한다.

동그랗게 정리된 호구를 거칠게 푼다. 이제 순서 따위는
상관없다. 호면, 갑, 갑상, 호완을 바닥에 진열해놓는다.
진주는 갑상을 허리춤에 두르고, 무심無心이라 적힌 면수건을
접어 머리에 쓴다. 그리고 호면을 쓴다. 끈을 꽉 묶는다.
호면은 덜컹거리지 않는다. 호완을 손에 낀다. 그리고
일어서지 않는다.

몸을 둥글게 만다. 자신을 꽉 안아주듯이.

딱딱한 아치형인 갑 때문에 완벽한 원이 될 수는 없지만
있는 힘껏 몸을 말아본다. 밀착되지 않아도 꽉 쥐어진다는
느낌이 든다. 진주가 작은 사물이었다면, 한 손으로 주먹
쥐듯이 쥘 수 있는 형태였을 것이다. 완전함, 이라고 느낄 수
있도록 몸을 중심부로 당겼을 때 진주는 자신의 몸을 떠난
기분을 만끽한다. 몸을 떠난다고 느끼면 유령일까? 진주는
위치를 생각한다. 몸을 떠난 것이 유령일까 떠나온 몸이
유령일까. 자신이 품에 안고 있는, 진주가 떠나온 텅 빈 호구
껍데기를 바라본다.

진주는 빈자리에 호구를 꽂아 넣는다. 관장님은 다시
사무실에 있으며, 도장에는 진주 혼자다.

도장 한가운데 누워 눈을 감는다. 온몸이 땀으로 젖어 있다.
숨을 들이쉬고, 내쉰다. 등줄기로 땀이 흘러내려가는 것이

느껴진다. 누군가 진주의 몸을 종이 위에 그리는 것 같다. 펜이 윤곽을 따라가듯이, 땀방울이 진주의 몸 윤곽을 따라 흐르다가 마른다. 식은 자리에서 선들이 멈춘 것 같다. 눈을 감고 자신의 몸 윤곽을 결정하는 무수한 선을 떠올린다.

자동적으로,

윤곽을 안은 밤을 떠올렸다. 자신의 윤곽으로 영원의 윤곽을 느끼던 밤을 기억했다. 그때 두 사람에게는 거리가 없었다. 나무 마룻바닥에 누웠던 것처럼 몸을 일직선으로 민든다. 어둠 속에서

영원은 말한다.

"여름은 바람을 볼 수 있는 계절인 걸 알아?"

남자와 닿은 자리에 땀이 고인다.

"다른 계절과 달리 모든 나무에 나뭇잎이 있잖아. 무섭게 자라난 무성한 나뭇잎들. 여름에 길을 걷다 더워서 멈추고, 나무를 바라보면 바람이 부는 걸 볼 수 있어. 나뭇잎들이 흔들리는 자리를 보면 바람은 그냥 흐르는 게 아니라 사방에서 불고 있다는 것을 알 수 있어. 그걸 보고 있으면 그냥…… 나는 뭔가 생각하는 것을 멈추게 돼. 바람을 그냥 기다려. 무슨 말인지 알겠어?"

남자는 잠시 말을 멈춘다.

"너는 무슨 말인지 알지?"

남자는 말을 천천히 이어나갔다. 자신이 지금 왜 이 순간에 이 말을 하는지 모르겠지만, 언젠가 알게 된다는 듯이. 여자의

손을 꽉 잡으며 말을 이어나갔다.

　"그때 내가 바람 속에, 바람의 중심에 있다는 생각이 들어. 그래서 여름이 좋아."

　맞잡은 손으로 여자는 느낀다. 남자에서 여자에게로, 여자에서 남자에게로 흐르는 풍경을 안다. 풍경은 좌우가 아니라 사방에서 흐르고 있다. 두 사람은 나무의 이름을 나열하며, 풍경을 완성해나간다.

　키 작은 사철나무의 잎사귀가 반짝거리고, 플라타너스의 맨 꼭대기에 있는 넓은 잎사귀가 부채처럼 천천히 흔들리고 있다. 한 풍경 속에서 계속 밀려오는 파도처럼 움직이는 잎사귀들을 떠올린다. 잎사귀와 잎사귀 사이에 무수한 관계들이 있다고 느끼지만, 어떤 관계인지는 중요하지 않다. 바람의 움직임에 따라 몸이 움직인다. 숨을 내쉰다. 온몸의 힘을 푼다. 쓸려나가지 않으려고 애쓰지 않는다.

　　　　　　　　　　　　　　　　최추영

작가 노트

10년 전의 저였다면 절대로 소설로 쓰지 않았을 '검도'와 '여름'에 관해 써버렸습니다. 소설을 끝내고, 쉽게 '절대로'라는 말을 하지 않겠다고 결심했습니다. 마감 후 저에게 주는 작은 상으로 추천받은 〈애프터 썬〉이라는 영화를 보았습니다. '생각보다 그냥 그런 영화네'라며 노트북을 덮는 순간, 영화 속 여름휴가가 쏟아졌습니다. 끝나고 나서, 시작되는 영화였습니다.

결심을 잊고 또다시 쉽게 단언해버린 자신이 조금 싫어졌고, 삶은 왜 자꾸 나를 계속 뒤돌아보게 할까 싶어 마음이 울적해졌습니다. 그 순간에는 왜 알 수 없을까요. 어두운 방에 앉아 있다가 나와, 다정한 노란 조명이 있는 연희동 작업실 창가에서 짙은 녹색의 나무들을 바라봅니다. 사랑하는 이와 멋진 여름휴가를 보내려고 노력하는 사람처럼 애쓰는 마음으로 소설을 썼습니다. 지나간 장면은 돌아오지 않지만 기억해줄 당신이 곁에 있을 거라는 믿음의 자세로. 이 소설과 함께 여름을 잘 떠나보내셨으면 좋겠습니다. 저는 이만 제가 쉽게 단언해버린 것들을 수습하기 위해 여름과 먼저 작별하겠습니다. 그럼, 안녕히!

사이를 지나가기, 너머에 존재하기

민가경

2023년 동아일보 신춘문예로 평론을 발표하기 시작했다.

이 글의 도입이 너무 본격적으로 느껴질 수 있겠지만, 나는 지금 이 글을 읽고 있을 당신의 '몸'을 상상하고 있다. 앉을 것과 기댈 것에 의지하고 있을 몸. 허리를 곧추세웠거나, 등을 구부리고 있을 몸. 더러 침대 머리맡에 목을 괸 채 비스듬히 누웠을 몸. 행간을 바삐 더듬고 있을 눈동자. 책장을 넘기는 손목과 손가락 근육. 그리고 이 순간에도 호흡과 심박을 주무르고 있을 장기의 박동. 고요한 사유. 그 안에 숨어 있을 이 책을 택한 동기, 그 미지의 마음. 이 모든 '읽기'의 전형을 띠고 있을 몸을.

　그러나 어쩌면 매우 높은 확률로 당신의 몸은 나의 상상 너머의 몸'들'일 것이다. 더할 나위 없이 애매한 이 문장은 고백건대 일곱 편의 소설을 선행한 나의 결론이자 '흐름의 이행'이다. 이 이야기들을 만난 뒤, 나는 더 이상 내가 알고 상상하는 몸을 전부라고 말할 수 없게 되었으므로. 정형화될 수 없는 '사이'의 몸과 '너머'의 존재들을 떠올리지 않을 수 없게 되었으므로. 그러니 어쩌면 당신은……

　어제는 뛰었고 오늘은 절뚝이며 내일은 날아갈 몸. 한껏 구부러짐을 자랑하는 몸. 비늘과 이파리를 송송 틔워내는 몸. 이리저리 홰치며 새벽을 알리는 몸. 마룻바닥 장판의 얼룩으로 배어든 몸. 파도의 변형, 때로는 나무뿌리의 변종. 빛살처럼 사방으로 방사되는 몸…… 그 무수한 몸'들'을 상상하며 타자를 칠 때 활자의 몸들이 손가락 틈새를 유유히 빠져나간다. 그것들이 이룬 문장의 연쇄는 한 권의 소설집

형태로 새로운 몸을 띠게 되었고, 지면의 촉감을 따라
이야기의 몸을 더듬고 있는 당신이 나의 '너머'에 있다.
그러니 이 소설집은 당신에게서 나서 당신에게로 왔다고 해도
과언이 아니다.

　오늘날 다양한 담론의 부상에 힘입은 '몸'의 논의는 로고스
중심주의에 의해 괄시받던 신체의 긍정을 이끌어냈다.
그 덕에 몸은 문화, 노동, 기술, 윤리, 규율, 권력, 의료 등
다양한 관계에 의해 현상되었지만, 그 기표가 본디 지닌
무한한 팽창성은 언제부턴가 희미해지고 '정의를 기다리는
몸'으로 재차 정의되며 의미화 체계 안에 갇혀버렸다. 실체화
작업에서 더 뻗어나가지 못하고 노곤해진 '몸'은 때때로 텅 빈
기표로서의 자신을 되찾길 희망한다.

　그리고 바로 그 지점에서 일곱 편의 소설이 몸의 부름에
응한다. 아니, 어쩌면 이 소설들은 우리를 꽤 오래전부터
기다려왔을지 모르겠다. 천편일률적인 질서 위를
미끄러져보는 이 일곱 편의 '기관 없는 몸'들은 잃어버린
'사이'의 몸, '너머'의 존재를 복원하고 재현하려는 활자의
분투이기도 하다. 이들은 때로 세계를 거침없이 질주하는
소녀의 몸으로 변해 '인간'과 '비인간'의 분리를 냉소하고,
'정신'과 '육체'의 우위 구분을 거부하며, 그 모든 '중심'과
'주변'의 담쌓기 작업을 해체한다. 이 맹랑한 작업들은
소설가의 육신을 훌쩍 뛰어넘어본 존재들이 몸소 경험한
'횡단의 증언'과 진배없으니, 이 몸'들'을 인도받은 독자들도
덩달아 거침없지 않을 이유가 없다.

2.   비체의 계보학, 시선의 수사학, 폭로하는 몸

고대의 피그말리온이 갈라테이아를 만들어냈다면 오늘날의 기술적 상상은 최신형 섹스 로봇 '리아'를 만들어냈다. 아밀의 「어느 부치의 섹스 로봇 사용기」는 "이마 위로 흩어진 머리카락, 미세한 주름과 솜털까지 재현된 피부, 그 위로 도드라진 뼈마디 하나하나까지" 인간의 외관과 다름없는 섹스 로봇 '리아'를 등장시킨다. 지나치게 즉각적이고 허황된 리액션을 선보이는 다른 로봇들과 달리, '리아'는 적당한 수준의 난이도와 점진직인 흥분 단계를 거친다는 강점을 지녀 '성교육'이라는 부차적 기능까지 창출해낼 정도이다. 그러나 "이것이 진짜 여자: 가장 리얼한 여성형 섹스 로봇"이라는 광고 카피를 조금만 들여다보면, '리아'의 몸 위에 덧입혀진 기획이 어떤 '성의 수사학'을 폭로하고 있음을 발견하게 된다.

이는 소설 속 '리아'의 현실성이 부각되는 대목에 반작용처럼 뒤따르는 비현실성을 주목해보면 된다. 이를테면 '섹스하자'는 이용자의 주문에 무조건 '좋다'고 대답하게 되어 있다거나, 섹스 중 "나가버릴 정신이 있고 녹아버릴 감각이 있고 죽고 싶은 감정조차 있을 것"처럼 뛰어난 표현 능력을 가졌다는 점이다. 이는 언제든 섹스를 거부할 수 있고, "너무 많은 걸 표현하면 자존심이 상한다는 듯이 뻣뻣하게 굴던 첫사랑"이 표상하는 '인간-여성'과의 차별화를 위해 제조사가 고안한 설계로 읽힌다. 그 노골적 전략은 여성 신체를 완벽에 가까우리만치 재현하고, 일부 행동 양식을 '선별적으로' 모방하고 기입해 현실성을 위장 중인 반면, 섹스 명령에 언제든 복종하도록 하는 비현실적 설정을 포기하지 않는다. 한마디로 '리아'는 현실과 비현실, 진짜와 가짜 이분법의 경계선 위에 아슬아슬하게 서 있는 존재인 셈이다.

특히 남성 이용자들의 '리아' 체험 후기 속 문구―"이게 바로 여자지, 내가 지금 여자를 정복했구나"―를 눈여겨보면, '리아'의 몸에 '진짜'라는 용어를 강박적으로 반복하는 자본-남성의 진짜/가짜 이분법이 무엇을 토대로 하는지 알 수 있다. 여성 신체 이미지가 결합된 '리아'라는 인공물 위에 그들이 잠복해놓은 '성의 사유화' 그리고 '여성-사물화' 작업에 주목해보라. 정념의 교류가 필요한 몸의 수평적 결합에 '정복'이라는 단어가 등장한 순간, 두 몸의 관계는 지배층-피지배층이라는 수직적 관계로 전환된다. 같은 맥락에서 되풀이되는 "어른 남자의 즐거움이란 이런 거"라는 진술은 상대의 조작된 순응을 통해서만 획득되는 만족감이 얼마나 허상에 불과한지를 보여준다.

더 나아가 일부 남성 이용자에 대한 '리아'의 증언―파손 시 수리비가 청구되는 것을 알고 있으면서도 빈번히 로봇들을 "때리고, 던지고, 걷어차고, 얼굴에 사정하"는 것은 물론 더 심한 짓도 일삼는 것―은 인공물 위에 여성의 신체 이미지가 통합되는 순간 그것을 방출소나 삽입구멍으로 환원시켜버리는 남성들의 폭압적 성행위를 연상시키며, 더 나아가 그들의 성 착취, 성 구매 행위에 대한 고발로까지 확장된다. 이는 (자기 손을 포함해) 스스로를 충족시킬 도구 없이는 결코 자기 성애에 이르지 못할 자들이 자신의

민가경

필연적인 의존성을 감추고자 사용하는 기제이며, 타자의 신체를 도구화해 얻은 '전능성'으로 '불능성'을 상쇄해보려는 교묘한 수법[1]이다. 그러나 이미 '전능성' 그 자체이자 자기 충족적 공간인 '리아'의 몸은 그들의 오산을 쌀쌀히 냉소할 뿐이다.

　여기서 '영민'은 자신이 그들에 비해 안전하고 상냥할지언정, 도망칠 수 없는 '리아'의 몸을 이용하고 있다는 점에서 크게 다르지 않다고 생각하지만, '리아'의 몸이 '영민'의 몸과 결합되어 일어나는 일은 엄연히 다르다는 점을 주목해보자. '리아'를 만나면서도 반복되는 연애의 실패를 통해 '영민'이 당도한 결론은 결국 상대가 하는 말을 잘 듣고, 그 행간에 숨은 마음을 존중하는 법부터 배워야겠다는 자각이었으니 말이다. 그 노력의 일환으로, '영민'은 섹스 기능만 지원하던 '기본 모델'에서 교감 기능까지 지원하는 '생활형 모델'로 '리아'를 업그레이드한다. 이는 과거 '영민'이 관계의 갈등을 직면했을 때 '리아'라는 새로운 대상으로 갈아타 일방적-나르시스적 관계를 이어갔던 모습에서 벗어나, 깊은 소통으로 나아가려는 자세로 읽힌다. 어떤 신체적 사건을 육체 단위로 인지하는 것을 넘어서, 그것에 내포된 영적 단위를 헤아려보는 '사이'의 존재 양식이 '영민'의 제의적 행동을 통해 드러난 격이다.

　특히 작중 '진짜/가짜'와 동궤를 도는 '쓸모 있음/쓸모없음'의 이분법이 드러나는 방식도 살펴볼 필요가 있다. 쓸모의 도식에 따르면, '리아'는 자신의 쓸모를 증명하지

1　몸문화연구소, 『몸의 철학』, 필로소픽, 2021년, 199쪽.

못하는 순간 섹스 연습 도구 정도로만 머무르다 머지않아 반납될 것이다. 그러나 기어코 '리아'의 대여를 종료하고 평생 구매로 전환한 '영민'의 선택은 "남성들의 여성 교환 경제에 의해 측정되는 여성들 간의 등가성"[2]을 거부하고, '기계'로서의 효용을 강제하는 대상화 작업에서 벗어나, '리아'의 실존과 개별성을 되찾아주려는 시도가 된다.

아밀의 소설은 이렇듯 로봇을 개방적 존재로 발전시키고, 더 나아가 이성애적 틀로부터 레즈비언 개념을 구출해내는 전술을 유감없이 발휘한다. 이 전술은 현재 '레즈비언'에 통용되는 부치/펨의 이분법적 도식마저 거부하며, '남자가 되고 싶어 하는' 레즈비언(=부치) 개념을 '그냥 여자를 좋아하는 여자'로 바꿔놓는다[3]. '리아'가 '영민'을 향해 "너는 여자를 좋아하는 여자"라고 표현했던 대목을 기억해보면, '영민'은 대문자 Man이 되려는 욕망에서 길어내어진 존재가 아니라 모든 통념과 수사를 뛰어넘어 그저 여성을—여성의 몸을, 그것과 지향적으로 연결되는 즐거움을—좋아하는 구체적 몸이 되어 있음을 보게 될 것이다.

우리가 아밀의 소설을 통해 보는 것이 '인간-기계가 서로의 몸을 구체화하는 로맨스'라면, 김병운의 소설을 통해 '몸의 구체성이 박탈되며 종결된 로맨스'를 보게 될 것이다. 먼저 「오프닝 나이트」에서는 처음부터 끝까지 '나', '너' 그리고 '우리'라는 인칭 대명사가 반복 호명되고 있다는 점에 유의해보자. 여기에서 주인공 '나'는 섹스/젠더의 장 위에서 오직 '게이'라는 정체성과 그것에 결합 가능한 편견들에 의해

---

2   몸문화연구소, 위의 책, 210~211쪽.

3   전혜은, 『섹스화된 몸』, 새물결, 2010년, 355쪽.

정의된 존재이다. 물론 그것을 뛰어넘기 위해 수많은 '나'와 '너'가 오랜 시간 인정 투쟁을 벌여왔고, '우리'라는 이름을 힘겹게 얻어냈지만, 야만적인 현실은 여전히 '우리'의 온전한 자리를 확보해주지 못할 뿐 아니라, '우리'의 위계 안에서 작동하기 시작한 또 다른 권력 체제는 '우리'에 속한 나'들'의 개별성을 한 번 더 박탈한다.

이 서늘한 진실을 조금 더 구체화해보자. 작중 '나'의 연인이자, HIV 감염인과의 로맨스 소설을 연이어 발표한 소설가 '너'(윤범)는 성소수자 인권포럼에서 작품 내용이 작가의 실제 경험담인지를 질문해오는 PL[4] 독자에게 '노코멘트 하겠다'는 답변으로 해석의 여지를 열어둔다. 그러나 정작 '너'가 소설에서 PL로 그린 몸은 '너'가 아니라 주인공의 연인인 '나'의 몸이었으므로, 독자를 향한 '너'의 대답이 열어둔 공간 역시 '나'의 몸이 되고, 그 순간 '나'는 실재를 박탈당하고 맘껏 오인된다.

이 상황은 어디서 기인했는가. 그것은 '너'의 소설이 실재처럼 보이기를 목표로 한다는 사실을 알지 못하는 독자의 무지에서 비롯한 것이 아니다. 그것은 일종의 덫에서 왔다. 그 함정은 "부정된 존재들을 어떻게든 소설로 긍정해보려는 너"가 '우리'로 호명되는 이들과 결속하기 위해 소수자성에 천착하며 발생한 것으로, '우리'의 '진정성'을 확보한다는 명분으로 단 한 명('나')의 몸을 제물 삼는 전략을 따른다. '너'는 PL 독자에게 노코멘트를 함으로써 '당사자성'에 대한 반박을 교묘히 피하고 '진정성'이라는 타이틀을 사수한 대신,

---

4   People Living with HIV/AIDS

'나'의 몸이 지닌 구체적 진실(=PL이 아님)을 지워버린다. 한마디로 그것은 '너'가 '놓인' 덫이자, 동시에 '너'가 '놓은' 덫인 셈이다.

이런 '너'의 모습은 앱에서 만나 하룻밤을 보낸 남자들을 화폭에 담아내는 '대오'의 모습과 유사하다. 자신도 알지 못하는 사이 "진지하고 고상한 구경거리"로 전락해버린 그림 속 남자들을 안쓰러워하는 속마음과 달리, '나'는 '대오'를 효과적으로 안심시키기 위해 그의 작품과 다른 작품들을 비교한다. 그 (꾸며진) 감상인즉슨, '개별적 육체'와 '섹스'에만 초점을 둔 다른 작품들은 ('대오'의 그림에서 느껴지는) '불편', '긴장', '위험'과 같은 자극적인 정서가 읽히지 않으며, 크게 흥미를 유발하지 않는다는 것이다.

그러나 이런 '나'의 억지 감상이 '대오'를 충분히 안심시켰다는 대목은, 작품을 통해 '진정성'과 '게이 정체성'을 추구한다던 '너'와 '대오'라는 예술가의 어떤 이면을 폭로하며, 그들을 아이러니의 정점으로 몰아넣는다. 그들의 작품적 성취를 '자극적 정서'나 '흥미' 유발로 읽어내는 감상에 오히려 '대오'가 안도 섞인 웃음을 흘렸다는 사실은, 그들의 무의식 속 진짜 목표의 정체가 무엇인지를 의심하게 만든다. 특히 그 과정에서 소재로 전락하여 공적 공간에 강제로 개방된 '나'와 '그림 속 남자들'의 육체는 구체성을 소거당한 채 '우리' 내부에서의 소외를 경험한다.

특히 게이라는 상징계를 향한 외부의 시선은 계속해서 자극적인 벡터들—이를테면 HIV/AIDS 감염 여부 등—을

민가경

결합하려 하고, 이에 대항하기 위해 '우리'는 상징계의
논리를 강화하고 내부 결속을 다지는 방식으로 전시 체제에
돌입한다. 그리고 그 과정에서 '우리' 안에 크고 작은 갈등이
발발할 때, 담론 생성의 위치에 있는 누군가는 그렇지 못한
누군가를 비교적 쉽게 할명하고 낙인찍으며 권력을 행사한다.
마치 '너'가 불편한 마음을 토로하는 '나'에게 "지금 이러는
거…… 혐오인 거는 알지?"라는 자책 섞인 비난을 읊조린
것처럼 말이다. 이는 작가가 포착한 또 다른 이름의 폭력이며,
이 정치한 작업을 보기 위해서는 한 개별자의 몸에 '시선'이
어떻게 날인되는지를 구체적으로 톺아볼 필요가 있다.

　소설 속 '나'를 향한 시선은 크게 세 가지로 분류되는데,
하나는 '나'의 몸을 정치성의 공간으로 재현하기 위해 의도적
딥 포커싱과 공백화 작업을 반복하는 '너'의 시선이다.
사방으로 확장 가능한 '나'의 몸에서 소설의 모티프를
포착하려는 '너'의 시선은 전시장을 가득 채운 카메라
플래시처럼 수시로 번뜩인다. 두 번째 시선은 '호수'가
표상하는 눈동자인데, 이 눈동자는 '나'의 개별자적 정체성을
오로지 '너'에 준거하고 있으며, '나'의 신체 공간을 '너'의
소설을 구현하기 위한 도화지로 특정한다. '호수'는 그 위에
자기만의 일회성 오해를 맘껏 덧칠하고, 얄팍한 호기심이
해결된 이후엔 가차 없이 구겨버린다. 이처럼 "내 삶으로 불쑥
들어와 무언가를 들추어내려는 것만 같은" 횡포의 시선들은
이미 가려진 '나'의 몸을 더 후미진 곳으로, 아니, 어쩌면,
아예 보이지 않는 곳으로 몰아낸다. 시선의 수사학에서

누락된 윤리의 질문은 '너'에게서 '나'에게로 돌아온다. 그렇다면 '나'는 어디로 가야 할까.

 이에 대해서는 세 번째 시선에 기대를 걸어보자. 세 번째 시선은 전시장 위층에서 나를 계속 주시하던 사람의 것으로, 위 두 시선에 얽힌 '나'의 사슬을 끊어줄 모종의 희망처럼 여겨진다. 끝끝내 이름도 밝혀지지 않는 '셔츠 입은 남자'가 '나'에게 궁금한 것은 단 하나, (맨 처음 봤을 때부터 궁금했다는) 바로 그의 바텀 여부이며, 그에게 오랜 애인이 있다는 사실은 그들의 결합을 "그 누구도 알 수 없는 비밀"로 전환할 것이라는 기대를 주며 '나'에게 역설적인 흥미를 제공한다.

 우리의 몸은 "모든 가능적 존재의 기투가 체험되고 개통되는 자아"[5]로, 개별자의 행위에 앞서 모든 대상화의 시선이 열리는 초월적 공간이라는 사실에 변함은 없다. 그러나 그것이 '나' 자신의 경험의 장 안에서 허용되기도 전, '너'가 '나'를 강제로 발가벗겨 시선의 장 위에 포박해둘 때, '나'의 몸은 세계와 능동적으로 얽힐 가능성을 잃게 된다. 다시 말해 '너'에게 '나'의 몸은 욕망과 사랑을 나누어야 할 구체적인 장소가 아닌 '우리'의 일원이라는 관념적 공간에 불과했고, 그리하여 모든 '단정'과 '참여', '부정'과 '긍정', '의심'과 '확신'의 시선들을 감내하도록 지정된 몸이었던 셈이다. 그러나 적어도 어떤 관계에서만큼은 "자랑도 인정도 투쟁도 필요 없"이, 속수무책으로 욕망되는 '너'와 '나'의 몸이 선결돼야 할 것이다.

---

5   류의근, 『메를로-퐁티의 지각현상학 읽기』, 세창 미디어, 2016년, 160~171쪽.

민가경

이 이야기에 이어, 또 다른 '비체abject'의 세계가 「핀홀 pinhole」에서 심화된다. 이야기는 양말을 아무렇게나 벗어 돌돌 뭉쳐놓는 버릇을 지닌 남자친구 '승원'을 향한 '보라'의 존재론적 물음에서 시작된다. 한 개인의 고질적인 습성은 교정의 대상인지, 아니면 단념의 대상인지에 대한 '보라'의 질문—"바꿀 수 없다면 버리기라도 하는 것이 관계를 위한 대안일까"—은 서서히 등장한 어느 '몸'과 함께 이야기의 핵심을 점해가며, 소설을 달콤 쌉쌀한 로맨스에서 서스펜스 스릴러로 전환시킨다. 사실 이 물음은 '바꿀 수 없는' 몸으로 간주되어 평생 중증장애인 시설에 갇혀 살았던, 그리하여 종국에는 '버려진' '정원'의 존재를 암시하고 있기 때문이다.

'보라'가 '승원'의 집에 처음 인사를 갔을 때 느낀 생경함, 단란함, 그리고 소속감에의 충동은, 과연 그들을 얼마나 안다고 생각하느냐는 '경진'의 질문을 만나며 굴절된다. 바느질 그림 속 테두리로만 존재하는 빈자리를 볼 때 '보라'의 마음이 자꾸만 산란해지는 까닭은 분명하다. 그 빈자리를 채울 마지막 형상이 자신이고 싶었던 열망의 크기와, 진실을 알게 된 이후 직면한 배반감의 크기가 정비례했기 때문이다. 그 진실이란, 공백으로 보이던 자리가 사실 오래전 '정원'이라는 존재가 점유했던 자리였으며, 그의 형상이 가족들의 손에 의해 강제로 표백된 탓에 공백처럼 보였을 뿐이라는 사실이다. '보라'는 그 흔적을 흐릿하게나마 보게 된 이상, 결코 이전의 자신으로 돌아갈 수 없다.

소설에 반복해 등장하는 집쥐 모양의 회갈색 양말 뭉치는 스스로를 주체라 믿는 누군가에 의해 철저히 배격된 비체들의 삶에 관한 알레고리다. 그 비체라 함은 장애를 가졌다는 이유만으로 누군가와 함께 살 수 없다고 여겨진 삶, 빛을 박탈당한 생애, 가만히 웅크린 채 죽음을 기다리도록 설정된 몸, 문제로 더 확대되지 못하고 서둘러 무마된 죽음. 한마디로 또 다른 '정원들'이다. 주체/비체의 이분법에서 비체로 분류된 존재들은 가장 손쉬운 방법―비가시화, 배제, 격리, 삭제―을 통해 현실을 박탈당한다. "모든 것이 너무나도 깔끔하고 정연하게 통제된" 집과 가족사진 속 "말간 여섯 개의 눈"은 한 존재를 향해 "아무도 아니야" 식의 무효화 작업을 성실히 수행한다. 그것은 몸으로 불리기에 합당한 몸과 그렇지 않은 몸, 중요한 것으로 다뤄질 몸과 그렇지 않은 몸을 구분하는 계량화 작업이기도 하다. 앞선 김병운의 소설이 한 육체의 개별성을 지우는 정치한 폭력을 소묘하고 있다면, 안윤의 소설은 육체의 실존 자체가 부정되는 실체적 폭력을 이야기하고 있는 격이다.

그러나 안윤이 나아가는 목적지는 주체들이 인위적인 힘으로 세운 모래성은 결국 언젠가 무너지기 마련이라는 결론이다. '승원'에게서 "오롯한 사랑을 받으며 자란 사람이 가진 단단함과 안정감"이 느껴진다는 것은, 그들의 안정이 비체적 타자를 축출함으로써 얻은 허상에 불과하다는 역설을 드러낸다. 생각해본다. 배제하는 방식으로만 펼쳐 보일 수 있는 온전함의 세계란 얼마나 불온전한가. 담을 쌓는 방식으로만 획득되는 단단함은 얼마나 허물어지기 쉬운가.

민가경

내 안의 비체를 부인하고 내칠수록 그 과정에 더 환원되고야 마는, 이 완결 없는 작업은 또 얼마나 예속적인가. "이 모든 것이 잘못되었다는 생각을 떨칠 수" 없는 '보라'는 그들의 자가 처방이 플라세보에 불과함을 안다.

이러한 멸균이 남긴 이질적 감각 아래 '보라'는 어디선가 자꾸 사사사, 사사사, 망령들이 움직이는 소리를 듣는다. 잊힌 존재들을 상기시키는 소리 뒤로, 원래 집쥐처럼 '보이던' 양말 뭉치는 어느새, 그냥, 집쥐가 '되었다'. 여기서 '되었다'는 '보라'의 진술은 '경진'을 통해 자신에게 흘러들어온 '정원'의 문장들이 그녀의 유년과 맞물린 깊은 내면에 침투하여 하나의 형태로 자리 잡았음을 암시한다. 죽고 싶은 순간이 찾아올 때마다 "나 아 직 안 죽 어"를 되뇌던 '정원'이 투쟁의 마음으로 써내려간 시는 평면의 활자로 지면에 접착되지 않고, 다만 그의 또 다른 몸이 되어 유동한다. 비록 그 작업은 외롭고 더디며 고됐지만, 그가 완성한 '한 편의 시'는 결국 '하나의 몸'을 현현해내는 데 성공한다.

이 생은 / 모든 우주에 흩어진 내 생들이 / 비껴간 / 불운한 원자의 총합 / 이 몸은 / 쉴 새 없이 떨리며 / 고정되기를 거부한다 / …(하략)…

그리고 시 안에서 '정원'은 '거부된' 자신의 몸을 한 번 더 훌쩍 뛰어넘어, 고정되기를 스스로 '거부한' 몸으로 승화되며, 온 우주에 흩어진 시의 질료들을 통합하는 신체가 된다.

삶과 빛을 향한 그의 문장들은 한 사람의 형상을 구성하는
조각들이 되며, '보라'는 "떠나간 후에야 보라 앞에 선명하게
나타난 사람"을 복원하기 위해 또 다른 진실과의 대면을
시작한다. '정원'의 죽음 이후 재차 분산돼버린 파편들을
다시 '단 하나'의 형상으로 잇대기 위해서는 "적어도 두 개의
바늘구멍이 필요"하며, 이는 '정원'의 존재를 직접 증언할
수 있는 '승원'과 비밀 하나씩을 동등하게 나눠 가지는
진실게임을 통해서만 완수될 것이기 때문이다.

3.   흐물흐물, 너덜너덜의 코나투스

앞선 세 편의 소설을 통해 이분법과 시선의 족쇄에 갇힌
'몸'이 자신에게 날인된 폭력을 폭로하는 공간 '그 자체'가
되는 것을 지켜보았다면, 최추영과 서이제의 소설에서는
인간의 몸이 어떻게 '정의되는지'가 아닌, 어떻게
'경험되는지'를 살펴본다. 특히 그들이 몸을 소묘하는 방식—
경계선을 잃고 타자의 외연에 통합되는 몸, 흐물흐물해지다
못해 실체가 없어진 몸—을 보고 있으면, 몸의 무한한
확장 가능성을 믿는 자 특유의 활기가 묻어나는데, 이들이
그린 몸이 어떻게 타 존재와 관계 맺기를 실천하며 자유를
획득하는지, 그리하여 한 존재의 코나투스를 어떻게
이어가는지를 보게 될 것이다.

　우리는 먼저 「무심과 영원」을 통해 정신과 신체의 이분법
도식을 무효화하고 그저 '경험'되는 신체를 보게 된다.

최추영의 소설에서는 피부라는 몸의 경계선을 기준으로 그 내/외부를 구분하는 일이 무의미해진다. 왜냐면 그녀가 그리는 몸은 그 안팎이 지금도 함께 무언가를 도야해나가는 중인 까닭이다. 이를 확인하기 위해 우리는 검도장의 나무 마룻바닥 위에 자신의 몸을 일직선으로 접착하고 있는 주인공 '진주'를 만나야 한다.

거기서 '진주'가 하고 있는 것은 "바닥에 붙은 몸을 뜯어내며 자신을 사물처럼 여"기는 탈부착 놀이로, 이 과정에서 그녀는 스스로를 '인형'이나 '껌' 같은 사물로 여긴다. 이 놀이는 호구라는 껍데기를 착용하고 벗으며 형상을 나타내고 지우거나, 숨을 들이마시고 기합을 토해내며 신체를 비우고 채우는 일련의 의식과도 닮아 있다. 이러한 '진주'의 놀이'들'을 더 설명하기 위해서는 '영원'의 존재에 대해 말하지 않을 수 없다. 홀연히 사라져버린 '영원'은 이제 더 이상 '진주'에게 그 '놀이'—살을 맞대고 떼어내는 접촉 놀이—를 할 수 있는 대상이 아니게 되었으므로.

'진주'는 "마음의 근육을 영원의 손목을 통해 늘"여 왔다고 진술한다. '진주'가 정신적으로 곤란한 일을 헤쳐워야 했을 때 어김없이 찾았던 것은 다름 아닌 '영원'의 신체 일부(손목)를 더듬는 일이었기 때문이다. 그러나 '영원'이 사라지고 더 맞대어볼 손목이 없게 된 '진주'는 다른 경계와 끊임없이 접촉하며 마음의 근력 배양하기를 멈추지 않는다. 그러니 '진주'의 행위 몰입은 육신의 근육을 고단하게 만듦으로써 정신의 근육도 덩달아 고단케 하려는 유도 전략이자,

괴로움이라는 정념으로부터의 해방을 바라는 마음의
노역이다.

이는 "모든 운동의 기본은 기세"라는 관장의 발화처럼
신체(물질)와 기세(정신)가 상호 연동되기 때문이며, 몸과
정신의 분리를 요구하는 외부의 목소리는 자꾸만 무효해진다.
'진주'가 기합을 질러 정신과 의식을 토해내려 해도 그것들이
끊임없이 다시 몸으로 돌아오는 것은, 정신이나 마음이
"떼어낼 수 없는 몸"에 진배없음을 암시한다. 이렇듯 서로의
매개물로 존재하는 '진주'의 신체(육신)와 의식(정신)은
데카르트가 주장했던 정신의 우위성—'사유한다, 그러므로
존재한다'는 코기토의 완성—과 그것들의 분리 도식을
거부하고 있다. 우리도 틀림없이 '진주'와 동일한 경험을
해보았거나, 하고 있을 것이며, 하게 될 것이다. 육체의
고됨은 고통에 사로잡힌 정념의 특효약이다. 그리고 약의
효험은 그 정념이 슬픔에 가까울 때 가장 빛을 발한다.

그렇다면 '영원'이 남긴 책 『중력과 은총』이 1년째 진주의
가방 속에 있었음에도 불구하고 그녀의 소유로 확정될
수 없는 까닭에 대해서도 말할 수 있게 된다. 진주가 책을
소지했을지언정 그 책에서 떠나간 '영원'의 심오한 마음을 볼
때, 그것은 진주의 소유물이 아니게 된다. 이는 '몸-정신'이
그리는 불가분의 관계를 닮아 있다. 그 책의 '사물성'과
'내포성'은 둘 중 하나 취사선택될 수 있는 것이 아니므로, 그
주인 역시 단 한 명으로 확정될 수 없다.

이와 유사한 장치로 검도장의 공용 호구가 있다. 공용

호구는 영원히 원래 주인의 소유이며, 동시에 그것을 번갈아 착용한 모든 이들의 소유이다. 이때 모두에게 공평한 지분으로 열려 있는 호구를 착용하며 '진주'가 느끼는 불편감—"남의 집에 몰래 들어가 사는 도둑 세입자"나 "초대받지 않은 손님"이 된 기분—은 오히려 우리가 한 실존을 대할 때 갖춰야 할 윤리처럼 보인다. 설사 어떤 대상과의 내/외적 친밀감을 자랑할 수 있어도, 그것에 대한 우리의 이해 지평을 전부로 여기거나 그것의 소유를 서둘러 확정짓지 않으려는 자세가 필요한 것이다. 한마디로 최추영이 그리는 '보이는 것-보는 것'의 관계는 윤리의 물음 위에 세워둔 채 계속해서 조율해야 하는 것이다.

다시 이야기의 가장 겉 겹으로 돌아와본다. "몸을 떠난 것이 유령일까 떠나온 몸이 유령일까" 묻는 '진주' 주위로 침묵이 흐른다. 그러나 그녀는 그 질문에 그리 오래 머무르지 않을 것이다. 그것은 응답이 없어도 이어지는 대화의 세계를 그녀가 이미 경험했기 때문이며, 오래전 '영원'과 함께했던 아름다운 순간들이 그 해답을 선험적으로 제공하고 있기 때문일 것이다. 진주는 이미 자신에게 주어져 있는 정답들을 헤아려보기 시작한다. 그리고 그 정답은 한때 '영원'이 스치듯 말했던 '나뭇잎과 바람의 변증법'을 따르고 있을 것이다.

'영원'의 말에 의하면, 무형의 바람(유령)은 나뭇잎의 윤곽(몸)에 기대어 '흔들리는 잎사귀'의 형체를 만들고 사방에서 부는 자신을 드러낸다. 이와 마찬가지로 우리의 살점, 뼈, 관절, 섬유, 근육, 목소리, 정신, 의식, 마음 그 모든 유무형의 것들은 "몸 윤곽을 결정하는 무수한 선"이 되어, 그것이 지향하는 흐름을 만들고, 하나의 역동하는 몸짓을 만들어낸다. 마치 한 호구를 이루는 호면, 호완, 갑, 갑상이 그러하듯, 몸의 구성 부분 중 단 "하나라도 떨어지면 다시 정리해야" 하지만, 그렇다고 각 부분의 역학과 선후관계를 꼼꼼히 따져 물을 필요는 없다. 그 무수한 선의 본질은 결국 다른 선과 만나 포개어지며 새로운 생성을 이루는 데 있기 때문이다.

우리는 당장 '진주'와 '영원'을 통해 하나의 윤곽이 다른 윤곽을 껴안을 때 접경에서 일어나는 선들의 생성을 본다. 그 안으로 무언가가 흘러들어오고, 그 안에 채워져 있던 무언가가 흘러나간다. 거기서 그들이 할 것이라곤 쓸려가는 것, 버티지 않는 것, 다만 바람에 흔들리는 잎사귀와 몸을 떠나가는 유령처럼 힘을 풀고 오롯이 서로를 감각하는 일이다. '영원'과 '진주'의 시차 있는 풍경 사이로 정답도 없고 오로지 '믿음'만 있는 세계가 지나간다. 그곳에서는 "한 사람이 한 사람의 모든 것을 알 필요"가 없고, "대답과 대답 사이에서 서로의 침묵을 느끼는 일만으로 충분"하다.

이렇게 몸의 구성단위를 가로지르는 자유를 경험 중인 최추영의 소설이 있다면, 상징적 질서를 가로질러 몸의 자유를 실천 중인 서이제의 소설이 있다. 이를 위해 「초단위의 동물」은 먼저 시간의 상대성에 천착하며 그 안에 인간이 처한 위치를 그린다. "초고속 성장과 프라이드치킨의 나라" 대한민국은 "모든 게 빠른데 제때를 맞추지 못하"는 시간의

역설을 가진 반면, 스위스의 시계는 그 초침을 잠깐 휴지해도
결국 제때를 기막히게 맞추는 오묘한 정시성을 가진다.
아이의 시간은 언제 어른이 되냐는 질문을 반복할 만큼
무료한 것이지만, 어른의 시간은 확인할 때마다 소름끼치게
빠른 것이며 어느 시점부턴 나이를 세는 것조차 포기하게
되는 것이다. 이렇듯 반드시 일률적으로 흐른다고만 정의될
수 없는 시간은 언제부터 세상에서 가장 정확하고 객관적인
질서로 관념화되었을까. 아니, 질문을 달리해본다. 언제부터
인간은 그 지배에 스스로 종속된 것일까.

그것은 기술의 발전에 대한 인간의 기대가 배반된 시점
아니었을까. 기술의 발전은 노동시간을 감소시킬 것이라는
기대와 정반대 방향을 향했고, 일의 총량을 줄이는 노력과
병행되지 못해 오히려 인간의 한계를 더 잦은 속도로
시험하게 되었다. 스러져간 노동자들의 공백을 대체하는 것은
결국 살아남은 기존 노동자들의 몫이 되었고, 그 과정에서
일을 제때 끝낼 수 없을 만큼 지친 인간은 자기 자신을 무능한
존재로 진술하게 된다. 시간은 '표준'의 감투를 쓴 채찍이
되어 인간의 유/무능을 판단하는 방식으로 자신의 봉건
체제를 강화해온 셈이다.

게다가 두 번의 전쟁을 겪으면서도 끄떡없던 빅벤이
6초씩 빨리 움직이게 된 시점과 세계 금융 위기의 시발점이
된 2000년대가 일치한다는 사실은, "늦지 않은 사람도
늦게 만들어버릴 수 있"는 '자본'의 벡터까지 시간 질서에
결합되며 시간-인간의 주종 관계가 더욱 공고해졌음을

가시화한다. "실재하지 않는 시간이 모든 것과 우리 자신에 비실재성의 장막을 씌운"[6] 것이라는 시몬 베유의 진단은 이쯤에서 결코 과장된 진단이 아니게 되며, 시간이라는 관념의 족쇄를 스스로 찬 것 역시 인간이라는 뼈아픈 진실이 드러난다.

그러던 '나'가 여느 때와 다름없이 출근하기 위해 탄 택시는 일생 경험해보지 못한 외딴곳으로 향한다. 그 외딴곳에서 인간들은 '동물'로 생성되고, 동물들은 시간 질서 바깥을 살아간다. 매일 반복하던 출근길이 어느 날 예고도 없이 '나'의 '동물-되기'를 반강제적으로 실천시킨 셈이다. 그러나 이 여정이 결과적으로 유의미했던 것은, 임계점을 경험한 인간이 동물의 상징체계 안으로 들어가보는 단순한 모방 차원에서 그친 게 아니라, 인간의 잠재된 본성이 생성되는 근본적인 진화 과정을 경험한 뒤 '생명체'라는 원점으로 회귀하는 여정이 되었기 때문이다.

그곳에서 가장 먼저 일어나는 일은 00시 00분에서 시간이 더 이상 흐르지 않는 것이다. 서이제가 질서를 비틀어 고정해버린 그 세계는 정지나 부동의 세계라기보다 시간의 또 다른 절대적 상태로 빚어진 세계이다. 그곳에서는 아라비아 숫자에 따라 정량적으로 흐르는 시간 체계가 효력을 지니지 못하며, 빠름/느림 같은 상대적 속성이 의미 없어진다. 한마디로 저마다의 시간 흐름이 외따로 존재하는 해방의 세계인 것이다.

또 그곳에서는 인간에게 짧다 여겨지는 시간도 다른

---

6   시몬 베유, 『중력과 은총』, 윤진 옮김, 문학과 지성사, 2021년, 74쪽.

생명체에겐 넉넉한 시간으로 전도된다. 하루살이는 "이만하면 충분히 살았다"는 유언과 함께 이울고, 그의 친구 지렁이는 하루살이의 죽음을 애도하기 위해 충분한 시간을 보낸다. 여기서 지렁이가 슬퍼하는 일에 계절을 몽땅 써버렸고, 그 계절 동안 노동하지 않아도 삶에 아무 지장 없었다는 대목은, 우리에게 '인간다운 삶이 무엇인가'에 대한 질문보다 '생명다운 삶이 과연 무엇인가'에 대한 질문을 상기시킨다. 그곳에서 생명의 존재 양식은 시간이라는 계율에 의해서가 아니라, 개별자 고유의 습성이라는 절내적 질서에 의해 유지된다. 시간은 단지 그 옆에서 유유히 흐르는 풍광에 지나지 않으므로, 중요한 것은 날짜를 계수하는 일보다 시간을 체험하는 일일지 모른다는 사고의 전환도 가능하다.

아울러 우리는 소설 속 '나'의 몸 안에서 직접 체험된 비인간성 그 자체에 관심 가져볼 필요가 있다. 기존 세계로 복귀하기 위한 악전고투가 무용해진 '나'는 "어느 순간부터는 온몸이 흐물흐물해지"다가 "서서히 사람의 형태를 잃"어 달팽이가 된다. 몸의 형태를 비우는 과정에서 소설가가 길어내는 타자됨의 양식은 "다양해지는 것, 분명한 경계가 없는 것, 너덜너덜해지는 것, 실체가 사라지는 것"[7]이다. "저마다 닮은 동물이 하나씩 있는" 동료들의 모습은 그들이 지금은 잊었지만 잠재된 동물적 본성으로 언제든 회귀할 수 있는 실재임을 은유하며, 회귀의 종착점에 이미 와 있는 '나'는 사무실에 홀로 남겨진 동료를 향해 "다시 만난다면 더 나은 세상에서 만"나자는 말을 읊조려본다. 비록 그것이

---

7   도나 해러웨이, 『해러웨이 선언문』, 황희선 옮김, 책세상, 2019년, 77쪽.

가닿을 수 없는 공허한 말일지라도.

　서이제가 말하고 싶은 '더 나은 세상'이란 이런 세계 아닐까. 오히려 "덜 움직였기 때문에" 혹은 "느렸기 때문에" 생존할 수 있었던 세계. 꾸물거리는 존재에게도 일용할 양식이 담보되는 세계. 그러니 굳이 "나를 문제 삼지 않아도" 되는 세계. "때가 되면 때를 맞"추는 것들과 어우러지며 "내 몸에 딱 맞는 시간"을 살아내면 되는 세계. 그러니 '그 세계'에서 만나자는 '나'의 말은 사실 어느 동료를 향해 보내는 진심 어린 사과이자, 타자됨으로의 초청과 다름없을 것이다. 감히 추측건대 그 초청에 한 번이라도 응해본 자는 "매일 아침 알람을 듣고 허겁지겁 일어나 택시를 타고 성수대교를 건너"던 세계, '쾌속 질주'로 획일화된 세계에 다시 발을 내딛기 '거의' 불가능할 것이다. 이 맥락에서 달리 읽어보면, 이 소설은 작가가 '질서의 전복', 그 아름다움을 동봉해 지금-여기 우리에게 부친 초청장이기도 하며, 그것에 응할지 여부는 우리 손에 달린 것이다.

4.　에크리튀르, 존재'들'의 흔적

이렇듯 '-되기'의 신성함은 사물, 동물, 식물, 기계, 원소 외에도 우리가 다 알 수 없는 그 모든 비인간 존재의 다채로움을 아우르고, 그 사이의 종별적 위계나 폐쇄성을 가로지른다. 앞서 최추영과 서이제의 소설은 몸의 팽창을 억제하려는 도식과 질서에 저항하는 개별자들의 코나투스를

민가경

증언하였다. 그리고 이유리와 성수나의 작품은 개별자의
자장을 훌쩍 뛰어넘어, 또 다른 존재들과 포개어지며
형성되는 '상호-코나투스적 네트워크'로 향한다. 앞서
살펴보았듯 존재와 존재가 만나는 사건에는 두 몸의 결합만
있는 것이 아니라 정념의 교환도 있으며, 어떤 사건은
때로 양쪽 모두에게 없는 낯선 정동의 발발까지 선사하기
때문이다. 무한한 꿈결 같은 세계 속, 존재'들' 사이에
전유되는 정동과 정념들을 이렇게 정의해보아도 될까. 횡단의
족적 위 아로새겨진 에크리튀르, 그 존재'들'의 흔적.

먼저 이 흔적을 만나기 위해 이유리의 소설 속 인간의
신체와 외계 존재 간의 생성에 주목해본다. 앞서 제인 베넷은
모자이크형 조직처럼 분배되는 행위성을 설명하기 위해
자전거를 예시로 든 바 있는데, 말인즉 자전거의 페달을 밟는
사람은 '움직이는 자전거'라는 전체 모델의 극히 일부로
작동하는 하나의 '행위소'에 불과하다는 것이다. 인간이
체중을 특정 방향으로 실어 자전거를 한 방향으로 나아가게
하는 행위는 자전거의 움직임이라는 전체 행위성의 '일부'로
국한된다[8]. 이 개념은 「달리는 무릎」에도 유사하게 적용될
수 있다. 작중 외계 생명체는 주인공의 '달리는 무릎'을
자신의 '행위소'로 택하고, '나'가 달릴 때 발생하는 동력
일부를 자신의 전체 '운동 에너지'로 축적해나가며 고향별로
귀환하기 위한 준비를 해나간다. 한마디로 이 서사의 기본
축은 그들의 명랑한 합작이 이뤄내는 '외계 생명체, 지구 탈출
프로젝트'인 셈이다.

---

8   제인 베넷, 『생동하는 물질』, 문성재 옮김, 현실문화, 2020년, 110쪽.

특히 외계 생명체와 '나'라는 이질적 개체가 하나의
합성체가 되어 펼치는 달리기는 사실상 '운동 에너지'라는
목적 그 자체에 초점을 두고 있다기보다, 어느 아득한
세계에서 자행되는 '쓸모의 분류'에 저항한다는 상징성을
띠고 있음을 기억해보자. 이들의 달리기는 한 행성의 공간이
비좁아진 이후, "공동체에 가장 도움이 되지 않는 이"로
선별돼 방출되어버린 외계 생명체의 사연에서 시작되었다.
그렇게 쫓겨나 당도한 지구에서도 '잔여물'로 간주되어
주인공의 무릎 상처 틈새에 봉합되어버린 외계 존재의 사연은
"그저 납작 엎드려 근근이 아르바이트로 먹고사는" 주인공의
사정과 별반 다르지 않다.

그러나 이유리의 세계에서는 전체주의의 통치 아래
떠돌이처럼 살아가던 변두리의 존재들이 오히려 그 잡종성을
매개로 다양한 타자를 받아들이는 주체로 전환된다. 공동체에
기여도가 낮다고 간주된 '잔여물'들 사이로 흐르는 배제의
기억은 하나의 정동으로 전환된다. 운동 에너지와 무릎 진통
효과의 교환은 그들을 '기여하는 존재'의 자리로 복귀시키고,
쓸모에 대한 울분 섞인 정서는 그들을 하나로 동질화시킨다.
'나'가 크게 넘어지며 찢긴 무릎은 더 이상 신체 권력을
행사할 수 없는 공간이었지만, 벌어진 상처 사이로 외계
생명체라는 타자성이 유입되자 민주적 공간이라는 상징성을
띠게 되고, 더 큰 가능성을 내포하는 무한대의 장이 된다.
절뚝이는 몸, 그리고 '쓸모'라는 거름망에 여과된 존재가
만나 새로운 연결망을 이루며 만들어낸 변화무쌍한 행위성은

민가경

"과거의 나와 전혀 다른 내가 되어 발 앞의 공간으로 내뻗어"보는 경험으로 치환된다.

게다가 이들이 중첩된 공간에서는 '우정'이란 단편적인 단어론 정의될 수 없는 복잡다단한 정념의 생성이 벌어진다. 그것은 세상에 아직 존재하지 않는 정념이므로, 차마 다 알 수 없고 다만 '경험'되는 것이다. 이를테면 "사실 말하지 않아도 알 수 있는" 서로의 상념을 침묵으로 위로하는 그것. 꿈에서 깼을 때 아직 나와 함께 있는 존재에 안심하는 그것. 고향별로 돌아갈 수 있는 에너지가 진즉 모였단 걸 알면서도 한 계절을 함께 채우고자 무릎에 잠시 더 머물러보는 그것. 그러니까⋯⋯ '너머'의 정념 같은 것. 이러한 정념들은 "온몸의 감각이 열려 있지 않았다면 듣지 못했을" 만큼 미세한 소리로 일어나며, 지금도 우리의 청력 범주에선 들리지 않을 만큼 연약한 목소리—"여기에서 단지 너만을 기다렸어"—들이 우릴 애타게 부르고 있을지 모른다는 단서를 남긴다.

마지막으로 이 소설에서 '나'가 외계 생명체의 '행위소'가 되어주는 조건으로 받은 대가가 '고통의 망각'이라는 설정을 기억해봄 직하다. 인간은 신체의 고통을 느낄 때 비로소 자신을 감각하는 '자기 촉발'의 존재 아니던가. '나'가 '나' 자신을 느끼게 하는 요인은 망각되는 반면, '나'가 외계 생명체라는 '타자'를 기억하게 만들 흉터는 몸에 각인되어 평생 지워지지 않는다. 추측건대 '나'가 흉터를 볼 때마다 외계 생명체를 떠올릴 수밖에 없는 이유는, 그 존재가 음성의 형태로만 존재하고 '나'에게 단 한 번도 '몸'으로 보이지 않았기 때문이다. 외계 생명체가 승전보를 안고 돌아와 '나'에게 현현되어 인사를 건넬 때까지 그 몸은 확정될 수 없는 미지의 영역일 것이며, 그때까지 '나'는 무릎 위 "쭉 찢어진 흉터 한 줄"의 형태로 그 몸을 기억해야 할 것이다. 흉터는 인간의 몸이 평생 기억하는 고통의 흔적인 것처럼, 기한 없는 기다림 속에서 외계의 존재 역시 '나'에게서 결코 망각될 수 없는 그리움, 그 정념의 흔적이 될 것이다.

이러한 사유의 바통을 이어받아 성수나의 「끝말잇기」 역시 아이-식물, 아이-아이, 아이-목소리 사이의 실재적 층위에서 일어나는 횡단의 경험과 그것이 자아내는 정동의 교류를 알록달록 크레파스 빛깔로 묘사한다. 이 소설의 표면적 이야기는 무엇이든 될 수 있는 아이 '지경', '고지'와 무정형의 존재 '목소리'가 '따로 또 같이' 이어나가는 단순한 끝말잇기 놀이로 축약될 수 있다. 그러나 그 표면을 지탱하는 아이들의 다층적인 에피소드들은 결코 단순하게 볼 것만은 아니다.

이를테면 '지경'은 식목일 기념행사 장소에서 난생처음 경험한 '목소리'를 기억하고, 그 소리의 기원을 찾기 위해 혼자 '아기산'을 등반한다. 반면 '고지'는 '지경'과는 반대로 성장하며 점차 '목소리'와 멀어지게 된 경우로, 할머니의 요양병원 방문 이후 귀갓길에서 자신을 호명하는 '목소리'와 재회하며 상상 속 동굴로 향한다. 이 과정에서 아이들은 끊임없이 '목소리'의 발생, 변화, 사라짐에 영향을 받고 있으며, 이 '목소리'를 통해 자기 자신, 그리고 주위에 대한 탐색을 이어나간다.

민가경

그렇게 배경과 나이도 다를 뿐 아니라, 단 한 번도 만난 적 없던 '지경'과 '고지'는 결국 하나의 공간, 즉 나무둥치 안에서 만나게 된다. 아이들이 그곳에 오게 된 경위나 방법은 모두 다르지만, 나무둥치는 매우 중요한 공간성을 지닌다. 둥치 표면 나이테의 구멍은 까마득한 어둠으로 구성된 '끝없음'이며, 그 구멍을 통해 나무둥치는 세상 모든 존재를 빨아들일 수 있는 생성의 장이 된다. 그곳은 인위의 한계를 뛰어넘은 '끝없음'의 '끝'이자, 아이들의 '목소리'를 매개하는 언어적 공간이며, 동시에 그 모든 존재들을 한 데 모으는 교류의 장이다. 그 무한한 확장성의 공간에서 그들은 과연 무엇을 할까.

그들은 또 다른 나무둥치의 모습을 한 '목소리'들과 어울려 놀고, '끝없는' '끝'말잇기 놀이를 통해 몸소 '말-되기'를 경험한다. 아이들은 자신을 따라다니는 정체 모를 '목소리'나 타자의 '목소리'와 맘껏 포개어지고, 서로 질문들을 주고받으며 무한대의 '목소리 생성 놀이'를 진행한다. 여기서 아이들의 언어는 다양한 색점토들이 뒤섞인 한 덩어리 찰흙의 형상과 닮았고, 그것들은 지금도 다른 아이에게로 굴러가 또 다른 혼합을 빚어내고 있다. 그러니 이 글에서는 소설 속 '목소리'의 정체를 분별하거나 그것이 표상하는 바를 특정하지 않을 것이다. 이미 하나의 덩어리로 뭉개지고 반죽된 그것을 출처나 의미에 따라 구획할 수 없기 때문이며, 지금 이 와중에도 본연의 색과 경계를 허물며 생성을 이어나가고 있는 그것을 애써 레이블링하기란 기실 무용한 일이기 때문이다.

또한 그곳에서 일어나는 아이들의 놀이에는 유희만 있지 않고, 더 복잡다단한 정서들이 체득되기도 한다. 아이들은 식물의 몸에 자신을 기대거나 '목소리'와 같은 무형의 몸과 어우러지며, 그것에 내속된 영적 감응에 전염되어본다. 이를테면 '목소리'들이 "너무 빨리 베어졌다"는 정념에 휩싸여 나무둥치를 가만 끌어안아보기도 하고, 다가오기를 주저하는 '목소리'의 난감함을 느끼며 그것이 스스로 곁을 내어줄 때까지 기다려보기도 한다. 우리는 이것을 아이들의 주관적인 의미 부여나 그들 나름의 해석 작업으로 읽기보다, 자신을 제외한 모든 존재의 정념에 감염되고 동화되는 '유동의 증명'으로 읽어야 할 것이다.

이와 반대로 '고지', '지경'과 '목소리'의 생성 놀이를 향한 어른들의 모습은 그 한계를 여실히 드러낸다. 그들이 그들의 몸에 대해 알지 못하는 만큼 몸이 할 수 있는 전능을 알지 못하는 까닭이다. 일례로 기자가 지역 어린이신문에 싣기 위해 '지경'에게 강요한 '나무와의 대화'에서, '지경'이 실제로 들은 나무의 '목소리'는 '고지'라는 존재의 기원을 찾아 나서게 만드는 여정의 시작점이 되었지만, 그렇지 않은 인간-어른에게 '목소리'는 '목소리' 그 자체로 한정된다. 또 자신을 알아보지 못하는 할머니의 심중을 포착한 '고지'가 스스로 '개-되기'를 실천해 할머니와 개를 만나게 해준 것은 오히려 엄마에게 아픈 질책을 받는 계기가 된다. 아이에게 투사한 언어나 시각 그 이상을 듣거나 보지 못하는 어른들의 모습은 지평에 두 발 붙인 인간-주체로서의 자기 자신, 그 이상을

민가경

알지 못하는 한계를 여실히 드러내며, 아이들의 팽창을
억제하는 '고정'의 실천 주체가 되어버릴 뿐이다.

그런 엄마에게 '고지'는 먼저 소리 지르기 놀이를 제안한다.
그리고 소리 지르기를 솔선수범한다. 아아아아. 그러면서
아이는 자신이 지각하는 의도에 따라 자기 신체가 언제든
개가 될 수 있다고 생각한다. "언어는 나'로부터 출발해서만'
간다"[9]던 데리다의 말을 기억해보면, 나로부터 출발한
말—내 몸 안에 내재되어 있던 말—을 스스로 듣는 자기
촉발의 과정—내 몸으로 다시 돌아와 접촉하는 말—을 통해
'고지'는 "가끔은 나무가 될 수 있었고, 개미가 될 수 있었고,
산꼭대기가 될 수도 있"는 것이다. 그 외에도 아이는 '흐르는
강물' '돌멩이' '바닥' '할머니' '가위' '반창고' '계단' '아기'
'자동차' '계란' '귀신' '라이터' '공'과 같은 존재, 즉 무한대의
타자가 될 수 있다. 이러한 변형 놀이가 슬픔의 정념을 해소할
방도를 찾지 못해 고통스러워 보이는 어른에게 제안된
놀이라는 점은 의미심장하지 않은가.

자신의 목소리를 비우는 행위를 통해 이질적 세계를 내부로
채우는 '고지'의 타자 경험은 어떤 진실을 넌지시 비춘다.
그것은 우리가 우리 자신을 '스스로 충족될 수 있는 순수한
존재'로 인지할 때보다, "육화된 주체, 참여된 주체"[10]로
지각할 때 비로소 '주체'가 될 수 있다는 사실이다. 한마디로
주체의 근본 구조는 자기 안에 이미 주어진 것으로 구성되는
것이 아니라, 외부의 것과 이질적인 것의 촉발에서 온다.
아이들을 구성하는 것은 '나'가 아닌 '타자'의 흔적, 즉 내

---

9   자크 데리다, 『환대에 대하여』, 남수인 옮김, 동문선, 2004년, 113쪽.

10   류의근, 앞의 책, 157쪽.

안에 남은 '타자의 에크리튀르'—흔적의 기록—이며, 그것이 내 안에 분절되고 놀이될 때 비로소 촉발된다. 생경한 것이 경계 안으로 흘러들어와 얽히고설키는 과정을 통해 그들은 '주체됨'을 구성해간다. 그리고 어느 순간 '고지'가 "이제 내가 되고 싶"다고 했던 것처럼, 타자-되기 놀이를 완수한 아이들은 그다음 단계로 넘어가게 된다.

그러니 아이들을 '담은', 그리고 아이들을 '닮은' 이 이야기도 자꾸만 변형되지 않을 수 없는 것이다. 이 소설은 '고지'의 꿈속 이야기가 될 수 있고, 카프카의 오드라덱을 연상케 하는 '목소리'와 나무둥치가 구축한 환상세계가 될 수도 있으며, '지경'이 계단을 내려가는 동안 무료를 달래기 위해 조잘거리는 끝말잇기를 재현 중인 놀이터가 되기도 할 것이다. 또 작가의 말처럼 "솜사탕이 녹듯이 사르륵 다음 세상으로 넘어가는 아기 귀신들"의 여정이 될 수도 있고, 그들이 '솜사탕' 다음으로 시도할 변용태들의 목록을 하나하나 내어 보이는 이야기로 관조될 수도 있다. 이 소설이 무한대로 확장되어 읽힐 수 있는 것은 어른들이 범하는 실수를 동일하게 범하지 않으려는 작가적 노력이 있었기 때문이다. 아이들을 하물며 나무둥치 속에도 가둬두지 않고, 그들이 언제든 다른 곳으로 향할 수 있게 문을 활짝 개방해두려는 성수나의 분투가 이렇게나 선연하다.

민가경

5.   다른 흐름들을 찾는 하나의 흐름

글의 서두 때처럼, 나는 여전히 묻고 싶다. 이 한 권의 몸이
당신의 손끝에 충분히 접촉되었는가. 이 이야기들을 섭취하고
난 뒤 당신의 몸에 어떤 변화가 있는가. 당신은 미세하게 떨
있는 몸을 경험했는가. 한껏 구부러질 수 있고, 물을 머금을
줄 알며, 비늘과 이파리와 날개를 언제든 틔워낼 수 있는가.
마음만 먹으면 언제든 마룻바닥의 얼룩으로 배어들 수
있는가. 구르고 굴러 당도한 바다에서는 파도의 변형이 되고,
숲에서는 나무뿌리의 변종이 되어볼 참인가. 그리고 시금,
빛살처럼 사방으로 방사되고 있는가. 당신 몸에게서 나 당신
몸에게로 온 이 이야기들을 넉넉히 경험했는가.

　왜 이야기가 계속해서 당신의 몸으로 향하는지, 아무런
변형의 욕구도 결핍도 없는 몸을 문제 삼는지 의문스럽다면,
1973년 레이몽 벨루의 주도로 이루어진 『안티 오이디푸스』에
관한 대담 속 들뢰즈의 말에서 마지막 힌트를 찾아볼 일이다.
대담 속 벨루의 입장을 대충 요약하자면 이렇다. 존재들
사이에 일어나는 '흐름'이라는 것은 지나치게 추상적이며,
그 기저에 있는 것은 결국 무언가를 필요로 하는 '발신자'의
'결핍'과 그 요청에 응한 '수신자'의 '욕망' 아니냐는 것이다.
벨루는 설사 무결한 존재들 사이에 흐름이 일어난다 한들
그것이 눈에 띄기나 하는 것인지, 그리고 우리 감각이 그걸
인지조차 못한다면 그 흐름이 과연 무슨 효용이 있겠는지
궁금했던 것 같다.

　그리고 그런 벨루에게 들뢰즈가 이런 말을 한다. 흐름은

어떠한 개념이 아니므로 반드시 수요에 의해서만 일어나는 것이 아니라고. 많은 인간이 그것을 모르고 죽는 까닭은 흐름이 아무것도 변화시키지 못했기 때문이 아니라, 그들이 자신을 '다른 흐름들을 찾는 하나의 흐름'으로 경험해보지 못했기 때문이라고. 흐름은 그 자체로 실존하는 '실재'이기 때문에 설사 그것이 무엇이든 '흐르는 것'을 그냥 보기만 하면 되며, 삶이란 게 바로 그런 흐름들과 함께 살아가는 거라고. 그것을 단 한 번이라도 경험해본 사람은 흐름이 욕구와 결핍에서 비롯하지 않았다는 것을 깨닫게 될 것이라고. 그리고 이어서 들뢰즈는 해방의 언어를 선포한다.

"당신은 작은 흐름이다. 그다음은 당신이 알아서 하시오."[11]

여름 지나 가을, '사이'와 '너머'의 존재들과 하나로 흐르는 '한 권의 몸'을 마주친 당신에게, 나도 이렇게 말하고 싶다.

당신은 작은 흐름의 이행이다. 그다음은 당신이 알아서 하시오.

---

11   질 들뢰즈, 『들뢰즈 다양체』, 서창현 옮김, 도서출판 갈무리, 2022년, 257~262쪽.

민가경

문학 웹진 LIM

여기, 뚫고 나오는 이야기의 숲

문학 웹진 LIM	등단 여부 및 장르에 구애받지 않는 여기의 젊은 작가들을 위한 연재 플랫폼입니다. 장·단편소설, 대담, 에세이 등 이채로운 작품을 요일마다 만날 수 있습니다.
림LIM **젊은 작가 단편집**	웹진에 연재한 작품 중 일부를 엮어 일 년에 두 권 출간합니다.
ILLUST LIM	일러스트레이터의 작품으로 단편소설 한 편을 새롭게 엮어냅니다.
림LIM 장편	01. 이하진 장편소설 『모든 사람에 대한 이론』(근간)

'-림LIM'은 '숲'의 뜻을 더하는 접미사이자
이전에 없던 명사입니다.

www.webzinelim.com

림LIM
젊은 작가 단편집 2
『초 단위의 동물』

초판 1쇄 발행	2023년 10월 30일

지은이	김병운 · 서이제 · 성수나 · 아밀 · 안윤 · 이유리 · 최추영
펴낸이	정중모
펴낸곳	도서출판 열림원

출판등록	1980년 5월 19일(제406-2000-000204호)		
주소	경기도 파주시 회동길 152		
전화	031-955-0700		
팩스	031-955-0661	페이스북	/yolimwon
웹진	www.webzinelim.com	트위터	@yolimwon
이메일	editor@yolimwon.com	인스타그램	@yolimwon

주간	김현정
책임편집	김민지
편집	조혜영 · 황우정 · 이서영
디자인	강희철
마케팅 홍보	김선규 · 최은서 · 고다희
온라인사업	서명희
제작 관리	윤준수 · 이원희 · 고은정 · 구지영

표지·본문 디자인	굿퀘스천

ISBN 979-11-7040-229-9 04810
ISBN 979-11-7040-174-2 (세트)